嘎侬的来信

溢补嗒启

倒立

李元生

十二花园等你来

告别的事

晚课

暖春将至

仁心

回煞记

大河东流去

夏日的回响

十二盏微光

若非 著

陕西新华出版
太白文艺出版社·西安

图书在版编目（CIP）数据

十二盏微光 / 若非著. -- 西安：太白文艺出版社，2025.1. --（小说·映像）. -- ISBN 978-7-5513-2853-1

Ⅰ. I247.7

中国国家版本馆CIP数据核字第2024UW3411号

十二盏微光
SHI'ER ZHAN WEIGUANG

作　　者	若　非
责任编辑	张　笛
封面设计	郑江迪
版式设计	建明文化
出版发行	太白文艺出版社
经　　销	新华书店
印　　刷	西安市建明工贸有限责任公司
开　　本	880mm×1230mm 1/32
字　　数	209千字
印　　张	9.75
版　　次	2025年1月第1版
印　　次	2025年1月第1次印刷
书　　号	ISBN 978-7-5513-2853-1
定　　价	58.00元

版权所有　翻印必究

如有印装质量问题，可寄出版社印制部调换

联系电话：029-81206800

出版社地址：西安市曲江新区登高路1388号（邮编：710061）

营销中心电话：029-87277748　029-87217872

小说·映象

若非，穿青人。生于乌蒙山野，长于六冲河畔，现居黔西北小城。

现为中国作家协会会员、鲁迅文学院第四十五届高研班学员、拖拉机诗歌沙龙成员，兼贵州省作协理事、毕节市作协副主席。

小说、散文、诗歌、评论等作品发表于《人民文学》《诗刊》《北京文学》《山花》《青年文学》《万松浦》《文艺报》《人民日报》等刊物。曾获尹珍诗歌奖、贵州少数民族文学创作"金贵奖"等奖项。

已出版长篇小说《花烬》、诗集《哑剧场》等作品八部。《十二盏微光》为其首部中短篇小说集。

传奇到处流传

读《回煞记》的时候，我心里在想，民俗的东西竟能够带出这样的一片深情，这再一次印证了好的小说对读者而言从来都是一份情感的馈赠。若非的小说我已看了不止一篇两篇。不是作者岁数的原因，而是文学作品在发挥作用，是作品中青春的视角吸引着我，让我觉得有一双青春的眼睛紧盯着阅读他小说的人，包括我。关于这个问题，可以拿李白与杜甫对比一下，我们总觉得杜甫的岁数要比李白大，但实际上李白的岁数要比杜甫大，这就是文学作品在起作用。而若非的小说从总体上说，选用的是青春视角，这种气息从文字里宛然流淌而出。若非选择的故事大多是过去的、回忆式的。青春视角也好，成人视角也好，这些其实都不重要，文学最终是要写人性和人的情感的。在这方面，收录在本集里的许多小说都有很好的表现。

如题目叫作《溢补嗒启》的小说，实际上如同一次"考古发掘"，从现在出发一路发掘过去，发掘的过程就是寻找的过程，"我"要找到那个古怪的地名之所在，去那里完成一件谜一样的事，完成这件事的时候，人们才发现真正的情感是共通的，丝毫不为时空所限。"我"最终找到的是一张陈旧的照片和苏珍妹的坟，虽然已是物是人非，但人与人之间的情含蓄隽永。"照片上的苏珍妹，绾着一头银发，面容苍老而不颓败，岁月留下的褶皱，隐含着一种淡然的气质。看着照片，我心里禁不住赞叹，原来美从不会被时光带走，只会换另一种形态体现。我向苏素书要了那张照片，如果老林看到她生前的照片，也许会有一些安慰吧。离开苏珍妹的坟地前，我拍了一张坟墓的照片，和苏珍妹的照片一起，发给了老林。"这篇小说有多个层次，我和老林的友谊，老林的嘱托，我在寻找溢补嗒启的路上发生的事情……老林和苏珍妹的若明若暗的感情有多深，作者不说，但读者会去想，这就是小说。"我想起初到溢补嗒启的那个夜晚，苏素书口里读出来的老林信里的那些话，他是拿我当孩子看的。无论是出于一生无子，还是老乡的身份，都不重要，重要的是，我和老林，相差几十岁的两个贵州人，在不属于我们的城市里，其实早就成为心灵上相互依靠的朋友了。我心里也很难过，我说，小优，你别想了，对老林来说，走了也是一种解脱吧。"是的，人生唯一的解脱就是去了另一个世界，许多人都想去另一个世界，但他们又舍不得现在的这个世界，这就是人生。

  这部小说集，在写作上的一个特点是，今天与昨天总是被一个又一个的悬念勾连在一起，像是倒车一样的，慢慢倒回去，悬念被依次慢慢解开，这既是一种节约文字的方法，也紧缩了时空感。如《嘎侬的来信》，可以说是一个当代的波澜不惊的传奇，其传奇性就在于，一个人接着一个人地给同一个人写信，给收信的人以精神上的抚慰与力量。这种传奇故事在我们的社会里时有发生，但往往容易被人们忽略和忘却，作者却把它写了出来，这就让这个并不是那么波澜壮阔的故事上升到一个审美的高度，被审美固定下来并且有了不经意的某种经典意义——"天快黑的时候，我谢绝了大姐和苏明明的挽留，离开了村子。快到镇上时，我让摩的司机把车停在一段险峻的山路上。站在半山腰，我极目而望，是夜色中混混沌沌的山峰，以及错落在山腰和山谷里的小小村落。看着夜色笼罩下的村庄、山峰和河流，我感觉一切正慢慢变得柔软起来，脑海里突然浮现出这样一个画面：微弱的晨曦中，父亲撞开一层层的雨雾，气喘吁吁地向嘎侬家所在的寨子跑去……他从我身边跑过，看到了我，冲我笑了一下，只留给我一个清瘦单薄的背影。""现在，父亲的嘎侬给我写信了，曾经给了父亲无数次鼓励的温暖的嘎侬，这一次，把信写给了我。这大抵，也是父亲愿意看到的吧。"

我们的生活是庸常的，往往还是波澜不惊的，但就在这庸常和波澜不惊的遮盖下，还有传奇时时被发现，这就需要作者别具慧眼。若非的小说不仅能发现庸常生活中的传奇，并且还是有建筑感的，这一点难能可贵。如果说民间的生活都是故事，它们的形态是流水状的话，要让这种流水状的东西"立"起来，并赋予它们建筑感，这并不是一件容易的事。而若非的这部小说集里，许多篇小说都呈现出了这种特质，给平易之事赋予建筑感。

《李元生》这篇小说就是一例子。如果不蒙太奇一般地裁来剪去，让它呈现出一种稳定的建筑感，这篇小说就是一篇庸常不堪的流水账记录。这篇小说中没有什么惊天动地的故事，更与"传奇"二字似乎没什么关系，但作者采用了回忆中断、再回忆再中断的方法，一点儿一点儿推进，使这篇本来平淡无奇到几乎不能说成是故事的故事有了它的可读性。小说到结尾的地方，不是传奇故事式的抖包袱，而是情感被自然而然地推到了一个高度："后来李大嘴要休息了，我们也该走了。我们站起来。我怀里抱着那本李大嘴看过的诗集，和毛三一起向他鞠了一躬。那一刻，我心里很难受。我说，李大嘴。说完我就后悔了，赶紧改口，李老师，我给你背背书吧。他没表示拒绝，我就开始背了。我背的是《爬山虎的脚》……我背到一半，记不得了，正艰难搜索记忆。李大嘴突然得意地笑了起来。因为长期服用葡萄糖，他的面部浮肿得厉害，但他的笑却清朗、干净。他笑着笑着，停下来，艰难地嚅动着嘴，记住……我……我是……李元生，不……不是李大嘴。我喉咙一哽，酸楚难当，不知道该不该继续往下背。耳畔传来毛三吸鼻子的声音。"

这篇小说虽然写的都是我们寻常可见之事，但蒙太奇式的断开、衔接，断开、再衔接，让它产生了一种建筑感——小说的建筑感，到小说的最后，情感的爆发也是点到即止。一个小学教员的职业生涯，甚至是他的一生，都呈现在了我们的眼前。一个真实的先生站在小说里，也因为他站在小说里，他将不朽。这个小学教员的性格与他对学生们异样深沉的爱,成就了他作为一个文学的人物形象,或得以永远存在。

若非的小说,每一篇都像是与传奇无关,但读完之后,觉得一篇篇都是传奇。这一点,是若非与许多青年作家的不同之处。若非是乡间的或城市里的小风小雨,却有大风大雨不可替代的情态。最好的地方在于,我们从若非的小说里可以看到一个作家纯粹的本色,或者说,现阶段的作家中,若非是个可贵的本色作家,也是个真诚的好作家。

是为序。

王祥夫

(王祥夫,当代作家、画家,鲁迅文学奖得主)

目　录

溢补嗒启　　　　　　001

嘎依的来信　　　　　061

倒　立　　　　　　　083

告别的事　　　　　　102

十二花园等你来　　　119

李元生　　　　　　　137

仁　心　　　　　　　171

暖春将至　　　　　　188

晚　课　　　　　　　206

大河东流去　　　　　229

回煞记　　　　　　　249

夏日的回响　　　　　264

溢补嗒启

一

yí bǔ dā qī

yí bǔ dā qī

yí bǔ dā qī

……

一路上，我有些神经质地，不断默念着这四个音，像着了魔一样。我吐纳着它们，想象着对应的汉字形象，它们如同未曾谋面但聊天许久的异性网友，美、神秘，甚至有一些魅惑。我问老林，确定是这个地名没错？老林说，千真万确，我忘不掉，死了也忘不掉。齐桑，你就按我给你的提示去寻，可以多问一些老年人。我半信半疑，问道，确定？确定，确定。老林说。说话间，车便到了站。

夏日正午的广州异常炎热，但候车厅内的空调异常给力。我发烫的身体迅速凉了下来，胳膊上很快便起了鸡皮疙瘩，以至于我不得不从行李箱里取出那件备用的藏青色衬衫穿上，才让胳膊稍觉舒适一些。

差不多半年前开始，我自觉体质越来越差，最明显的感受就是体重下降，并且越来越惧冷畏寒。去医院检查，却一无所获，医生告诉我，就检查的结果看，我的身体是完全没有问题的。唯一能解释的是，我的免疫力下降了，体虚了。医生最后说，小伙子，不行去看看中医吧。

也正是因为这个原因，临行前一晚，小优默默地往我的行李箱里塞了一件长袖衬衫和一件外套。

衬衫是小优买的。那年夏天，我们为庆祝在一起一周年，出去旅行，从广州飞到西宁，于西宁的街巷间购买了这件衬衫。我穿着它飞到果洛州，和小优租一辆车自驾去看梦中的阿尼玛卿。站在雪山之下，于经幡飘扬中，我们大声呼唤彼此的姓名，满眼都是对方。旅行结束后不久，小优搬到了我租住的地方。

老林见证了小优的搬家，因为物件太多，老林还特意坐地铁过来帮忙，哼哧哼哧地搬着小优的大箱子，吃力又卖力。老林总是这样，说干就干。比如今天，他就不顾我的反对，杀到楼下，攥着用"世界上最贵的车"，地铁8号线转2号线，把我送到了广州南站。在进站口，老林紧紧握着我的手，声音有些颤抖，再次叮嘱我务必要按照他说的，完成他安排的任务。我连连点头说，这都答应你了，放一万个心。我不敢说一定能办到位，但一定会竭尽全力。过了安检后，我回过头，透过玻璃，看到老林还站在外面，清瘦的身子依旧单薄，像一张经年泛黄的废纸，随时都会被风吹走似的。我心里涌起一阵酸楚，快步用背影和他告别。

此刻，老林是已经回到他自己的家中，还是仍站在高铁站门口，我不得而知。为了让他安心，我决定给他发个信息，于是打开微信，用语音告诉他，让他在广州等着，一办完事，我就向他复命。老林原本要为我付往返车票钱，被我拒绝了，我说，再说吧。我甚至不知道自己会不会返程。就像我虽然满口答应老林，会尽力完成他的心愿，但其实我并不知道是否办得到。老林没有回我，他一贯如此，经常要几十分钟甚至一两小时后才会回复。也许是因为年龄大了，也许是不像年轻人那般依赖手机，所以不关注。这个不重要，我已经习惯了。

即将开始检票时，微信响了，我以为是老林的回复，打开来，却看到小优的信息：我会搬出去的。我沉默一会儿后回复：照顾好自己。然后我默默收起了手机，开始准备检票进站。

高铁出发没多久，我就睡了过去，做了个很奇怪的梦：一大片湖泊，坐落在群山之间，像大地的眼珠子，被雾气笼罩着。四周空无一人，连鸟鸣都没有。我感到心慌，呼唤着小优，山间回荡着我的喊声。远处传来小优的声音，我沿着湖岸往前走，走了好久，依然没有看到小优，但她的声音一直在：我在这里，你来找我，你一定要来找我。我心里异常悲哀，好像小优永远消失了一样，回荡在我耳畔的，只是她留下的一丝不愿消散的气息。

我惊醒过来，发现发车时间并没过去多久。窗外是倒退而去的景物。轻微晃动的动车宛若摇篮，而我却没了睡意，心里涌起一种难以名状的情绪。广州这个我们一起生活多年的城市，已经在我身后越来越远。在交通极度发达的今天，五湖四海都算不得远，但我却觉得广州这个城市离我越来越远了，那是小优的广州,也是老林的广州,却未必是我的广州。

我一时有些悲伤,也有些无助。打开微信,我想和小优聊会儿,想了想,又关掉微信,不知道该说些什么。

我和小优是同级同专业不同班的大学同学。大学时,我对她的印象不深,只记得人长得清清淡淡,讲一口怪怪的普通话,声音倒还算好听,偶尔遇见了会寒暄几句。不知道什么时候,我们互相加了微信,朋友圈经常互相点赞,偶尔恭维几句。

大学毕业后,我南下成为一名"广漂",在某文联工作,主要工作是编辑内刊,配合做一些其他工作,没有编制,工资一般,但业余时间充足,可供我读书和写作,生活过得单调无味。就是在这里,我认识了老林。

老林全名叫林夜生,是大楼里的一名保安,隔天我便能在大门处遇见他。初时我们互不相识,有一天我正在办公室忙碌,保安老林走了进来,说要找齐桑。我说,我就是,你有什么事?老林摊出一本最近的内刊,说终于遇到一个老乡了。原来在我编辑的那本杂志里,他读到我写的一篇散文,写我老家的散文。他虽然读得云里雾里,但还是很快就识别出我写的老家,和他的老家很像。我对这个其貌不扬的老头竟然有一丝文学爱好而感到讶异。我们简单聊了聊,交换信息后,确认了老乡这层关系。那之后,老林遇见我就多了几分热情,没事常给我送些东西;我过年回去,也会顺便带点家乡的特产给他。一来二去,我们俩越来越熟,成了忘年交,常在一起下象棋、喝酒。但我们共事的时间并不长,大抵也就是一年,老林便因退休年龄到了离开了,但这并不影响我们像以前那样来往。

工作的第二年，我和小优莫名在微信上聊起来，我才知道，她就是广州人，毕业后也回了广州。我们约着见了面，吃饭聊天，一来二去，越走越近。有一天我问她，你大学那男朋友呢？她探过头来问，怎么，对我有意思啊？我灌了一口啤酒，没说话。你呢？她再次探过头。我又灌了一口啤酒，倦了。

我没有告诉小优，那时的我孑然一身，已经在广州的小出租屋里生活了一年多，日子过得捉襟见肘。我的工资不高，稿费低微，日子平淡无味。我想过离开，去其他城市，又没有什么好主意。父母催着回家，我有过几次动摇，但终究没回到老家。大抵是心有不甘吧，大学毕业时满腔热血，虽然现实洪流汹涌，冲得满腔热血所剩无几，但我还是不甘心就此打道回乡，于是就那么摇摆不定地生活着。

清晨醒来，小优躺在我身边。她先于我醒来，正半撑着身子，俯身认真看我。我相信你不是那样的人，她说。什么？我忍着宿醉后的头疼，尴尬地躲避她的目光。大四上学期，你和一个师妹分手，院里很多人都知道，大家都骂你渣。她起身，披上衣服，拉开窗帘。柔和的光线照射进来。她站在窗前，背对着我。阳光洒落在她裸露的小腿上。但我知道，不是你的问题。过去了。我说。我并不想继续此类话题。我爬起来，寻找自己的衣服，我只想早一点儿离开这里。因为在那之前，我就看到过她和其他男生很亲昵地在一起。她说。我穿上了内裤。常人总觉得，爱情里先走的那个是坏人，而我不是常人，她又说。我怔在那里，提着裤子，忘记了穿。她回过神来，从后面抱住我说，我就应该在那个时候，像现在这样，抱抱你。

她的身子滚烫，像一团火。

二

小优终于来了信息，说她已经回家。我在我妈家，她强调说，我妈正在做饭。我说，好的。

她是想让我知道，她也很坚决、很迫不及待吗？她已经搬走了所有东西，离开我们一起生活了几年的那个小小的出租屋？她真如自己说的那样，决绝地把自己抽离出去，一丝气息都不留下？我没有答案。这样也是很好的吧，我心里想。

我妈还问我，你怎么不来。小优又说。

我回复了一个微笑的表情。她的母亲并不喜欢我，如果我在，如果我陪她看望父母，相信于我、于她的母亲，都是一场煎熬。

可能是感受到了我的冷淡，她说，不打扰你了，以后你好好的。我没有再回她。

小优是个好女孩，这我知道。所以老林一次次这么说的时候，我都露出极为不爽的表情说，去，还用你说？

老林总是不厌其烦地说，你呀，要好好待人家。我也总是不耐烦地说，我知道。老林说，你是祖坟埋得好，遇上这样的姑娘。我说，我知道。老林说，父母反对算什么啊？这都什么年代了,还玩包办婚姻?不成的,只要你们真心想在一起,什么都没法阻止你们。我说,我知道。后来,我便真的不耐烦了。

老林说得一点儿都没错,小优是个好女孩,可是我现在正在远离小优而去,回到我的家乡,也是老林的家乡。

一个月前的周末,小优让我陪她回家,我有些犹豫,但还是去了。与以往的登门拜访并无不同,那天的我非常煎熬,相信小优也是。我在小优父母家吃了一顿令人尴尬的晚饭,她的母亲再一次提起那个让我溃败的话题,问我什么时候才能在广州买房子。在确认我还没有购房计划后,她问,那你拿什么和小优在一起?我一时语塞。她说,没有房子,你永远都是个外乡人。我说,有了房子我也是外乡人。强烈的蔑视感让我非常不爽。

我不再说话。她的母亲只是简单喝了几口汤,便上楼了,随后传来"咣当"一声关门声。她的父亲曾试图阻止这一切,但没能插上嘴。他一如既往地客气,招呼我吃菜,让我别往心里去。我走前,小优被母亲叫上了楼,她的父亲端着一杯热水,靠着落地窗玻璃,慢吞吞地对我说了这么一句话:你阿姨的话是难听了一些,但不无道理,你好好想想。彼时我内心已经平静,并未再起波澜,只懒懒地说,我都懂。

离开那套装修豪华的复式楼,小优一直沉默不语,非常不开心。也许是因为在她家里受到了冷落,加之不知道临别前母女俩说了什么,我也便不知该说些什么。我们沉默着走到地铁口,坐上地铁,回到我们的住处。这时候我又有一些后悔,觉得应该主动和她说话,否则显得我很小气,也不够关心她。事实是,一路上,我都在小心翼翼地打量她的神情,几次欲言又止,我喜欢她开心微笑的模样,我也不想她愁眉不展。但我并没有做什么。这也成了引发我们争吵的导火索,因为她对我不爽不在于我没有和她的母亲好好说话,而在于我没有及时照顾她的情绪。

我需要你给我力量的时候,你并没有,一点儿温暖也没有给到我。她这样说。我说,你到底怎么了?她说,我想你抱抱我。我便抱了她。她说,我想你亲亲我。我便亲了她。然而她推开了我,我希望这些是你主动做到的,而不是我提出来你才做,那就成了施舍。算了,你打你的电话吧!她把头扭到一边,不理我。我说,我哪里打电话了?就接了个电话,没说两句话,就挂了。

电话是老林打的。他问我在哪里,我说地铁上。他犹犹豫豫,支支吾吾。我那时心思都在小优身上,没耐心,问他有什么事。他顿了一下说,没啥事,就问问。通话前后不过半分钟。挂了电话后我也没想什么。我的心思都在小优身上,但这些小优都没感受到。

小优跟我说了临别时她和她母亲的谈话内容。她母亲再一次提出坚决反对我们俩结婚,并明确表示,不希望再看到我。小优与母亲据理力争,希望母亲尊重她的选择。但母亲态度很坚决。母女俩为此激烈争执了几句。小优是揣着一肚子气离开家的。

她说,你一点儿也没关照到我的情绪,齐桑,我爱你,我很爱你,我拿全部爱你,但我也需要你的回馈,需要你全心全意地心里有我。我说,我也爱你,怪我,只顾着自己生闷气,没有照顾到你的情绪。小优说,你不是顾着生闷气,你是只顾着逗口舌之快，处处都不能落人下风。我就不明白了，你为什么一定要和我妈争个输赢？我说，我就应该闭嘴。小优说，我妈说的不是没有道理，我们迟早是要有自己的房子的，你就不能撒个谎？我说，我恰恰就是不能撒个谎，你知道的。小优说，那就服个软，你做不到吗？一定要针尖对麦芒？我说，是你妈欺人太甚，瞧不起人。

小优愣住，她犹豫着说，齐桑，你能不能不那么敏感？我妈说话是难听，但绝不是瞧不起人，她不过是希望自己的女儿过得好一些，这没有错吧？我说，没错，是我有错，行了吧，行了吧？！

我们僵在那里，一下子谁都不愿再说话。

其实我恨透了自己的性格，也许是骨子里的自卑，让我变得锋芒毕露、睚眦必报，像个浑身长满刺的刺猬。无论面对什么人，我只要感受到一丝的侵略感，便立马竖起一根根坚硬的刺。

过了好一会儿，小优说，你看啊，你辞职，我支持你，你说要专职写作，我也没说什么吧？在一起这几年，你的哪一项决定我没有全力支持？即便你没找到下家就辞职，即便你写来写去也没发表出去几部小说，没挣到几毛钱，我说半句了没？现在，现在啊，我就想你能试着和我妈好好相处，争吵的事我去做，你就耐心受着她的气，就这一件事，你都做不到吗？

我吃惊地看着她，心里感受到从未有过的屈辱，好像眼前的小优，并不是我认识的那个小优。

曾经，小优是那么讨厌我的那份工作，觉得它没前途，又挣不了几个钱，一次次鼓励我换一份工作；曾经，小优也是那么欣赏我的才华，一次次告诉我，只要我坚持努力写作，一定会有出头之日。现在，我辞职了，反倒成了罪过。何况我辞职是事出有因；何况这些日子我一直在与一家出版社和两家文化公司接触；何况我所谓的专职写作只是辞职那晚，在酒后说了不知天高地厚的一句话。我陷入情绪的旋涡，无力自拔，失望地想，眼前的小优还是曾经的小优吗？也许所有美好的爱情，都经不起现实的风吹雨打吧。

一连几天，我们都没怎么说话。小优按时上下班，我则一日日地把自己关在家里，看电视剧、看书。第四天，我才给老林去了电话，想约他喝顿酒。老林拒绝了我，他情绪低落，说是太累了，不想喝酒。我说，你累啥，你一无业老头，有啥可累的？老林并没有继续和我聊下去的意思，我自知没趣地挂了电话。那时我一点儿也没有意识到即将发生在我们身上的这些事，更没有想到我会突兀地返回我的家乡。

回家的路是漫长的，即便有了高铁，回家也还需要七八个小时。我得先乘高铁到贵阳，再转另一趟高铁去毕节，在那里，搭乘一辆黑车去往老家附近的镇上，再打上一个摩的，去往家里。知道这一路少不了奔波，所以我早前就给发小张威去了信息，拜托他务必到毕节站接我，送我一程。张威非常乐意，说我们可以在毕节城里玩上一夜，再往家走也不迟。但我明确告诉他，途中不可耽搁。老林拜托的事不容许我途中玩乐。

车到桂林站，我拍了一张站台照片，发了朋友圈，没有文案。几分钟后，我看到小优发表的动态：干净的落地窗前，几盆绿植在阳光下恣意生长。我一眼认出来，那是她家宽敞的客厅。文案写着：难得的午后，放空自己。

我再一次被悲伤袭击。

好像是从一个月前那个争吵的夜晚开始，我们之间便隔了一层纱。这层纱是什么呢？我也说不清。在那之后的很多深夜，我常常失眠，一次次回想这些年的时光，我甚至想小优的母亲是对的，而我是错的。如果小优是我的女儿，我也会这样。谁不希望自己的孩子过得好一点儿、再好一点儿呢？而现在，我成了那个阻拦小优过上更好生活的人。我无法接受刻在骨子里的自卑，便从这里找到了一丝高尚——如果我离开，小优就会过上更好的生活，而那种生活，可能我终极一生都无法给予。

我为自己的想法感到吃惊。当这种吃惊慢慢平复，我便想起父亲来。父亲一直对我大学毕业后跑到广州这件事耿耿于怀。在他看来，我只需要考个公务员，就可以在县里获得一个体面的工作，不必跑到广州这种地方一事无成。那样的话，我也将成为让人艳羡的小伙子，随便就能娶一个长相不错的妻子，过上安稳的生活。如果我再会钻营一点儿，走走关系，没几年定能得到提拔，混个副科级干部当当。那样的话，他将成为村里人人羡慕的对象，在人群中说话的声音都可以高上五分贝。我相信他一定是这么想的。

我一度不知道我和小优的未来是会在被时间耗尽激情和耐心后各自走上不同的道路，还是会在这样心照不宣的缄默中迎来缓和的契机。我不知道。我甚至害怕见到小优,因为不知道该说些什么。但我们不得不天天生活在一起,我们还是恋人,是相恋多年的两个人。那些日子,我常觉得心里压着一块巨石,让人有些喘不过气来。

直到老林身上发生的事情将一个新的出口摆在了我的面前。

三

三个小时后,我收到了老林的回复,他说自己差点儿坐错地铁,已经回到家里,嘱我务必要保管好他的东西,到地方一定给他发信息。我再次告诉他:你就放一万个心吧,两万个心都可以放下,你的事耽搁不了。

不知道什么时候,我再一次睡了过去,沉入梦境。依然是一个湖泊,浓雾慢慢被风吹散,我看到了湖边的村子,错落的民房像一件件被精心雕琢过的艺术品。这一次,我没有听见小优的声音。我快步往村子里跑过去,遇见一个个路人,我大声询问他们:这里是yí bǔ dā qī吗?这里是yí bǔ dā qī吗?这里是yí bǔ dā qī吗?没有人回答我,他们甚至看都不看我一眼,好像我并不存在。我越问越急,几乎要哭出声来,但是依然没有人搭理我。然后,我看到了小优,她穿着一身我从未见她穿过的衣服,像某个少数民族的服饰,远远地看着我,笑着,不说话。我大声问小优,这是yí bǔ dā qī吗?小优只是笑,仍旧不说话。一阵大风吹来,把小优吹散了。

我突然又醒了过来，一种不安稳的情绪围绕着我。yí bǔ dā qī，为了转移注意力，我把心思转到了这四个读音上来。翻了好一阵微信通讯录之后，我联系了一位苗族的高中同学和一位彝族的诗人朋友，给他们发了差不多相同的一段语音。我说，兄弟，江湖救急，有个地名，你听听在你们当地语言里是什么意思，yí bǔ dā qī，就是这个发音，字怎么写我不知道，我想知道是什么意思。

yí bǔ dā qī，老林告诉我时就是这么说的。他用的是我们的家乡话，读音是yí bǔ dā qī。我是第一次听说这个地名。当时不甚明了，老林也不知道什么意思，他甚至不知道这四个字该怎么写。我说，这是个少数民族地名的音译吧？彝族？苗族？我们老家那片的寨子，多的是彝族和苗族。老林表示也不了解。为了让我顺利找到，他还给出了yí bǔ dā qī的位置参照，从以鸭往上走，翻一座山，快到郭家湾，就在这中间。以鸭我是知道的，小时候放牛，这山望着那山高的，常看到以鸭的小孩在对面山上放牛、割草。但我从没有去过以鸭，更别说知道这个yí bǔ dā qī了。

苗族的同学没有回我，但我很快收到彝族的诗人朋友的回复，他问我这地方是否有水塘。没等我回复，他又告诉我，一个彝语专家告诉他，如果那个地方有水塘，那这个读音的意思大约就是：水冲成的斜坡。

我赶紧给老林去了电话，确认那里是否有水塘。老林说是有那么一个，还挺大。我觉得八九不离十了，回复了诗人朋友。诗人朋友说那就差不多是这意思了，并给了我四个字：溢补嗒启。

我问，你确定吗？诗人朋友说，不确定，但人家给我的就这四个字，音译嘛。这四个字于我很怪，读音也与老林告诉我的有一些差别，听起来少了一些韵味。但无论怎么说，溢补嗒启便是我此行的目的地。

事情得退回去重新说起。约莫半个月以前，我已经好一阵子没老林的消息了。那天，我刚从一个文化公司面试回来。那是某大型科技公司的下属文化公司，主营网络阅读，由于我有一些写作成绩，而且在圈子里有一定的人脉，对方当即表示对我挺有兴趣。但我有一些犹豫，因为我想找一份相对稳定且收入可观的工作，而不是听起来很美好但不一定能实现的许诺。对方希望我好好考虑，我也便百无聊赖地躺在床上考虑着。这时，电话响了，是老林的号码。但说话的不是老林，是一个女人，她告诉我林夜生晕倒了，在医院。我第一反应是骗子，但对方很快说，知道你一定会觉得我是骗子，你到市人民医院急诊科来，就知道我不是骗你的了。反正我也正无所事事，便去了一趟。

老林刚刚醒过来，躺在床上，一脸愧疚地看着我说，多大点儿事，还把你给招来了。我笑着说，还不是因为我没事干？这时候医生走过来说，你是齐桑吧，麻烦你到医生办公室来一下。

按照医生的说法，老林并没有被抢救多长时间就醒了过来。我心里松了口气，问道，就是说问题不严重？医生说，事实并不是这样，对了，你是他什么人？我说，我啊，我们是朋友。医生半信半疑地看着我说，朋友？我补了一句，说是老乡也可以。医生说，你能联系上他的家人吗？我说，不能，很严重吗？医生说，我需要和他的家属面谈。我说，他没有家人，孤身一人在这里，我可能是他为数不多的朋友之一。医生说，他是成年人，思维正常，生活也能自理，相关的情况，我们已经告知了他，所以如果你不是他的亲属，我们无法告知你他的病情。医生很忙，我也不便追问，便就此作罢。

回到病房，老林正假寐，转动的眼珠子像鱼游浅水之中，搅得眼皮泛起一阵一阵的涟漪。我不知道该说什么，便假装以为他真的睡着了。坐在老林身边，我的脑海里翻腾着与老林有关的一切。我们年龄差距那么大，仅仅是因为来自两个相近的村子，仅仅是多了几个共同话题，便成了忘年交。但朋友就只是朋友，如果他得了什么大病，这么大的事情，不应该由我来承担，但似乎也只能由我来承担。在这个世界上，他没有亲人了。

想到这里，我想安慰安慰他。这时候他说话了，你回来了？哎呀，没事，别愁眉苦脸的，多大点儿事嘛！我说，事不大，医生能找我？老林说，医生大惊小怪，非要我把家属叫来，我哪里有家属嘛，只好委屈你了。

按照老林的说法，他只是晕倒了。在我的追问下，老林告诉我，这已经不是他第一次晕倒了。早前就有过三次，都是晕倒在家里，又慢慢苏醒过来。有一天晚上，他再次晕倒，醒来时，觉得还是需要去医院看看。我说，你咋不叫我一起？他说他想叫来着。我想起从小优父母家出来的那个晚上，曾接到过老林的电话，当时他欲言又止。我突然明白过来，说，你应该直接说的。他说，知道你们去看望父母，我也不好打扰。

当晚老林去了医院，做了一些检查，第二天上午又去做了一些检查，最后查明了病因。我问他什么病，他却不告诉我，只说，放心吧，问题不大，只是容易低血糖，以后要多吃点儿糖了。他甚至露出俏皮的笑，说，这下好了，我从小就喜欢甜食。任我再怎么追问，他啥也不透露了。

我们很快离开了医院，当我把医生对他的叮嘱重复了差不多三十遍的时候，我们已经找到了一家小饭馆。那一晚我们没有喝酒，只是匆匆吃了些东西，我给他拦了辆车，然后回到了家。

我们再没见过面，通了几通电话，都是围绕他的病。按照他的描述，他没什么大碍，只是随时得小心，不能饿着，隔些时间就要吃颗糖或者其他甜食。我第一次觉得，糖是这么恶心的食物。老林说，不吃又不得行。想象着曾经酷爱甜食的老头，一脸扭曲地放一颗糖在嘴里的模样，我忍不住笑了出来。

这些日子，我和小优的关系趋于缓和，但不痛不痒，平平淡淡，少了以前的热烈。我深知，有些东西，已然在我们之间种下。有一天晚上，她和她母亲通话，再次发生争执。我在洗手间外，把一切都听进了耳里。我未曾怀疑过小优对我的爱，但我早已开始怀疑我们之间的感情。后来我们躺在床上在平板电脑上看电影，有一刻，我差一点儿就告诉她：我们不如分开，也许更好一些。我未曾说出口的话，兴许都被小优猜了去。她看出了我所有的欲言又止，一次次将那些我不知道该不该说的话堵了回去。

三天前的中午，我接到老林的电话，他约我吃个晚饭。他让我带上小优，说有话对我们说。我和小优到了老林的住处，老林已经把晚餐准备就绪——折耳根炒腊肉、麻辣土豆片、玉米肉末、炒豌豆、酸菜肉末汤，还有一小瓶白酒。菜不多，但有两样是家乡菜，瞬间勾起了我的食欲。几杯酒下肚，我问老林，有什么大事？老林已经微醺，啰啰唆唆说了半天，无非是说，看着我们俩在一起，他非常羡慕，搞得我和小优有些尴尬。我说，你有事说事，别扯我俩。老林说，不是扯，作为过来人，我是真心诚意地希望你们好好在一起，抓紧结婚。不嫌弃的话，喜酒我要去喝一杯。小优说，喜酒当然少不了你的，你只需把礼钱准备好，时间问题而已。老林说，越快越好，好事不能多磨。我说，说得好像你懂一样。老林说，谁没有点儿风花雪月呢？我和小优来了兴致，都让他说说。老林吞了一口酒，微微仰着头，陷入了回忆。

酒喝干，老林的故事讲了一半就戛然而止。我们催他继续，他却一副卖关子的模样，不说了，好……好……好了好了，说正事。他颤巍巍起身，从旁边的抽屉里拿出了一封信，交给我，说，有……有个事，要麻……麻烦你。我接过来，那是一个小小的普通的牛皮纸信封，已经密封起来，上面一笔一画写着几个字：苏珍妹收。我掂量了一下，里面的信纸薄薄的。我说，你写的？他说，我……我……就……就我写的。我说，你认得几个字？请人写的吧？他说，就……就我……就我写的，我还……还不会……查……查字典了？我说，好吧，你要我做什么？老林说，回……回一趟……回老家，去 yí bǔ dā qī，送……送信。

知道老林已经醉了，而我也喝得不少，再这样纠缠下去，还

017

是说不清楚,我们便应承下来,先稳住他,让他睡觉,而后匆匆告别回家。离开前,我把那封信放在了餐桌旁的桌子上了。

第二天中午,老林径直找到了我。我说的是认真的,他斩钉截铁地说,我需要你走一趟yí bǔ dā qī。他再次把信交给我,说,我拜托你,一定要帮我。我说,你自己不可以回去吗?他沉默了好一会儿说,我不能。我以为他担心自己的身体,他却说,不是身体的问题,我有我的苦衷。我问他有啥子苦衷。他说,能说出来就不是苦衷了,总之你一定要帮我,何况你现在又不上班,我给你出车费,你还可以顺便看看父母,不好吗?我说,我想想吧。不是我跑不了这一趟,只是老林这未知的托付,让我感到一种无以名状的压力。

晚上,小优回到家,看到茶几上的信件,问我老林是否来过,我说来过了。你答应帮他了?小优问我。不然呢?我不帮他,应该也没人能帮他了。小优说,我可以陪你去。我看着小优,算了吧,你还得上班。她说,我可以请假啊。我说,年假早被旅游用掉了。她说,那就请事假,无非是扣点绩效的事。我狠狠心说,还是算了吧,总请假,对你影响也不好。小优"哦"了一声,一会儿又问我什么时候回来。我听到了,但没回答。过了一会儿,小优又问,你什么时候回来?我说,再说吧,不知道。

那之后,小优再没跟我说过一句话。我知道,小优生气了。我有很多话想说,想来想去,还是选择了沉默。

四

　　到榕江站，我才意识到，已经进入贵州地界。两省之间的交界地带最难辨认，山峦、河流、房屋、梯田，在两省交界，其实并无多大区别。地名一方面确认了行程，另一方面也建立了归属感。自湖南毕业南下广州后，我保持着每年返乡一次的频率，准时在春节前山色苍茫时由粤经桂入黔。说起来，这条路上绿色笼盖四野的山水图景，还是第一次得见。再至都匀，便觉得前半程将尽，心里盘算起换乘的事。淡季里的高铁票非常好买，于是我掐着时间，买了贵阳东至毕节站的票。一切准备就绪，突然又闲下来，有种百无聊赖的感觉，我不由自主地想念小优。

　　手机一振，微信里，小优又跳了出来。

　　搞清楚你要去哪里了吗？她也许是想到了什么，又说，我只是好奇而已。

　　我说，溢补嗒启，一个彝族的诗人朋友翻译的，也不知道准确不。

　　小优说，那个苏珍妹，是他故事里的那个姑娘吗？

　　我拿着手机，盯着聊天界面，走了神。那晚老林醉眼蒙眬、滔滔不绝的样子，浮现在我眼前。

　　二十世纪五十年代初，新中国刚成立没多久，祖国大地换新颜的风，还没完全吹到贵州西北部偏远闭塞的村庄。那时老林还是小林，乳名夜生，是因为出生于半夜，呱呱坠地之后，其父观察天色，决定就叫他夜生。林夜生在一穷二白的日子里牙牙学语、摸爬滚打，在苍白无力的生活中练就了一副强壮的身板。日子像一张劣质的窗户纸，经不起任何的风吹雨打。及至懂事、记事，赶上了大饥荒，日子紧巴巴的，但依旧没影响林夜生的成长。如果没有后来的事，林夜生将在那个叫作以鸭寨的垭口上的小山村里娶一个同村的姑娘，生儿育女，老死家乡。

林夜生是上过学的，但也仅仅上到小学三年级。那年，他的父亲在一场斗殴中受了重伤，在家里躺了半个月，而后一命呜呼。至此，林夜生告别学堂，学起了犁地，成为家里唯一的男子。

追溯林家落户以鸭的经历，中国传统农耕时代，尤其是困难时期人民生活迁徙的轨迹可见一斑。林家本不是当地人，有说祖上是江西的，也有说是四川的，没人能说得清。林夜生知晓的，是往上不知哪一辈从纳雍逃难而来，一路走走停停，换了许多地方，至以鸭，停了下来，因为不是当地人，未能融入村里，又担心豺狼虎豹，便在距离村子不远处的垭口上搭了窝棚，算是扎了根。经过几代人的交融，才算真正和以鸭融在一起。说来奇怪，林家世代单传，林夜生的上一代，在一个男丁之外，尚有两个女子。至林夜生，老父老母努力多年，硬是没能为林夜生诞下个弟弟或妹妹。

长至十五六岁，林夜生已经成为种庄稼的一把好手，无奈作为外来人的林家，地少且贫，任你多么勤俭持家，日子还是穷得叮当响。那时玉米就是人的命。一方面，玉米被打磨后，糠皮喂猪，玉米面、玉米糁被人们用来果腹；另一方面，多余的粮食，背到镇上，可卖一些钱，用于购置日常生活用品。林夜生常干这样的活儿。

十六岁那年的夏日，林夜生背着一袋沉重的玉米，去往镇上，途中遇见了一个同样去赶集的姑娘。那姑娘生得端庄美丽，将林夜生深深地迷住了。林夜生跟了姑娘一路，忘记了背上背着一袋粮食，忘记了卖粮食的事情，等到返程分开时，林夜生才恍然想起自己是要去卖粮食的，但天已经快黑了。他只得原封不动地背着粮食回到家，硬生生挨了母亲一顿臭骂。

在旧时的黔西北深山里，距离首先是用山来直观丈量的。山也有大小。正因为那一路跟随，林夜生摸清了那姑娘家在两山之外的寨子，两山一大一小，遍布丛林、怪石、野沟、荒地和坟茔，唯独没有人烟。小镇五天赶一次集，对林夜生来说，这五天足够漫长。待至下一次赶集，林夜生早早出了门，卖了粮食，腾挪出一些钱，买了个别致的小东西。然后他坐在街口，等呀等呀，太阳偏西时，看到了那个牵动他心魂的身影，又是一路跟随。不同的是，这一次，林夜生在人少的地方，快步赶了上去，递出了一个精美的发夹后转身快步跑走，丝毫不知道那姑娘在短暂的惊愕后，看着他的背影抿了抿嘴唇，露出了微笑。

那之后，两山之中那片松林成了他们的秘密基地。落满一地的松针松软又尖锐，接纳了他们的羞涩和大胆、低语和大笑，蠢蠢欲动的身躯，时快时慢的呼吸，也曾一次次穿过衣衫，刺中年轻的肌肤。秋天的时候，呼呼的山风已经把他们的事情吹遍了两个村子。两家家长的反对，像冬天的大雪，很快就覆盖了他们的世界。等到雪融春来，山野之间的野花盛放时，一丛山茶，见证了他们的私订终身。雪化了，但双方家长的态度并未缓和。他们俩的家庭背景天差地别，外来户、穷人家林家的独子，怎么配得上大户人家苏家的女儿呢？林夜生的母亲胆小怕事，知道惹不起那样的大户人家，每每提起这事，就对儿子恨铁不成钢。姑娘家父母健在，身体安康，最大的梦想是扶助膝下的子女，一个个过上安稳富足的生活。他们决不允许自己的宝贝女儿跟林夜生这样的穷小子在一起，决不允许。

　　姑娘家父母很快就给姑娘张罗了一桩婚事，林母也很快打起了某个门当户对的女孩的主意。在姑娘订婚的那晚，林夜生在他们的秘密基地待了一夜，终究没能等来心上人。姑娘的婚期，定在了秋收后。山里的人家，娶媳嫁女，搬家立梁，多半在秋收后：一来农忙结束，时间空闲；二来粮食在仓，底气十足，办得起一场体面的酒席。姑娘的未婚夫林夜生见过，在某次赶场时，他远远看了一眼，着实比自己强太多。他认命了，因为她早在订婚那晚认命了。

　　夏天时，林夜生的母亲出了意外，路遇两头打着疯架的水牛，她想去牵住其中一头，却被另一头一角挑起，牛角直插肚腹，肠子都掉了出来。林夜生将她背回家，想送去医院，但已经来不及了。林母弥留之际，用微弱的气息哀叹，都是报应，报应啊。言毕，两行热泪滚了下来。最后的时刻，她留给了林夜生一个秘密。变卖家产安葬母亲后，林夜生带着母亲留下的那个秘密离开了家，跟着一个外来的招工人，翻过一座座大山，再也没回去过。老林走过很多地方,干过各种各样的工作,一边打工一边靠着一本字典习字,最终落脚在了广州。

母亲留下了什么秘密,老林只字不提。那晚,任我和小优如何追问,他都缄默不语。

我问,你就没想过回去吗?人都说落叶归根,你为什么不回去?

老林说,回……回不去了,没……没……没有……没有脸回……回去了。

我不知道老林心里藏着的秘密是什么,但我相信他交给我的信,一定是写给当年的恋人的,当年的那个姑娘叫苏珍妹。只是,我能替他找到这个叫苏珍妹的人吗?老林已经这样了,也不知道苏珍妹现在是什么模样,是否还健在。

想及此,我心里感到一阵沉重。我曾对老林许诺,一定帮他寻到那个叫溢补嗒启的地方,但如果寻到了地方,却寻不到苏珍妹,我又该如何向老林交代?

五

天色向晚,毕节在前方等待我。暮色四合时,由民居和路灯组合贡献的灯火表演,渐次拉开了帷幕。发小张威早在高铁站外等我,那辆花五万多块钱买的二手越野车,像个笨拙的老人,静静地杵在一旁。半年没见,张威似乎长胖了许多,白色的阿迪达斯T恤有些显小,使得胸前的标志显得更大。

兄弟，回来啦！张威的胸口充满热气，脂肪扑面而来。

辛苦了，我说，等久了吧？

还行，不到半小时，张威说，先去吃饭？

我说，将就一口吧，赶路要紧。

到了毕节就离家不远了。如若开车，顶多一小时多一点儿，就能到家，所以不着急。我们便找了地方，先解决晚饭。等上菜的间隙，我给父亲去了个电话。

知道我要回家，而且都到毕节了，父亲有些错愕和意外，问我，出什么事了？在他看来，我只会在春节时回家，中途回来，定是出了大事。

我说，有点儿事需要处理，就回来了，事不大。

父亲说，你别骗我。

我说，不会。

父亲问我，怎么回家？

我说，张威接我，吃完饭就走。

父亲说，张威是个好孩子，你多向人学着点儿。

这样的话，过年时听得多了，聊了几句，我以要吃饭为由，挂了电话。

老爷子这才知道你要回来？张威挪动着菜盘，给我递来一双筷子。

临时起意回来的，来不及告诉他，我说。

忘了就是忘了，不然打个电话的时间都没有？

我有些惭愧，张威说得没错。

怎么突然就回来了呢？张威问，平常不都得等到春节吗？

我答非所问，你知道溢补嗒启吗？

什么？张威疑惑地看着我。

溢补嗒启。我说，一个地名，在以鸭那边，往上去一点儿，快到郭家湾的地方，一个村子。

菜已经上齐，张威撕开了封碗的塑料，我也拆开了自己面前的碗。

时间不允许，不然应该进城请你好好吃一顿。张威说，没听过，很奇怪的地名，你要去？

我说，我要去，明天就去。

饭后，我们立即出发，一路上，聊着一些琐碎的话题——小时候的事、我在广州的事、他在镇上的事。似乎聊了许多，又似乎什么也没聊。

张威与我同岁同村，小学同桌，初中同班，高中在不同的学校读书，后来我去了湖南，他留在省内上大学。大学毕业后，我南下广州，他参加选调生考试，进入镇政府工作。我们走着不同的路。如今我还未成家，没有积蓄，固执地坚持着写作。他呢，娶了镇卫生院的一个护士，已经是两个孩子的父亲。老大上了幼儿园，老二刚满月没几日。

我于是掏了五百块钱，说，不是这么一聊，还不知道你喜得二宝，红包身上没有，咱弟兄之间，就直接给了，给孩子买点儿奶粉啥的。

张威推托着，咱弟兄之间，不兴这种哈。

说是这么说，我把钱塞进他的衣袋，他双手把着方向盘，也不便再给我掏出来。

聊到我在广州的生活，张威不免一阵夸赞，至少面上是充满羡慕的。

我说，还是你好，在政府干着，地位高，收入稳定，夫妻俩双职工，孩子吃穿不愁。

张威却不这么认为，说后悔回来考选调，早知道就应该留在大城市，现在的生活不是自己想要的。

我叹了口气，这世界，能过上自己想要的生活的人，应该很少很少吧。

张威说，齐桑，我觉得你就是过上了自己想要的生活，当着作家，写着自己想写的东西，又有一份工作傍身，女朋友又好。对了，之前你朋友圈发的图，是你女朋友没错吧？

我心中一阵苦涩，人啊，不过是各有各的难处。

父亲常拿我和张威比较，在他看来，我南下广州就是误入歧途，我应该像张威一样，回到老家，在县政府或者县直属部门谋个职，在县城里买个房，再娶个小县城里的媳妇。至于为啥不参照张威在镇政府谋职，他的解释是：我自己的儿子自己清楚，高低是要比别人厉害一点儿的，像他那样在镇上上班，住在村里，那不是大材小用？可惜，我没能如他的愿。

事实上，我对张威说的话，也不过是恭维和客气。如果自问，我觉得他的生活好吗？我的答案多半是否定的。哪怕和小优之间产生那些微妙的隔阂，甚至走到眼下的境况，我都未曾想过要回来过张威那样的生活。即便此行我心游移不定，但依然未能确切地做一个一去不回的决定。不是嫌弃老家，相反，我觉得老家美而干净。只不过我尚心有不甘，不能一味贪恋故土，得到更大的世界去闯荡。

几年前硬化的通组路因为施工的问题，很多地方凹凸不平。越野车像一头老水牛，前俯后起，前起后俯，一路跳到了家门口。下车时，屋内的灯亮了，父亲披着衣服走了出来，他显然已然上床，但还未入睡。张威寒暄几句后，说要回家，老二哭闹得厉害，老大贪玩不睡，媳妇等着他回去救火。他走前留下车，让我这两日随便用，说他家里还有一辆摩托呢。

折身进屋，父亲示意我小点儿声。母亲已经睡下，她保持着旧时村民们的习惯，天黑前吃饭，天黑后不久便上床睡觉，除非村里有个什么红白喜事，否则决不熬夜，早睡早起，从未变过。我们因此只得压低声音，小声说话。

父亲对我的突然归来依然心存怀疑，追问我到底为啥回来。我老实相告，单单隐掉了和小优的事情，并询问他是否知道溢补嗒启这个地方。父亲思索半晌，说是小时候应该听到过，只知道在以鸭那边，但具体在哪里，也不清楚。少数民族的地名现在可能早就改了名字，有点儿难找，但一定是有这个地方的。父亲说。

后来我们喝起了酒，剥花生的声响咔嚓咔嚓，在深夜里尤为响亮。酒至半酣，父亲开始对我不爽，你看人家张威，就那样，也能把日子过得这么好。你哪里比他差？

我真搞不懂，为啥他酒前和酒后的差别这么大。

我说，爸，日子这东西比较不得，再说了，我哪里过得差了？

父亲说，反正在外漂泊总是不好，是不是？

我说，那未必，我们的老祖先代代迁徙，为的是找到能活下去的定居的地方。现在我们一批批往外走，为的是过上更好的生活，我们不能把日子越过越倒退吧？

人家张威那是越过越倒退了吗？你看看人家，房子、车子、妻子、儿子，城里人不讲究这个吗？你看人家缺啥啊，小日子多安逸。

我说，各人有各人的生活，为什么要比较呢？

父亲把话题转向小优，再看你那女朋友，人好是好，可人家在天上，你在地下，是不是？

我来了气，那未必，现在早就不是封建社会了，婚姻早已不分门第了。爸，你当年送我读书，砸锅卖铁也要让我上大学，多么开明啊，现在怎么越老越古板了？

父亲生了气，把身子扭向一边，反正我不满意，不是不满意她，是不满意你。他突然又说，你这次回来，就别回去了。我给你说，咱邻村有个女子，看着比你小几岁，那模样生得好，你要回来，我立马找人去给你说亲。

我说，你为什么非得我回来呀？我有哥哥姐姐，你不用担心没人养老，我在外，钱少不了你的。

我不管，我和你妈都上了年纪，说不定哪天一觉就睡过去了，父亲说，这回就别走了，别走了。

我知道他已经醉到说胡话的程度，便糊弄着他赶紧上床睡觉。

卧室里弥漫着一股陈年的霉味，沉重地压在鼻腔里。我躺在床上，计划着第二天的事情，老林拜托的事是此行最重要的任务，必须马不停蹄地完成，答复老林。完事后呢，是待几日再离开，返回广州；还是满足父亲的要求，留下来？我一时也不知道。如果我就此留下来，我割舍得掉那座叫广州的城市吗？与其说我要割舍的是广州，不如说，要狠心切断的是我和小优的感情。我割舍得掉吗？

临行前一晚，小优一言不发地看着我收拾行李，似乎鼓足了勇气，问我，还没确定返程时间？良久，在确定得不到我的答复后，小优翻出了那件衬衫外套，塞在我已经收拾好的行李包箱，一屁股坐在床上。我想把她塞进去的衣服拿出来，想了想，终是没有。

小优说，也许我们该好好静一静了。

声音虽然小，但我还是听得真真切切。我说，嗯。

我看到小优脸上露出失望的神情，她说，齐桑，也许我们该暂时分开了，都好好想一想吧。

我不知道自己应该拿出一副什么样的表情，应该说些什么话。

最近一段时间，一个问题总是困扰着我：也许和小优在一起，本身就是错的。我知道是自己的思想出了问题，却一次又一次迷失于一种英雄式的决绝中，随时都准备离开。但我又不愿意成为那个伤害小优的人，我相信小优一定会对我忍无可忍，做出那个对的决定。

　　小优看我没有反应，转身上了床，说，就这样吧，我困了，睡了。看着小优颤抖的背影，我犹豫了好一阵，终是选择退了出去。

　　现在，我和小优已经完了。她已经搬出去，回到自己的家里去了。

　　这样也好，我妈就不用再为我生气了，你也不用再受气再难堪了。离开广州的那天上午，小优这样说时，我感到非常惭愧，我想说，其实我也没那么受气，也没那么难堪，也不想分开，但我说不出话来。

　　我和小优已经这样了，但确定只能这样了吗？如果我回到广州，我们又会怎样发展呢？我能处理好和她父母的关系吗？小优会放下一切重新跟我在一起吗？那样的话，我能给小优好的生活吗？而我一直坚持的那些梦想，又是否还会有守得云开见月明的时候？我失眠了。

六

　　天刚蒙蒙亮，母亲便起床了。几十年来，她都是趁着这样的天色起床的。她蹲在房檐下洗把脸，而后烧水、做早饭、喂鸡，开始抱怨还赖在床上的我们。如果再不起床，她还可能会掀开被子，照我们的屁股上抽几巴掌，声音炸雷一样地吼道，大天亮还窝着屁股睡睡睡，抓紧起床干活儿！年少时的记忆，就像平静的湖水，只需要一粒小石子，便能激起一阵阵涟漪。现在她已丧失了那样响亮的声音，催促我们起床的话语，早已变成了"怎么不多睡一会儿"，像个在时间之战中败下阵来的小老太太，甚至微微有些佝偻，走起路来慢了许多。躺在床上，我想起昨晚父亲的话，心里又开始酸涩起来。父亲说得没错，他们是真的老了。

我起了床，走出房门，母亲正好端着水要进屋，看到我，吓了一跳，问我，你起这么早干什么？我说，睡不着。母亲说，昨天跑了一天，很累吧，再回去睡一会儿，等下起来吃早饭。我说，算了，睡不着。

我检查了张威留给我的车，车况尚好。然后我帮着母亲准备早餐。父亲稍后起床，对着我说了和母亲方才说的一样的话。

早餐后，我便开着张威的车出发了。结合老林的描述和父亲的指点，我先把车往以鸭开。以鸭虽然和老家的寨子相邻，但因为位置更偏僻一些，所以我还真的从没去过，只是小时候常站在山上往那边眺望。好在通组路均已修到，也不过十多分钟，便到了以鸭。过了以鸭，我便开始寻找有水塘的地方，可是开着车一路慢慢寻找，找了很多个寨子，没有遇见一个水塘，别说水塘了，溪流都不曾见到一条。我在山里绕来绕去，路途是跑了很远，确认了以鸭和郭家湾的位置，就在两个寨子之间搜寻，依然一无所获。按照老林的说法，以鸭和郭家湾之间，有很多道山梁，但以鸭和溢补嗒启之间，只有两道山梁，寨子在较为平坦的地方，有一个挺大的水塘。较为平坦的寨子有好几个，但水塘是真的连影子都没见着一个。没辙，我只好挨个村找人询问。

天快黑时，我终于到达了溢补嗒启。事实上，我之前就已经寻过那个地方，如果我早一点儿采取下车问路的方式，至少能节省半天时间。当时，村里有一户人家正在办喜酒，我便停了车。路边的人以为我是来吃酒的，都大声喊我：最后一次摆桌子了，抓紧先去吃饭。我说，我不吃，我问个路，你们知道溢补嗒启这个寨子吗？路边几人都摇头。这时旁边走来一个老头，听到我们的谈话，正巧，老人知道溢补嗒启。按照他的说法，这寨子就是溢补嗒启，几十年前就不叫这个名了，现在叫麻窝，村里的年轻人不知道这回事。不是说村里有一个大水塘吗？我问他。他指了指村子的低洼处，一大片玉米地在暮色中静默无言。他说，以前，就是那里，挺大的一个水塘，后来水越来越少，成了旱地。我便问，那你知道苏珍妹家在哪里吗？老人叹了口气，说，人已经得世了。得世？我不解。就是死了。老人说着，冲旁边的年轻人说了些什么。一会儿，一个年轻的女孩出现在我眼前。

　　女孩把我带到村里的一栋小楼前，冲楼上喊，史蒂芬，有客人。一个高鼻梁蓝眼睛的外国人，从楼上窗户里探出头来，冲我们说，来啦。一会儿，这个大个子外国人走出来，遮住了我面前的光。

　　欢迎，叫史蒂芬的外国人说，请坐。他蹩脚的普通话虽然搞笑，但听得清楚。我们在房前的院坝里坐下，我感到有些凉，从车上拿下外套披在身上。女孩烧了茶，也坐在我们旁边。看得出来，女孩年龄不大，一双大眼睛眨巴着，看着我。

　　我叫苏素书，这是我男朋友史蒂芬，你有什么事吗？她问。

　　我一听禁不住乐了，苏素书，这名字是认真的吗？

苏素书说，你别笑，我以前叫苏琴，我觉得太普通了，上大学自己改了名，怎么样，特别吧？

我说，挺特别，大学毕业了？

苏素书说，刚毕业。

我指了指史蒂芬，问，你们是？

史蒂芬依然操着蹩脚的普通话说，校友，大学时，她是我的汉语老师，我是她的英语老师。

苏素书说，你别问这问那啊，你到底有什么事？

我反应过来，我找苏珍妹。

苏素书说，那是我奶奶。

我说，抱歉，听说老人已经去世了。

苏素书说，我大一那年暑假走的，你有什么事吗？

我想了想说，既然老人不在了，我想，可能需要跟你的父亲谈。

在等待苏父到来的时间里，我给老林打了个电话，听到苏珍妹已经去世的消息，老林在那边久久沉默，突然就挂了电话。我再打去，老林只是叹了口气，说终究是晚了。我想问问他那封信怎么处理，老林又给挂了。

苏父很快赶到，他在办酒那家帮忙，刚刚忙完手上的活儿。他到的时候，我们已经从屋外挪进了屋内，围坐在茶几旁喝茶。电视播放着一个无聊的剧。他喝了些酒，脸有些红红的，进门时带进来一股酒气。苏素书和史蒂芬都站了起来，我也跟着站了起来。

苏素书说，爸，就是他，找奶奶。

我赶紧过去握手，叔叔，实在抱歉，打扰了。

我从包里取出老林给我的信，因为一路奔波，信封已经被压出了不少褶皱。我抬手尽力抚平那些褶皱，而后郑重地把信交给苏父。我说，叔叔，按理说，这个应该交给奶奶的，但是老人家已经不在人世了，我只得交给你，由你来决定是否拆开它。

苏父的手有些颤抖，不知道是喝了酒的缘故，还是其他原因。他迟疑了一下，接过我的信，问我，谁写的？

一个朋友，我说，人在广东。

我的眼前呈现出三张迷茫的面容，大抵是这一家子都不明白为何会得到一封来自遥远的广东的信，何况这封信是写给家里已经去世的老人的。

这让我多少有些尴尬，只好说，姓林，叫林夜生。

林夜生？正欲拆信的苏父顿了一下，想起了什么，叹了口气，把信塞给女儿说，你来拆吧，我也不认得几个字。

苏素书接过信，很快就拆开了信封，展开平凡的信笺。她皱了一下眉说，这字这么丑，小学生写的吧？又看着父亲问，我读吗？在得到父亲的肯定后，她迅速浏览了一下信件的内容，眉头越皱越紧，表情也越来越沉重，甚至变成了气愤。然后，她再次看向父亲问，读吗？苏父依然叹了一口气，说，读吧。

苏素书深深吸了口气，整理了一下情绪，将老林的信读了出来。

珍妹：

你好！几十年过去了，我有一些话，一直想跟你说，又不敢说。现在，我在阳间的日子不多了，想了好久，还是想把这些话告诉你，才有了这封信。

我现在在广东广州，很大的城市，很热闹，但一个人生活，没有儿女，再大再热闹的城市，也没什么用。我病了，想过回去，但还是没有勇气回去。我回不去了，永远都不回去了，没脸回去，没脸面对你、面对家乡。

几十年来，我一直活在有你的记忆里，逃不了。一想到过去的事情，我就想死，但想着有一天可能还能再见到你，又想活着。就这样，犹犹豫豫，活了几十年。

后来我想，你能嫁给那样的人，是很好的，他家庭好，人也不错，比我好很多。跟我，只有穷日子、苦日子。这样一想，我心里会得到一些安慰。至于我，已不重要了。

直到今天，我是爱你的，你是我的全部，哪怕，我们只有过那么短的一些时间，这一生，我已经够了。因为有过你，我不觉得有什么不好。我们都老了，希望你也好好的，多活一年是一年。

我是带着事离开家乡的，现在，我不想把这个事带到阴间去了，不管怎样，你应该知道这个事，也有权利知道。

也许你忘记了，你是去过一趟我们家的，我妈给你摆脸色,嘴上没说,但面上已经在赶你走。在我家,你没吃上一顿饭,只喝了一碗水,我妈给你的。

　　我妈在临死之前告诉我,因为门不当户不对,和你家爸妈的反对,她怕你怀上我的孩子,走到无法收拾的地步,在那碗水里下了一种药,那种药会让你没法生娃。离开家后,我一直不敢打听你的消息,我不敢去验证我妈的话和那个药是不是有效。

　　这一切,都是我妈的错。她已经死了,而我也一生没有女人,没有子女,我们这一家也绝后了,不知道这个结果能不能让你稍微好受一些。不管怎样,我很对不起,几十年前,给你带来那么大的伤害,几十年后,我又来打扰你的生活。是命运吧,早知道会这样,那时候我就不该去惹你。

　　另外,送信的这个人是我在这边认识的朋友,家乡人,我拿他当孩子看的,他不过是顺路送这封信,与这些事都没关系,请你们不要为难他。

　　就写到这里吧,写出来,心里好受一些了。

　　祝你和家人,平安健康!

林夜生
广州

七

一阵鸟鸣将我吵醒，我有些烦躁地用被子捂住耳朵，鸟鸣依然隐隐约约传来。头痛反倒让我慢慢清醒过来，我从被子里探出头，才发现天已经大亮。史蒂芬正好敲门进来，这个高大的老外，挡住了强烈的光线。嘿，齐桑，你醒了？他问。我揉着太阳穴，问他几点了。他说，快九点了，抓紧起床，带你抢喜糖。

抢喜糖是一项久远的民俗，就是在红喜正酒的第二天上午，主家会把村民们再次叫到家里，再吃上一顿早饭，一来帮主家消耗掉办酒剩下不好处理的饭菜，二来饭后大家还可帮忙洗洗刷刷，清理用具，顺便把属于自己家的桌椅板凳、锅碗瓢盆带回去，省了主家一户户送还的麻烦。在这期间，会有管事的人，站在高处——砖墙上、板凳上、桌子上，甚至房顶上，端着盘子，里面装着瓜子、糖果，向聚集在下面的人抛撒，供大家抢而食之。以前，人们太穷，没有余钱买这些东西，所以每次有红喜，乡亲们就赶着这一场。随着经济发展，社会进步，很多地方已经没有这种习俗了，没想到溢补嗒启还保留着。

我说，不去了，头疼得厉害。史蒂芬见我没兴致，匆匆下了楼，大声喊着：快走，快走，一会儿来不及了。一阵脚步声后，一切都远了，周围静了下来。

我靠在床上，在这间陌生而简陋的房间里，回想起昨晚的事情。我记得苏素书读完信时，眼泪已经掉了下来，史蒂芬正抽着纸为她擦拭时，苏父一拳砸在了茶几上，嘭的一声，茶几上的茶杯跳了起来,又重重地落在茶几上。我们都愣在那里,不知道该怎么办。窗外闪过一道闪电,几乎是同一瞬间,瓢泼大雨封锁了溢补嗒启。

苏父叹了口气,对我说,不是针对你,吓着你了。

我说,没事,我理解。

苏素书把信装回信封。苏父说,明天,拿去烧给你奶奶吧。

突如其来的大雨把我留在了溢补嗒启。四个人坐着,却不知道该说些什么,所以我早早上了床,却一直没法睡着。我给老林打电话,却无人接听;发了微信,也没有回复。不接电话,不回微信,也没什么稀奇的,老林经常这样。我想,他也许是得知苏珍妹已经去世,想一个人安静安静吧。我便自行决定了,次日替他去苏珍妹坟前,烧点儿纸,上炷香,把那封信烧了,也算替他了却了一桩心愿。

远处传来人们起哄的声音,我起了床,站在窗前往远处望,对面的半山上,昨晚办酒的那户人家院坝里人头攒动,旁边的平房上,站着一个人,正使劲地抛撒着什么。我想象着那些飞舞在空中的东西——瓜子、糖果、花生、核桃……瓜子细碎,掉落一地,无论人们怎么捡,总有一部分要被人们踩来踩去,踩进泥污里,被扫把和撮箕携带到房前屋后,发芽、破土、生长、盛放,然后高举一支支向阳的火把,像小两口婚后红红火火的日子。

我曾向小优解释这种在我们村几乎已经被人遗忘的民俗,但小优很难理解为什么要撒瓜子。瓜子撒了一地,还能吃吗?城里长大的她,没法接受食用从地上捡起来的食物。但她对这个活动还是蛮有兴趣的,说,等我们结婚时,就去你老家办一场,把这个活动搞起来,就撒枣子、花生、桂圆、瓜子和巧克力糖,寓意早生贵子、甜甜蜜蜜。用袋子装起来,就算掉在地上,捡起来也还是干干净净的。我答应她,好,你说怎么办就怎么办。

我陷入一种难言的哀伤中,默默穿上衣服,下楼,就着水龙头,用凉水洗了一把脸。暴雨洗过的天空蓝得耀眼,天空之下,山峰苍翠,民居点缀其中,非常美丽。

苏素书和史蒂芬很快手牵着手出现在我的面前,并带来了一份早饭。懒得做了,反正人家有多的,就给你带一份,你将就着吃吧,苏素书说,吃完后,我们去看看我奶奶。

史蒂芬像个孩子,坐在我对面,看着我吃早饭,把几个核桃摆在我面前说,你看,齐桑,这是我抢到的,你就应该和我们一起去,可好玩了。我说我打小就在这山里长大,上高中才离开这里,对这种活动没兴趣。史蒂芬说,这是你们的文化,多有意思呀。我不想讨论什么文化,经济在发展,社会在进步,总有一些东西要失去,这是代价。人要过上好日子,就必然要失去一些什么。于是我没有再说话,只顾着低头吃饭。

饭后,我和史蒂芬跟着苏素书,出发进山。在远一些的地方,可以全览溢补嗒启。村子其实不大,是乌蒙山深处随处可见的那种村落,中间低洼处,是曾经的水塘所在处,现在覆了一层绿油油的玉米苗,人们的居所几乎呈环形,围绕低洼处向四周高地散开,有个三四十栋民居。村里有个小广场,竖着一个篮球架,边上有一些零散的淡黄色运动设施,还有几根太阳能路灯杆。一些人正聚集在那里，说着什么。

寨子越来越小的时候，我们就真的进山了。一路上史蒂芬都充满好奇，一会儿问这，一会儿问那，苏素书都耐心地予以解答，两人叽叽喳喳，非常吵闹。看得出来，这个老外对溢补嗒启的一切，充满好奇和兴致；也看得出来，苏素书对这个老外非常有耐心。他们是相爱的，爬山时搀扶着彼此，时而说一两句肉麻的话，杂树和野草害羞地让开了道。

苏珍妹的坟墓坐落在群山之中的高山之上，我站在坟前瞭望，群山低头，苍翠绵延，像一层层铺开去的海浪。不得不说，从视觉上看，这里的确是一块风水宝地。没有墓碑，青石砌成的坟墓上，草色青青，一些无名的小花开着。

我们在坟前坐下来。奶奶，苏素书说，我们来看你了。

大风吹过，树叶摇摆，草叶晃动，风声中有隐约的应答声。

我们烧纸，焚香，然后，也烧掉了那封老林写的信。看到信封包裹着信笺一点点被火焰吞噬，化为灰烬，我心里感到一阵轻松。老林拜托的事情，总算有了交代。

我说，我有个问题啊，不知道该不该问。反正还会在坟旁休息一会儿，不如聊聊地底的人，何况我还有一些疑问。

苏素书从坟前站起，腾挪身子到我旁边的树荫下说，你问吧。

我说，按照老林信里所说，你奶奶应该丧失了生育能力，但现实里她又有子孙，这——

苏素书说，其实我有两个奶奶，谁大谁小我不知道，只知道一个奶奶婚后没几年就去世了，反正是这个奶奶将我爸养大的。

她指了指那堆坟土。

所以你爸并不是她亲生的？我问道。

不知道，苏素书说，我爸从没说过，即便我们问，他也从不说。

我想了想说，你奶奶姓苏，你们一家也姓这个？

苏素书笑了，我们家其实姓杨，爷爷膝下有两个儿子，大儿子跟着爷爷姓，小儿子，也就是我爸，跟着奶奶改姓苏。

苏素书在手机里翻找了一会儿，把手机屏幕正对着我说，看，这就是我奶奶。

照片上的苏珍妹，绾着一头银发，面容苍老而不颓败，岁月留下的褶皱，隐含着一种淡然的气质。看着照片，我心里禁不住赞叹，原来美从不会被时光带走，只会换另一种形态体现。我向苏素书要了那张照片，如果老林看到她生前的照片，也许会有一些安慰吧。

离开苏珍妹的坟地前，我拍了一张坟墓的照片，和苏珍妹的照片一起，发给了老林。老林依旧没有回复。

归程总是要快一些，溢补嗒启很快就露出了一小部分，山间的风声和鸟鸣声渐渐退去，人类活动的声息越来越强烈时，整个寨子再一次呈现在眼前。村中的小广场上，已经有人在场子中央架起木材，四周摆了桌子，十来个人忙碌着，搬运着什么东西。苏素书看出了我的好奇，说，你来得也是巧，刚好今天是我们彝家人的火把节，晚上会在广场上燃起篝火，大家喝酒、唱歌、跳舞，非常隆重。史蒂芬在旁补充，是啊，来了快三周了，这是我最期待的节日。

八

再一次被吵醒时，已经是下午五六点光景。日头已然偏西，阳光射进房间里，又被穿衣镜折射回来，照得人心里发慌。远处传来劲爆的流行音乐声，穿插着调试音响设备的声音，以及某个男人一个劲儿地"喂喂喂"的声音。一曲终了时，敲门声响起，史蒂芬走了进来。

我的朋友，你可算醒了。他把脸凑到我上方，一双奇怪的蓝眼睛盯着我说，没想到你比我还不能喝。我说也不单是喝酒的问题，主要是累了。在一个老外面前承认自己酒量不咋地，我着实是有些做不到。

酒是从午饭开始喝的。不知道是巧合还是有意安排，回到苏家，几个年轻人坐在门前的树下打牌，见到我们，纷纷过来敬烟，寒暄几句，都是些欢迎来我们寨子玩之类的话。我应承下来，稍感有些吃力，毕竟都是陌生人。饭菜已准备完毕，我们很快就上了桌，菜没吃两口，酒就喝开了。人声嘈杂，每个人都恨不得多说上几句，咱们彝家男儿，会说话就会唱歌，会吃奶就会喝酒，会走路就会跳舞，说干就干，果真就歌舞伴酒，一起来了，酒嘛，水嘛，喝嘛，怕什么嘛。然后，我就醉了。

好在醉得快也醒得快，我估摸了一下天色，是时候该回家了。念头只是在心底冒了冒，人已经恍恍惚惚地被拉出了房门。这种奇怪的热情虽然我之前并不适应，但大抵是残留的酒精作祟，也不觉得有什么不妥。

我在广场上昏昏沉沉地坐了一会儿，太阳落山了，穿着节日盛装的男女老少从四周围过来，大声喧哗着，搬来了吃食。夏日里天黑得晚，篝火等不及暮色四合便迫不及待地燃了起来。音乐响起来，一连几首，都是省内彝族歌手的歌，因为有一帮彝族的诗人朋友，我倒也多多少少在酒局上、在半酣时听过，有的还能胡乱跟上几句。

跟随着人们的步子，伴着音乐，我也慢慢变得像火苗一样，热情地摇曳起来。音乐是个好东西呀，让人一时忘了身在何处。酒也是好东西，要不是因为要开车回家，真想再好好地喝上一顿。

后来，太阳部落的《草海之夜》响了起来，在一阵闯入心湖的流水声之后，广场上回荡着人们跟唱的声音——

  把月亮喊出来
  把星星邀过来
  把月琴弹起来
  把歌儿唱起来

  把哥哥拉出来
  把妹妹逗过来
  把篝火燃起来
  把舞儿跳起来

月亮挂上树梢歌声飘过来

歌声飘过的地方满山花儿开

星星爬上山岗琴声响起来

琴声响起的地方姑娘在等待

……

哥哥一首情歌飘进妹心怀

火光下的妹妹是索玛花儿开

妹妹一个微笑牵着哥的爱

踏着欢乐的舞步走进欢乐的海

……

  悦耳的伴奏，明快的曲调，霸道的歌词，让年轻男女的眼神变得黏糊起来。这是个适合谈情说爱的夜晚，如果大火再旺一些，相爱的人一定会疯狂地拥抱在一起。

  我也想起小优来，于是离开人群，从热气里走进凉风中。我搬了一把凳子，尽量坐得离篝火远一些。风一吹，身上的激情瞬间冷了下来。是的，我承认，我无比想念小优，要是她也在多好，那样我们可以手牵着手，围着篝火跳舞，像眼前这些陌生的男女一样，好像全世界只剩下彼此。可是，那又能如何呢？高山与低谷，大树与小草，小优和我，本身就是不平等的。

  嘿，我的朋友，想什么呢？史蒂芬把我吓了一跳。他喘着气，好奇地看着我。这个时候在一旁发呆，就是对快乐的不尊重哟，他说着，伸手想要拉我。

我摆摆手说，求求你，放过我，我太累了，你们玩吧。史蒂芬只好回到了篝火旁。

父亲来了电话，问我什么时候回。我告诉他，事情已办好，今晚一定回。他并没有问具体时间，只是说，开车小心点儿。挂了电话，我无端地叹了口气。酒已经醒了，我却一时不想回家，索性就坐着吧，反正晚回也就是这一晚。

我就这么在广场边上坐着，看着篝火火苗越来越矮，不知不觉已经过去许久。篝火熄灭了，一些人叫嚣着还要继续喝酒去，一些人留下来简单清理现场，史蒂芬高大的身影在清理现场的人群中显得鹤立鸡群。

苏素书向我走来，冲我挥挥手，坐在我旁边问，心情不好？

我并不知道自己的情绪如此明显，或者是女人的第六感真的很强？我说，倒也不是。

她说，多少是有些惆怅吧。

我无言，但其实已经给了回答。

她不知道从哪里弄来一瓶矿泉水给我，我喝了一口说，男朋友不错啊。

她一脸幸福地看着远处高大的身影，忘记了回答我。

我对你们的故事很好奇，我说，可以说说吗？

苏素书说，那说来可就话长了。

他们刚在一起那会儿，朋友们都持反对意见。对大多数人来说，跟一个外国人谈恋爱，注定是没有结果的。人再好，难免是要回到自己国家的，作为女方，不跟过去吧，几年感情白费；跟吧,跨越山海,远离祖国和亲人,会有各种难以想象的困难。朋友们的话,不无道理,但苏素书终究没听进去。有什么办法呢?苏素书说,你爱上一个人,根本没法控制自己,何况这个人也同样深爱着你。也正是因为这一点,她从恋爱之初到毕业,都未曾对家里提过半句。朋友尚且不能接受,何况身在贵州深山里的亲人?

朋友们的担忧差点儿成真,大学毕业时,关于未来何去何从,两人一次次陷入僵局。最严重的一次,史蒂芬气急败坏,打包走人,离登机只差几分钟的时候,终究选择了留下,打破了一干朋友对他们的爱情以悲剧结局的猜测。于是苏素书选择了蛮狠的一招——直接将史蒂芬带回了家。横竖是个"死",不如直接点儿,反正木已成舟,全寨子都知道苏家女儿和一个老外谈了对象,人都领家里了,任老父亲再反对,也无济于事。苏父对女儿突然领回一个洋对象这事,差点儿气得吐血,可不悦归不悦,终究也是无法改变。苏素书和史蒂芬长期热脸贴着冷屁股地赖着,苏父也慢慢地改变了观念,接纳了这个准洋女婿。

我对他们的爱情心怀羡慕,讲真的,在我们老家这种地方,一个女性,要选择一个外国人成家,其实还是需要很大勇气的。对那个外国人而言,要到这样的地方生活,同样需要巨大的勇气。他们能最终走到一起,回到这山里,本身就是一种爱情的奇迹。

祝福你们,我说,史蒂芬人很好,热情好客,心态积极,这一点,和你们彝族人非常像,他是非常适合在这里生活的。

苏素书说，是啊，我们已经确定在这里生活，最近我们正在做一些调研，未来我们会在这块土地上创业，我们这里有那么多有价值的东西。我相信，哪怕是在这深山里，只要肯努力，只要方向对，一定会有好生活的。

我由衷地赞叹，事实上，家乡也确实需要更多的像你们这样的人。

苏素书说，那么你呢？

我心中一怔，可是，我的爱情不在这里。爱情于我，就像溢补嗒启，曾经存在，但现在没有了。

爱情会消失吗？我答非所问。

啊？苏素书一愣，马上又说，真正的爱可能会被遮蔽，但不会消失。会消失的，不是真的爱情。就像这地方，哪怕它改名叫麻窝，但溢补嗒启依然存在。

这时，史蒂芬已经忙活完走了过来，问道，嘿，苏，你们聊什么呢？

苏素书笑着不说话。我说，史蒂芬，我想问问你，以后这里就是你的家了，是吗？

史蒂芬耸耸肩说，那当然，苏在哪里，哪里就是我的家。他看着苏素书，眼神拉丝，说，只要跟她在一起，在哪里我都愿意。苏素书回他，就你嘴甜。

我笑了一下问，可是你的父母呢？

问题不大，我的朋友，我和他们商量了，他们为我这个勇敢而伟大的决定感到骄傲，史蒂芬说，他们会来看我们的，我们也会定期回去看他们的。

说着话,史蒂芬和苏素书已经抱在了一起,让人有些难以直视。

我心生由衷的羡慕,脑海里浮现小优的面容。想起她曾歇斯底里地盯着我,问我,你脑子到底在想什么?可不可以不想那些有的没的?难道我爱你、你爱我,这个理由还不够吗?

我离开溢补嗒启回家时,苏素书和史蒂芬还拥抱着,在一旁缠绵。眼前的这两人,也许未来,他们会争吵,会有分歧,会后悔现在的决定,甚至会分开。但此时此刻,他们相爱,紧紧抱在一起,没有别的原因,仅仅是因为,他们爱着。爱着,就够了。

九

离开溢补嗒启之后,我开着车经过老家所在的村子,径直去了镇上,把车子的油箱加满,买了两包中华烟放在车上,然后借着加油站的灯光查看车况,确认车身并无新的刮痕。

回到村里,已经是夜里快十一点。我把车径直停到了张威家门口。他一身酒气,但人还清醒,非要拉我再喝一些,我以太累为由拒绝了。他说镇里领导安排吃饭,不喝点儿不行。唉,兄弟,我身不由己啊,领导说马上要提拔我了,不多喝点儿不成样。我看着他得意的样子,笑了笑,说,这是好事,应该多喝点儿,可惜我太累了,只想睡觉。他说,过两天,过两天咱们去镇上,我叫上几个小兄弟,咱们好好喝一顿。我说,好好好。没谱的事情,跟着附和就对了。我把两包烟给他,说,别人给我的,我也不抽烟,你抽吧,油加满了哈。他说,你你你你……你看你,兄弟之间这么客气干吗?有一瞬间,我有种奇怪的感觉,好像我还是我,张威也是我,我不过是在和另一个我谈话,另一个可能的我。我心里一阵唏嘘。

我们又随意说了些话,我便借着手机手电筒的光匆匆步行回家。破天荒地,为我开门的,是母亲。我吃了一惊,竟一时无话,按照常理,母亲早该睡去。母亲说,你回来了。我"嗯"了一声。父亲坐在沙发上,愣愣地看着电视。看得出来,二老都有那么一些不高兴,像是刚吵过架。父亲说,回来了就好。

我坐在他旁边,和他一起看电视。电视播放着一个无聊的剧,某个"老少皆宜"的中年男演员,正和某个"男女通吃"的中年女演员说着什么,剧情寡淡无味。我想开启话题,说一说我的事,我和小优已经分开的事,和我尚不确定的未来,但一时不知道如何开始,便问母亲,妈,你今晚怎么熬这么晚?母亲说,有事嘛。这时父亲关了电视,一本正经地看着我说,为了你的事,我们吵了一架。我说,有必要吗?母亲说,也不算吵架,但确实是多说了几句。我说,犯不着因为我吵架。

父亲说,我认真问你,你认真回答我,知道你能说会道,现在你就只管认真回答我可以不?

我说,可以。

父亲说,你和那个广东女孩,是认真的?

我说,那当然是。

父亲说,那不想回来也是认真的?

我说，不想回来与这个没关系，不过——

父亲打断我，将我后面的话硬生生堵了回来，好吧，知道留不住你，也不留了。他指了指旁边，你妈连夜准备了特产，你带回去，让那姑娘尝尝，也算提前适应适应我们家乡的口味。

我愣住了。他们的问话打乱了我的计划。我一时不知道该说些什么，要是这时候告诉他们，如果他们非要我留下来，那我就留下来，好像我之前说的话是在胡说一样。事实是，我回答父亲的，却又是我心中真切的想法。我说不出话来，只得看向母亲，母亲正一脸憨笑地看着我说，愣什么，我们说的是真的，我们还年轻，而且你姐家离得近，你哥虽然在外，但过两年肯定得回来，我们不孤单，你自己开心就好。

他们的态度和这些话，让我有些受宠若惊。

父亲说，不是气话，是真的，有机会，也把我和你妈接过去见见世面。

我感到嗓子眼里哽得厉害，使劲吞咽了一口口水才说出话来，好。

父亲对母亲说，你快看看还有什么漏了没有，别像以前一样，人都上了车，才想起这没拿、那没拿的。

母亲说，是是是，我再看看。

看着母亲佝偻忙碌的身影，我有些无奈。妈，别忙了，我又不是马上就要走，我说。

母亲站起来，揉了揉腰，说，哎，我就说你没那么急，你爸非说你待不住的，那我还是睡觉去，困死我了。

老家的日子是清闲的，但也挺无趣。我除了偶尔下地干点儿割草、打猪草之类的活儿外，剩下的时间就无所事事地待在家。在我们老家，跟我差不多大的年轻人其实不多了，仅有的那几个，都有自己的家庭，除了路上打打招呼，已经没什么共同话题了。张威倒是约过我，问我有空没，我说都有空。他说等他一空下来就约起喝一个。话是这么说，但他可能真的太忙了，好像忘了有这么一茬事。

我觉得自己是乐不思广州了，脑子常常放空，没想太多的事情，连老林都忘记联系了。但当我一次次产生幻听，以为小优给我发了信息，打开微信却一条消息也没有时，我又清醒过来，我不过生活在一种自我营造的氛围里。我知道自己还在期待什么，但我终究是忍住了联系小优的冲动。事已至此，何必再挣扎？不能在同一件事上反复无常，我不断地提醒自己。

四五天后，父亲倒对我有些不爽了，说，你个大小伙，又不逢年过节的，不上班，在这乡下待着干什么？我说，这不陪你们嘛。他说，不要你陪，你该干什么就干什么去。再说了，父亲说，你看看你那张脸，傻子都看得出来你有心事，想回去就抓紧走吧。我苦笑，一会儿不让我走，一会儿赶我走，真有你们的。这期间，我接到一次之前面试过的那家文化公司的电话，问我考虑得怎么样。我说老家有点儿事，回老家了，容我再想想。挂了电话后，对方和我加了微信。

一周后的上午，我再次接到老林的电话，是医生打的。挂了电话，我犹豫再三，还是给小优去了电话。按照医生的说法，老林已经快不行了。我说，老林前些日子状态不错呀，怎么会这样？医生说，老林一周前住进来，每天都昏迷很多次，具体情况见面再说吧。我离广州有几千里路，再快也得七八个小时才能赶过去，我也不认识老林其他的朋友，只得拜托小优去看看。通过电话，我听出小优有一丝浅浅的兴奋。我说，你在干吗？小优说，你说事吧。我便告诉了她老林的事，我说，麻烦你去看看，我马上买票，拜托了。她说，不说这种话，老林也是我的朋友。

我几乎是马不停蹄地赶路，到了医院，还是没能见上老林最后一面。太平间外，小优肿着双眼，人瘦了。我来不及心疼眼前的小优。我们进了太平间，看着老林躺在那里，我突然浑身麻木，脑子一片空白，耳朵里嗡嗡嗡的，努力张着嘴，听不见任何声音，感觉不到自己还存在。我想如果有另一个我在旁边，一定会看到一个傻乎乎的魂被抽走的木头一样的人站在那里。直到小优的脸在我眼前不知道晃了多少次，我才被她像支配一个提线木偶一般从麻木里拽回当下。当下是冷冰冰的太平间，此后永远沉默的老林，以及小优瞪得大大的眼睛。你怎么了？小优晃着我的肩膀问。我倒吸了一口冷气，软塌塌的身子重新挺立起来，没说一句话。

老林被继续留在太平间，等待火葬场的车前来接走。据说这两日火葬场都很忙，人手又紧张，需要时间，最快也要到凌晨了。我们索性约了第二天上午，这样我和小优都可以好好休息。逝者已矣，生者务必要坚强。道理谁不懂呢？

我们打车去了老林的家。老林家我们都已经很熟悉了，一切都是旧时的模样。老林从老家跑出来，在广州一待就是几十年，在漫长的人生中，一定搬过很多次家。现在的家里没有贵重物品，只有一些简单的物件，值不了几个钱。虽然物品少，但因为地方小，家里一贯看起来很拥挤，但此时，竟显得空荡荡的。我们坐在老旧的沙发上，我想问问小优这段日子过得怎样，但最终还是选择了缄默。

寂静让人昏昏欲睡。正当我几乎要睡过去时，耳边传来了小优低声哭泣的声音。我一下无比清醒，愣愣地看着她，你怎么了？她没说话，只是哭，大有越哭越凶的架势。我心里一阵酸楚，犹豫了一下，还是默默地揽住了她的肩膀。她的头软软地靠在我的肩上。

小优情绪稳定了一些，说整个下午老林都处于昏迷状态，天快黑的时候，突然醒了过来，甚至气色看起来还不错。她说那时以为他要好转了，没承想竟是回光返照。小优给他削了个苹果，他吃了一口，再没胃口。他们就那么有一句没一句断断续续地聊着。知道我在赶往广州的途中，老林说自己就是个麻烦，麻烦这个麻烦那个。聊着聊着，老林又不行了，握着小优的手，把自己的身后事托付给了小优。老林再次昏了过去，一个小时不到，老林开始使劲乱动，喉咙发出咕咕咕的声音，好像是使劲想说话，但又说不出来，持续了不到一分钟，口吐白沫，头一歪，走了。

小优一动不动地静静地靠着我，她已经哭累了，声音有些微弱。她说，要是知道会这样，我就应该在他醒来的时候给你打个电话，这样好歹你们能说上一些话。

我想起初到溢补嗒启的那个夜晚,苏素书口里读出来的老林信里的那些话,他是拿我当孩子看的。无论是出于一生无子,还是老乡的身份,都不重要,重要的是,我和老林,相差几十岁的两个贵州人,在不属于我们的城市里,其实早就成为心灵上相互依靠的朋友了。我心里也很难过,我说,小优,你别想了,对老林来说,走了也是一种解脱吧。

我又说了些什么,但小优没有回答我。她睡着了。

十

我们在老林家的沙发上相互依靠着,睡了一夜。醒来时,我的肩膀奇麻无比,稍微动一下,就麻得我几乎要叫出声来。

想起有次某个假日外出旅行,去一处遥远的山间,返程时因为山体滑坡,道路封住了,我们在前不着村后不着店的地方一堵就是四个多小时,小优一直靠着我睡睡醒醒,那时我的手臂也是如此麻。她醒来意识到把我靠麻了,心疼地给我揉肩膀。不揉还好,越揉越麻,像电击一般,我当时就忍不住大叫起来。事后她怪我,问我为什么不叫醒她。我说不忍心。她说可是她宁愿自己不睡,也不想让我难受,会心疼。

今时不同往日,所以一种来自心底的强烈的意识要求我必须尽量保持无事的模样。但小优还是看出了我的狼狈,有些不好意思地问,你为什么不叫醒我?我说,我自己也睡着了。她说,你躺平靠一下,慢慢就恢复了。我说,算了吧,还要赶回医院去。

她说，我和你一起去。我说，你好好上班。她说，已经请好这几天的假了。说着她向我扬了扬手机。

在等待殡仪馆的车到来时，我们去找了一趟老林的医生。医生告诉我们，老林是肝占位，晚期，就是肝癌。我们很平静地听医生介绍，说第一次发现已经是晚期了，这种情况他们一般都是建议家属保守治疗。手术的意义不大，医生说，遭罪。我说，可是他的状态不像只有那么短时间的人。医生说，也许是受到什么强烈的刺激了吧。我恍然大悟，在溢补嗒启的时候，我告诉老林苏珍妹去世的消息时，老林的反应非常反常，后来我再没联系上老林。按照医生给的时间节点，老林就是在得知苏珍妹已经去世的消息后崩溃的。也许，支撑着远离家乡孑然一身、孤独终老的老林活到现在的，一直是那个叫苏珍妹的女人吧。苏珍妹死了，老林也便失去了那股精气神，所以一夜溃败，病入膏肓，无力回天。我心里充满了自责，如果我知道结果会如此，一定会撒个谎，就算告诉他没找到苏珍妹，结果也不至如此。但我深知自责在此刻没有什么用，只是叹了口气，说了句并没有什么用的话，早知道就不告诉他了。

老林被送到了殡仪馆火葬场，推进了焚烧炉，很快就化成了灰，装入一个小小的盒子。抱着老林从殡仪馆出来时，一场大雨下在了炎热的广州。我们站在房檐下等雨停。我用餐巾纸擦干老林骨灰盒上的水滴，看着大雨中阴沉沉的天空，说，一切也许都是最好的安排。小优"啊"了一声，没说话。我们就各怀心事地那么站着。

大雨下了几十分钟，雨停后，太阳再次放射出强烈的光线，城市上空出现了美丽的彩虹，像一个奇妙的隐喻。

我说，给老林找个好地方吧。

小优说，好。

老林没什么朋友，有我和小优足够，开追悼会大可不必，所以我们立即打车去了附近的公墓，几乎花光了他留下的不多的积蓄，为他找了一块不错的墓地。

在墓碑上，刻了简单的几个字：

林夜生，独自去了溢补嗒启。

友 齐桑 小优 立

小优说，溢补嗒启？

对，我说，溢补嗒启，那里有支撑他熬过漫长岁月的人，那是他一生想回去而又不敢回去的地方。

安葬完老林，天已经快黑了。我突然感到疲惫不堪，头晕，浑身无力，好像有一场重感冒要袭来，下台阶的时候，腿一阵发软，幸好小优在旁边及时扶住了我。你没事吧？她问我。我说，没事。她说，你是太累了，回去好好睡一觉。

从墓园出来，我们站在路边拦车，一辆出租车停在我们面前，我对小优说，你先走。她说，我送你回去吧。说着她推着我上了车。我说，不用，我自己能行。她说，最后送你一次吧。我便无话了，心里又难受起来。

车往我们租住的房子开时,我甚至希望这条路没有尽头,车永远这么开着,我们永远这么坐着,就算不说话,也非常美好。

就像顾城诗里写的那样:草在结它的种子/风在摇它的叶子/我们站着,不说话/就十分美好/有门,不用开开/是我们的,就十分美好……

我脑海里又浮现出和小优刚同居的第一晚,她趴在床上给我朗诵诗歌,就是顾城的这首《门前》。那时候,我们的家非常简陋,但她非常有信心,说,一个家没有个女人是真不行,你就等着吧,看我如何把咱们的家一点点装扮起来。她说话算数,不到一个月,我们的家就换了天地,变得非常温馨。

温馨的家就在前方,出租车先去了医院,我取了寄存在医院门口一家小店的东西,然后只是稍微堵了一会儿,便把我们送到了。小优扶着我上楼。我让她快回去。她说,先送你上楼吧。打开门,家依然温馨,想象中被搬离了许多东西,一段时间无人居住而弥漫些许霉味的情形并未出现。

小优没有脱鞋,站在门边,犹豫着说,那个,东西原本要搬的,但太忙了,也没空过来,我明天就搬走。

我坐在沙发上,顺手摸了一下茶几,茶几上很干净。小优撒了谎,在我不在的日子里,她一直生活在这里。我心里有一丝暖流淌过,我说,要不休息会儿?

小优转身背对着我说,我得走了,再晚我妈得催我了。

我犹豫了一下说:我妈给你准备了些特产,老人家说,让你先尝尝,也算适应适应。我突然意识到也许不该再就这个说下去，于是赶忙说，你等我找找。我心里慌乱，走到鞋柜旁边，低着头拆从老家带回来的行李。

小优回过身来说，那个，我妈也说，让你去家里吃顿饭，我没说好，就说你最近在找工作，太忙了。

你妈？我有些不可置信地看着她。

哎，那个，小优慌张地说，最近事太多，我还没来得及告诉她我们的事。

我感到一阵激动，好像这一切正是我希望发生的。我站起来，看着小优，小优也看着我。我紧张起来，甚至不知道手应该放哪里。我说，你……要不，先在这里休息吧，周末去？特产，特产也给你爸你妈准备了一份的。

小优扑进我的怀里，突然号啕大哭起来，使劲地捶着我的胸膛。那一刻，我紧绷着的心，突然松懈下来，像举着的一块巨石，突然放了下来，整个人轻飘飘的，像飞起来，一阵眩晕，陷入一种幻觉——

密密麻麻的快速移动的脸，奔跑的汽车，层层叠叠的山林，年轻的林夜生衣着朴素地奔跑在山间，在他的前方有一个美丽女孩的背影……小村子，大大的池塘，环绕在半山的古老的民居……突然，大火烧了起来，篝火照亮了夜空，苏素书和史蒂芬牵着手，跳着舞，他们冲我笑着，大声说着话……溢补嗒启，那是苏珍妹和老林的溢补嗒启，也是苏素书和史蒂芬的麻窝，无论大大的水塘是否消失，无论那块土地是否改名，它都是溢补嗒启。

溢补嗒启。我喃喃自语。

啊？小优从我的怀里抬起头，什么？

我抚摸着她的后背说，别哭了，不饿吗，还有力气哭？

小优没好气地笑了。

我们点了外卖，简单吃了些东西。小优先去洗澡，说先去床上等我。但我洗澡出来，她已经睡熟了。我不忍打扰她，又一时没有睡意，便回到客厅沙发上。

在沙发上沉默许久，喝掉一大杯温水后，我做了个决定，我掏出手机，给那家文化公司回信：事已办完，已经回到广州，明天下午碰个头再聊聊？

微信里有不少未读信息。我这几日实在是慌乱，知道微信有未读信息，但着实是没心情一一查看。于是我逐个点开，有的阅过即退，有的简单回复。

我看到了史蒂芬发来的微信，透出掩藏不住的热情，好像他就站在我面前，睁着蓝色的大眼睛，咧着嘴问，齐桑，我的朋友，回到广州了吗？

我说，回了，那个叫林夜生的老人去世了。

史蒂芬说，林夜生？

我说，对，就是那个给苏素书奶奶写信的人，我今天刚安葬完他。

史蒂芬说，哦，这可真是个不好的消息。

我说，于他，也算是一种解脱吧。

史蒂芬说，我的朋友，你要好好的，等我和苏结婚的时候，希望你能来到这里。

我说，溢补嗒启？

史蒂芬说，麻窝。又说，对，溢补嗒启。

放下手机，我蹑手蹑脚地进了卧室，在小优的身旁躺下。小优迷迷糊糊地翻过身，把头枕在我的臂弯里。

我又梦见了那片湖，坐落在群山之间，像大地的眼珠子，被雾气笼罩着。四周空无一人，连鸟鸣都没有。我感到心慌，呼唤着小优，山间回荡着我的回音。远处传来小优的回应，我循着湖岸而去，在浓雾散尽的湖畔，我看到小优临水而立，头上插着一朵鲜艳的野花，冲着我笑。她说，齐桑，你怎么才来呀？

嘎依的来信

一

从候机厅望出去，停机坪上，飞机安静地停在那里，等待飞往它们的目的地，偶尔有各种人员或者摆渡车穿过。再远一些的地方，飞机起飞的起飞，降落的降落，出发和归来的人匆匆忙忙，隔着一层厚重的玻璃，像一场盛大的默剧表演。

清晨七点半左右，候机厅已经坐满了人，没座位的人，只得或蹲或站，百无聊赖地等待属于自己的航班。

大兴机场通航三年多，我却是第一次在这里乘坐飞机。我所在的文化公司主要业务是大型文化活动策划和执行，行情好的时候，我一个月中大部分时间在外地，天南海北地跑，走马观花地领略大好河山的同时，也借工作之便见到了不少艺术大佬。他们中有作家、画家、书法家，还有一些戏曲演员和歌手。我为父亲要到了不少戏曲名家的签名，可把老头高兴坏了。后来，公司业务量锐减，三年时间，裁了一批又一批人，眼看着即将熬过寒冬迎来春天，刚满四十岁的我却上了裁员名单。我在职时没能因工作之便来过大兴机场乘机，被裁后反倒来了。

出于无聊,我拿起手机播放音乐,耳朵里响起了那首熟悉的旋律。歌名叫《阿西里西》,是父亲偶尔哼唱的歌曲。歌曲旋律欢快,唱词是少数民族语言,我听得不甚明了。父亲爱戏,发自内心地爱,除了哼戏,也就是偶尔哼起这首歌了。可惜现在父亲听不到了。

父亲死于一周前,膀胱癌晚期。他患膀胱癌已逾十年,我知道他会死,只是没想到这一天来得这么突然。

料理完父亲的后事,我把自己关在家里,足不出户、不吃不喝整整一天一夜。那时候,我感觉自己像被全世界抛弃了一样,活着就是一个笑话。第二天早上醒来,饥饿感和眩晕感让我非常痛苦,迷糊中看到父亲在向我招手,好像在说,你来呀,你来呀。我看着父亲,向父亲走去,手里攥着半瓶父亲剩下的安眠药。

"砰砰砰"的敲门声把我拉回现实。父亲瞬间消失了。小区物业送来了一封信,说信到了几天了,因为老人去世,我又忙前忙后、忙里忙外,也就没及时给我。那是一封很平常的信,就是那种由牛皮纸信封装着,贴了邮票、盖了邮戳的那种。对此,我并不吃惊,因为我知道父亲有写信的习惯,哪怕是平常留个字条,他也习惯按照书信的格式。

比如他给我的遗书,就是一封书信。

策云吾儿:

今晚突觉身体不适,比任何一次都严重,估计是大限将至,所以给你写这封信,如果你看到时我不在人世,便算作我给你的遗书。

我们一家干净,我只有你,你无儿无女,所以其实也没什么可交代的。我早在三十年前就应该死去,十年前也应该死去,这么些年都是赚的,所以其实也没什么可悲伤的。

关于你,我以前劝过很多次,所以现在也没什么好劝的,如果我还有什么遗愿,就是你应该好好地活下去。不是说你要结婚,也不是说你要有个好工作,但你好歹要有一件自己热心的事情去做着,让自己开心的、向上的事情,随便什么都行。

策云,你还有漫长的路要走,等你走过了,就会发现现在这些什么都不是。这个道理,是别人教会我的,我也想教给你。

父张民权
2023年7月22日深夜留

我读到这封信的时候,甚至有种父亲就在身边对着我说话的感觉。这大抵便是书信的魅力和神奇之处。现在,这封寄给父亲的书信,就沉甸甸地压在我的手里。信件来自贵州毕节山区的一个小村子,写信人叫嘎依。

回到家,我思量再三,决定替父亲打开这封信。信的内容很短。

民权：

　　上次的信收到了。我们一家人都过得很好。知道你身体不大好，希望你能坚持下去，毕竟世道这么好，日子这么好，能多活一天是一天。

　　另外，你说要回来一趟，什么时候能回？身体不好，便要好好休息，其实回不回的都不重要了。知道你挂念，我们也都开心。如果真要回，一定要提前告诉我们。

嘎依
2023年7月17日

　　嘎依是谁？为什么给父亲写信？明明可以打电话，为什么非得写信？父亲三十年前曾参加考察队到贵州考察，难道就是在那里认识的嘎依？嘎依是男是女？难道她是父亲的情人？天哪，我不会在那遥远的山里还有个同父异母的亲人吧？

　　我迫不及待地去了一趟父亲生前任职的那家研究院。研究院坐落在一条破旧胡同的深处，曾经风光无限，但现在透出一股"老"气，像个被人嫌弃的弃妇，独自沉默着蜗居在巷子深处。里面都是父亲的老同事，看到我都说了些安慰的话，听说我想打听父亲在贵州考察时的情况，却都说不上什么。父亲去贵州时还很年轻，跟他同一批去的其他的老专家现在多已作古。唯一能打听到的是，父亲在贵州毕节时，脱队了差不多半个月，被找到后就紧急送回了北京治病。据他说是当地的农户救了他，给他找了草药包扎，结果造成了感染。除此之外，他们一概不知。

找不出答案，我便不想了。我计划把手上的事情忙完，就回信告知对方父亲已经去世，无论他们之间有什么，所谓人死账清，就当一个了结吧。

二

可是在整理父亲遗物时，我又改变了这个想法。因为我在父亲的老密码箱里，翻出了父亲与嘎依的厚厚的一沓信，足有百来封，好奇心驱使我把这些信都翻了个遍。

如果不是这些信，我不会知道，父亲残疾后曾一度想要自杀，患癌后也多次想自行了结，是嘎依一直在开导父亲。他们的通信频率不高，有时候一年只有一封，有时候一年四五封，内容也没什么出格之处。但我感觉得出来，他们之间关系不浅，像相互挂念的爱人，也像相识多年的老友。让我疑惑的地方还在于，嘎依的笔迹总在变化，从歪歪扭扭如同小学生，到越来越周正，再到越写越好，让人捉摸不透。不过在一封信里，嘎依解释说，自己在不断地练习写字，还问我父亲她是不是越写越好了。

也是在嘎依给父亲的一封信里，我看到了和父亲给我的遗书差不多的一句话：你的人生还很漫长，等你挺过去了，这些困难什么都不是。

　　我把这些信按照时间顺序重新整理，连同嘎依寄来的最后一封信，用胶圈重新捆起来放好。之后我去了墓地，告诉了父亲这一切。我想他会收到的吧。坐在父亲的墓碑前，我买了一张北京飞往贵阳的机票。

　　飞机些微晚点，八点四十多，从大兴起飞。看着偌大的北京城越来越小时，我心里冒出一种奇怪的感觉，好像是第一次得以用心打量这座城市。我在这里生长，在这里求学、工作、恋爱、结婚、失业、离婚、失去亲人。我有多少次乘坐飞机起起落落，就有多少次这样看着这个城市，但却是第一次，有一种说不上来的感觉，好像我孑然一身，不知道该往何处去。

　　原来每次外出和回来，我都觉得自己是属于这个城市的。那时候有父亲有妻子。后来没了妻子，我开始频繁进山，但父亲在，就像那个拉着风筝线的人，我这个风筝飘得再远，也终究会回来。但现在，父亲没了，那根线也断了。

　　父亲走的那天我在延庆的山里。离婚后我常去山里，密云、门头沟什么的，偶尔也出北京，奔河北甚至山西而去，反正离得不远。我是被裁后的第三个月离的婚，离婚的直接原因是我太消沉，熬夜、酗酒。我和妻子之间爆发了非常激烈的争吵，我甚至有一些难以自制的家暴行为。但深层的原因是她有了外遇，那个男的我见过。一次，她去参加同学聚会，我刚好在附近，便自作主张去接她，推门进去的时候正好看到他俩在喝交杯酒，事后她一直解释说就是玩游戏输了，我也就假装信了。我们恋爱一年，结婚十一年，从她二十七岁到三十九岁，我对她太了解了，看一眼她这么解释时的神情，我就知道了个大概。好在我们没有孩子，没有孩子就没有拖累，她说什么也不想要，都给我，理由是我有个腿残并罹患癌症的老爸，她父母健全，家境不错。离婚后三个多月，也就是五六月的样子，她结婚了，和我的猜想差不多，只不过时间提前了。这时候我已经不再酗酒，但还是长期熬夜，听摇滚乐和看书，脾气依旧暴躁。我喜欢上了进山，去干什么呢？露营，或者找个客栈住下来，啥也不干。我都不知道自己在干什么。这一切父亲看在眼里，他常劝我，劝我重新找个工作，或者重新找个女人，只要二者得其一，我就不会再这样。可惜他怎么劝也没用，我和父亲甚至发生了几次大的争吵，渐渐像一对仇人，说了不少断绝父子关系的话，于是他劝着劝着就不劝了。他有自己的乐趣，就是和几个街坊组了个戏曲爱好小组，每周有固定的几天一大早就去玉渊潭练嗓子。我不知道他为何对戏曲那么痴迷，哪怕他截了一条腿，只能靠拐杖支撑也要跑去那么远，就像他不知道我为什么莫名其妙就跑到山里去。

　　头天下午，我刚进山，他还给我打了个电话，语气不善地问我又跑哪里去了，什么时候回。他声音响亮，中气不错。他已经习惯我突如其来的消失。我说在延庆，待两天会自己回去。说话时我已经搭好了帐篷。第二天早上快七点，我接到了居委会的电话，说几个老街坊找不到我的电话，问到居委会去了。他们和父亲约好六点半碰头，眼下都快七点了还不见人。我说我在山里，老头在家里，不会是睡过头了吧？说了我就觉得不太可能，老头病退几年,虽然受失眠困扰,不得不依靠安眠药助眠,但天天都会雷打不动地早起,不可能睡过头,除非……除非出了事。

我非常后悔,如果那天我不进山,父亲兴许就不会走。我甚至觉得,如果离婚后我不老往那山里钻,父亲就不会死。如果我不离婚,如果我不消沉、堕落、酗酒、家暴,如果我不被裁员……如果……如果不是因为我,父亲就不会走。虽然因为工作的事情,我们曾一次次恶语相向,但他毕竟是我父亲,我毕竟是他儿子。

一个浑厚的男声把我从自责的泥潭里拉了回来。他说,叔叔,你没事吧?我这才发现自己的眼里充满了泪水。我用手揉了揉眼睛,眼泪被挤了出来,湿了手背。我深深吸了口气,说,我没事。他递过来一张纸,我接过说了声"谢谢"。情绪平复了一些,我问他,去贵州哪里?他说,贵阳。我说,有首歌,你听过吗?《阿西里西》。他说,听过呀。我问他,歌词是什么意思?他说就是一首民歌,彝族的,在他老家毕节的彝乡流传的,彝族人过节什么的都爱唱。阿西里西是什么意思,知道吗?我问他。不知道。他说,反正是很欢快的意思。叔叔去贵州干什么呀?他反问我。我说,找个人。

飞机平稳飞行着,刚登机时的躁动喧闹已经消隐,一些人已经开始打瞌睡或者假寐。我调了个舒服的姿势,闭上了眼睛。三个多小时后,我将在龙洞堡落地,然后坐高铁去毕节,再转汽车或者包个车去往目的地。一切都安排好了,美中不足就是没买到贵阳去毕节的坐票,但好在车程不长,站着熬一熬就过了。

三

熬一熬就过了。

嘎依在给父亲的信中，多次说到这样的话。

我不知道父亲都给嘎依写了些什么，但从嘎依的回信里，我大概能够猜测父亲寄出去的每一封信件的内容。父亲把家里大大小小、细细碎碎的事情，都告诉了嘎依。而嘎依也以同样的方式，回复了父亲，说家里养了几头羊，说核桃成熟了卖价不怎么样，说孩子们挺闹腾，说欢迎父亲得空回去看看……

关于父亲的毕节之行，我知道的并不多。父亲是二十世纪九十年代中期去的毕节，那时候我不过十多岁，整日忙着苦学。当时他是研究院的助理，作为考察队的一名非核心人员，跋涉到毕节做少数民族语言研究，主要负责配合专家们开展联络、资料收集整理等工作。一次意外导致父亲和考察队走散了，他深夜也没能找到大部队，还不小心把腿摔伤了，引起了感染，不得不截肢。截肢没几年，母亲车祸去世，家里剩下了我和父亲两人。好在研究院的工作本来不多，加上他因工残疾，单位有优待，虽然父亲的事业后来一直没什么进步，但稳定的工作还是保障了我们父子俩的温饱。

嘎依是谁？和父亲什么关系？父亲在毕节到底发生了什么事？这些问题驱使着我，向一个遥远的村子而去。

但难道我是为了寻找这些问题的答案？父亲已经去世，答案已经没那么重要。那就当是替父亲履行他信中的承诺，回去看看吧。真正让我决定出发的,是这个理由。

中午时分,我乘坐的飞机落地龙洞堡机场。走出机场,一阵清新的空气袭来,让人肺腑瞬间饱饱的,是在北京完全感受不到的那种满足感,好像每一口吸进去的,都是氧分子。虽然是夏季,但和北京相比,贵阳凉爽极了。之后我搭乘地铁去往北站,掐着时间在北站吃了个午饭,就上了去往毕节的高铁。不到一个小时的样子,就到了毕节站。

坐在车站里的按摩椅上,我一时不知道该怎么办。之前的计划就这么被打乱了。我有些后悔,觉得自己太冲动了,我为什么一定要来这个地方呢?贵州我来过多次,但毕节是第一次来,我在这里没有朋友,连"点赞之交"和可以咨询的人都没有。一路上,我都在想,当年父亲从北京出发,到达毕节的乡野间,到底走过什么样的路途。我现在半天就能走完的路程,他要走上多少天?我看过的这些风景,父亲一定看过它们更原始的模样。可是,这又有什么意义呢?是父亲指引我来到这里的吗?就像那天,他在幻境里一直对我说,你来呀,你来呀。他在前方等我?

我很快就在按摩椅上睡着了。我梦到了父亲。他穿着老旧的中山装,背着沉重的背包,还拖着大大的行李箱,胸前挂着相机,走一会儿,便停下来,边喘气边拍照。他说,你跟着我走,就不会错。我便乖乖地跟着他走了。

网约车司机的来电把我吵醒了,醒来只觉浑身酸软,像生病了一样。在按摩椅上缓劲时,我突然觉得,此时此刻,我正循着父亲的足迹,去往一个陌生的地方。路途虽然孤独,但父亲一定在我看不见的地方，陪着我。这让我感到些许的安慰。离开按摩椅去网约车司机说的地方时，我摸了摸背包边袋里的那个药瓶子，希望那里是一个山清水秀的好地方吧。

司机是个二十多岁的小伙子，留着精神的寸头，操着蹩脚的普通话和我打招呼，在确认信息后，提醒我系好安全带，车便从高铁站出发了。上了高速，我们不知怎么的就聊上了。通过聊天，我了解到，他是贵阳某高校的毕业生，开网约车已经快两年了。我说，你大学毕业，就干这个，家里能同意？小伙子说，当然不能，老爸现在对我还很不爽呢。我说，那肯定，他们一定觉得你浪费了才能。就是，小伙子说，老爸让我考公务员，可是我考不上呀，再说我觉得跑网约车也挺好的。我说，如果你因为这个工作感到开心，那就挺好的。其实父子之间，哪里有什么深仇大恨呢？小伙子说，我们吵架的时候，恨不得干起来，可是我跑车在外，经常很晚回家，他还是会给我留一口好吃的，还是会让我妈提醒我要注意安全，虽然他啥也不说。

也许天底下当父亲的，都是这样的吧。我说。

我想起父亲。我失业后，他曾建议我去弄个出租车开开，好歹混口饭吃。他说，男子汉大丈夫，要能屈能伸，天天在家躺着算怎么回事？我说要开你自个儿开去。我们吵过那么多次，并没有吵出什么结果。那时候的我沉迷于酒精，不想出门，不想工作。父亲虽然非常生气，可是在我前妻和我一次次争吵时，我却又暗地里听到他在劝我前妻，让前妻不要逼我逼得太紧，他相信我会熬过那段灰暗的日子。想到这里，心里的自责又爬了上来。

我陷入无言，瘫在座椅上。司机看出了什么，不再说话，只顾认真开车。

两个多小时后，我到了镇上。司机把我放在一家旅馆门前，告诉我这里离名声在外的韭菜坪景区不远，此时已经是花期，建议我去看看。如果你需要，他说，我可以送你去，价格绝对公道。我谢绝了他，我知道他希望多拉一趟，多赚一点儿钱，可是我没有兴趣。这一路，是父亲指引我来的，我没兴趣去看韭菜花，那就是父亲不想我去看韭菜花。我该听从父亲的安排。

四

小镇不大，但大抵是因为正是旅游旺季，所以显得非常热闹。从旅馆四楼看出去，通过大大小小的招牌，不难分辨出这个小镇旅馆集中在广场附近。我因为订得晚，订到的这家旅馆离广场有一些距离，但即便如此，也是爆满。

暮色降临时，我简单吃了些东西，便窝进了房间。虽然一路疲惫，我却毫无睡意，索性研究起嘎依的那些信件来。我又发现一个疑点，信件共一百四十七封，持续了几十年，虽然除了字迹有变化，似乎没什么差别，但我还是敏感地察觉到，这些信里的情绪不太一致，似乎是有断裂的，但具体问题在哪里，我又说不上来。百思不得其解时，老板敲门，说是送电蚊香。

门一打开，我又听到了那熟悉的旋律。因为父亲，我将这首歌已经听了不知道多少遍，所以前奏一响起来，我就浑身一震。

见我纳闷，老板问，是不是太吵了？我说，这歌？老板一脸无奈说，广场那边有人跳舞，最近天天这样，要持续到十点以后，也是没法。老板走后，我便出了门。广场上，一群人正围着篝火跳舞，旁边大大的移动音箱里，正播放着那首熟悉的《阿西里西》。欢快的旋律配合着人们的舞步，显得非常和谐。

看得出神时，有人热情地跑过来，把我拉进了跳舞的人群。哪里来的都是客人，把舞跳起来嘛，人们大声说。他们拽着我跟着跳。左脚一下，再换右脚一下，动作非常简单，我很快就适应了，跟上了他们的节奏。闪耀的火光，晃动的脸庞，弥漫在空气中的热情气息，让我一时忘了身在何处，忘了心中所想，忘了所处何方。慌乱的人群中，我恍惚看到了父亲年轻时的脸庞，在火光尘土中，显得红扑扑的，他尽情地跳着，大笑着看着我……

早上醒来已经快九点。我简单洗漱，收拾行李，去旅馆附近吃了一碗羊肉粉，顺便向老板打听去村子里的路，然后花三十块钱，雇了一辆摩托车。过了不到半个小时，在我感觉快要被摩托车甩出去时，司机一个急刹，停在了路边，指着路右上方半山上的一个寨子说，就是这里了，你要去哪家？我说，我找嘎依。司机说，这里我也不熟啊。我说，你到村口停吧，我自己找。

我费了不少工夫才找到嘎依家。在这之前，我一连问了好几个人，都没人能说得出嘎依家在哪里。幸好后来在一棵大树下遇到了几个闲聊的老头，知道我要找嘎依，他们都问，哪个嘎依？我才知道，在他们这里，过去叫嘎依的不少。我犯难了，想了半天说，我是从北京来的。一个老头说，哪里来的都没法晓得你要找哪个啊。我又想了想说，嘎依给我们家写了信。写信？他们说，这年头哪个还写信？突然一个老头想起了什么，说，写信？那你可以去山头那家看看，他家好像往外寄过信。

那是一栋平房，房外面没有贴砖，也没有粉刷。房子在村边上，再往那边出去，便是庄稼地了。是这里吗？我半信半疑地向那户人家走去。刚靠近，突然传来一阵狗叫，把我吓了一跳。一个少年跑过来，把狗喝了回去，看到我，少年一脸好奇。

我说，小朋友，你们家大人在吗？少年说，我就是大人。我忍不住乐了。好吧，我说，你父母在吗？少年冲房里喊了一声，妈，有人找。说罢，他退回房屋的阴影里，坐在一张矮凳子上，就着一张高板凳写作业。一个干瘦的中年妇女从屋里走了出来，双手一边在围裙上搓着，一边打量着我说，你哪个？我说，大姐，打扰了呀，我找一个叫嘎依的人。妇女依旧一脸茫然，看了看少年，嘟哝着，奶奶就叫嘎依。少年放下手中的笔，站起来，走到我面前问，你是谁？找我奶奶做什么？我说，我从北京来，我父亲叫张民权。少年惊叫道，所以，你是策云？我也一愣，对，我是张策云。

他们把我让进屋里，但很快我们就从屋里出来，围坐在门前那棵高大的板栗树下，因为屋里确实是有点儿热。一进一出，我几乎摸准了这家里的基本情况，这家里此时只有两个人，就是大姐和少年。其他人应该是外出干活儿去了吧，我心里想。大姐瞧着四十五六的样子，少年十四五，他的作业显示，他正读初中，作业本上的名字是，苏明明。

对于我的突然造访，两人都显得有些激动。没想到你会来，大姐说，也从来没想到，是你来。我试探着问，你是嘎依？嘎依是奶奶，她指了指少年，他奶奶，我婆婆。我说，老人家呢？去世了，大姐说。来晚了，我深表遗憾。大姐说，再早也赶不上，早去世了，我们快结婚那一年，奶奶就去世了。我一脸疑惑，那是谁给我爸写信的？我从包里把信件取出来，放在我们中间的一张矮凳上。先是奶奶，后来是他爸爸，大姐说。大哥人呢？我问。也去世了。大姐一脸平静地说。什么时候的事情？我问。大姐说，四年前，在山上干活儿，遇着大雨了，一身湿漉漉地回来，刚到房檐下，脱掉帽子挂到墙壁上，碰到了漏电的电线。不好意思，可我还是忍不住问，可是后面又是谁给我爸写的信？我，少年说，我写的。所以你是嘎依，不不不，你们一家都是嘎依。

我心里有一种说不上来的感觉在涌动。这一家子三代人，从嘎依开始，到她的儿子，再到孙子，三代人接替着给父亲写了几十年的信。理解了这个，嘎依来信里的不同的笔迹，甚至隐隐的不一样的语感和情绪，也就解释得通了。

可是，父亲不是傻子，难道几十年，他都没有感觉到这种变化吗？

五

我在嘎依家（我不知道该如何称呼这一家子，索性就叫嘎依家吧）吃了顿简单的午饭，然后又继续坐在那棵大板栗树下，一边乘凉一边聊天。

按照苏明明的说法，他懂事后就知道他父亲在给北京的爷爷写信。父亲意外去世后的一天，他们家突然收到了北京的来信，读着来信的内容，联想到父亲生前写信的事情，他便模仿着父亲的语气和笔迹，往北京回信。至于他的父亲是怎么从奶奶手中接过写信这件事的，他自己说不清楚，大姐也说不清楚。至于我父亲脱队的那半个月到底发生了什么，他们就更说不清楚了。这似乎成了一个无解的问题了。

正说着话，大姐想起什么似的，起身从家里搬出一个暗红色的木箱子，放在我们中间。所有的来信都在这里了，也不知道有没有丢失的，你看看，也许能找到些有用的，说完她便下地去了。

打开木箱，像读嘎依的信那样，我一封封地读着父亲给嘎依的信。另一个我从未了解过的父亲，在一封封信中，像散落的碎片，慢慢被组合起来。

那年，父亲跟随考察队，从北京深入乌蒙腹地，目的是收集、考察和研究彝族民间文化。一年多的时间，他们风餐露宿，游走在乌蒙大地上。到达此地时，正好是七月，赶上当地的火把节，父亲便去看热闹，在火把节上，就是在那首欢快的《阿西里西》音乐声中认识了嘎依，并深深被嘎依的美貌所吸引。他们俩聊得很投机，无奈父亲已经结婚生子，嘎依也早已成家，并已有了身孕。父亲在这地方待了十来天，走的那天，为了向嘎依告别,他提前出发,绕道去找嘎依,结果失足摔下山坡,将腿摔成重伤。考察队以为他已经走了,结果到了下一站没找到他。那时候交通和通信都不发达,也不知道什么原因,考察队后来就没再找过父亲。父亲被村民们救下,因为嘎依认得他,便住在了嘎依家养伤,差不多半个月的时间,都由嘎依照顾。嘎依的丈夫则在附近的土医生家,为父亲觅些草药。一家人都对父亲很好,这让父亲很感动。父亲的信里说,对他来说那是一段最幸福的时光,如果不是都已经婚配,他一定会带嘎依走。父亲的腿越来越严重,嘎依只好到处打听考察队的下落,并托村民们一起,把父亲送回了考察队。随后父亲因为腿伤感染严重,被紧急送回了北京。父亲截肢后,心情苦闷,产生了轻生的想法,便给嘎依写信,于是这场持续几十年的通信开始了。

在嘎依给父亲的信件里,我从未看到任何关于这将近半个月时间里发生的事情的表述。原来他们开始通信的时间,远比我能读到的最早的嘎依来信的时间还要早上许久。最早的那些嘎依来信,是父亲有意藏在其他地方,还是损毁、遗失?我不知道。

在这些给嘎依的信件里,我读到了一个脆弱、敏感、孤独的父亲。面对自己的断腿,他一次次想要自杀;母亲车祸去世后,他曾一度堕落,想过再找一个,又担心对方对我不好;我和妻子选择丁克,他生过气,赌过气,终究只能接受,他说孩子们的事情,实在是管不了了;我被裁员,他说跟我说话都特别小心,害怕哪句话触到我的伤心处;我离婚,他说离婚算个啥,年纪轻轻的,不怕找不到,但是不敢告诉我;他知道自己命不久矣,但他不想去医院，只想安安静静地走；他说又和我吵架了，可是为什么要吵架呢，一家人，怎么能把时间浪费在吵架上，又说有时候真是忍不住……

这就是我的父亲，我一直不曾看见的，另一个父亲。最后一封信里，他照例问候了嘎依一家，问他们生活得如何，说他想要回去一趟，看一看她，看一看他们一家；说他又失眠了，脑子里都是我的事情，他觉得自己活不长了，后悔和我吵了那么多次架，又说这样也好，他去世的时候我应该不会那么悲伤，挺好的，如果我能活得好，就算一直一个人，一直不做什么好的工作，有个能养活自己、自己也喜欢的事情干着，平平安安、开开心心的，当父亲的他也就没有遗憾了。

读着父亲的信，虽然每一封都是写给嘎依的，但此刻我却感觉都是写给我的。我再也绷不住，捧着脸，头埋在膝盖间，眼泪很快就打湿了手掌和裤腿。我忍住了哭声，身子却不停地颤抖。

我千山万水赶来这个陌生的地方，以为是寻找嘎依。其实我一直在找寻的，是父亲，另一个父亲，一个潜藏在嘴碎、嘴硬、嘴不饶人背后的父亲，一个真正的父亲。

我就那么抽泣着，越是想要停下来，越是没法停止。

一只手压在了我的肩膀上。策云，不，叔叔，苏明明用粗哑的声音对我说，爷爷去世了，我知道你一定很伤心，但是人生老病死，都是很正常的事，你不要太伤心。

说不清楚什么原因，我竟然慢慢平复了情绪。好像跟我说这话的，不是苏明明，而是嘎依，或者我的父亲。

我认真地看着苏明明问，你父亲去世时，你伤心吗？

苏明明说，伤心呀，很伤心，可是又能怎样呢？我只求自己快点儿长大，能帮上妈妈的忙，像我爸那样，撑起这个家。所以，你也要坚强起来。

六

大姐从地里回来了，背上背着一个不知道用什么东西编织而成的大大的灰色背篓，里面不知道装着什么，上面是一个圆鼓鼓的扎得非常粗糙但结实的袋子，袋子上写着两个大字：尿素。她佝偻着的腰，让我感觉她背上的东西很重，所以我不由自主地站起来想要去帮忙。没事，大姐说，习惯了，这个你们城里人可干不来。她走到房檐下，一下蹲在地上，把那个背篓靠在了墙壁上。

大姐站起来，从背篓里抓出几个青色的果子，冲苏明明喊，过来。苏明明放下作业，双手将T恤下摆一扯一提，接住了那些青果子，回到我面前，放在书本上，我正要问他这是什么果子，只见他挑出一个，丢在地上，使劲一踩，青壳脱开，露出一个深褐色的果实来。我认出来，那是核桃。苏明明敲开一个，递给我说，来，尝尝我们这里的核桃，很香的呢。新鲜的核桃，剥皮非常方便，灰色的那层膜剥开后，是奶白色的核桃仁，放在嘴里，咀嚼一下，满口生香。我连连称赞，确实很好吃。

苏明明怔怔地说，我记得，小时候我爸就经常给我敲核桃，把皮剥完给我吃。他的梦想是把我们家的核桃卖出去，卖到大城市去。现在我们这里的核桃有专门的人来收购，据说都卖到了大城市，有的还被制作成了核桃乳饮料。可是我爸不在了。

我感到有些感伤，说，别想了，你爸看到你这样，一定会很欣慰的。

苏明明突然说，你呢，你爸也会欣慰的吧？

我心里更加感伤了，可能老头会失望吧，我说。

苏明明说，所以我们都要振作起来，你说是不是？让在天上的他们不要失望，你说是不是？说着他微微仰着头，好像他们真在天上，正在看着我们。

我心里一阵苦涩，耳边响起父亲生前说的话。他说，你要找个事干着，什么事不重要，你自己愿意就行，你好好的，我就没牵挂。我感觉自己快忍不住了，赶紧开口说话。我说，小屁孩，你小小年纪，怎么说话这样老成？

苏明明说，还不是为了给你爸写信，硬逼着自己学会的。

我说，那你现在以谁的名义和我说这个话？嘎依还是苏明明？

小孩笑了，笑得很天真。我都可以，我可以是苏明明，也可以是嘎依，他说。

我说，那你给我写下来。写就写，苏明明说着，从英语作业本上撕下一页纸，认真地写了起来。

写好了，苏明明把纸折叠起来，递给我，你别笑话我啊。

我将这封简朴的信又折了一下，放进随身携带的包里。谢谢你，我说，我回去再看。

苏明明天真地看着我说,你会给我回信吗?

我说,会不会的,你等着就行了。我得意地笑着看他,笑着笑着,笑不下去了。

天快黑的时候,我谢绝了大姐和苏明明的挽留,离开了村子。快到镇上时,我让摩的司机把车停在一段险峻的山路上。

站在半山腰,我极目而望,是夜色中混混沌沌的山峰,以及错落在山腰和山谷里的小小村落。看着夜色笼罩下的村庄、山峰和河流,我感觉一切正慢慢变得柔软起来,脑海里突然浮现出这样一个画面:微弱的晨曦中,父亲撞开一层层的雨雾,气喘吁吁地向嘎依家所在的寨子跑去……他从我身边跑过,看到了我,冲我笑了一下,只留给我一个清瘦而单薄的背影。

一阵大风吹来,吹得我心一震,于是我放下背包,翻出了苏明明给我的信。

策云:

你爸没了,我爸也没了,没了爸,咱也得把日子过下去。我知道悲伤是无用的,所以我要好好读书,考大学。你呢?你有什么计划?期待你的回信。

嘎依

2023年8月6日

信很短,但有一种奇异的感觉,在我心中激荡,是一股暖流,或者说是一种力量。嘎依写了那么多封信,都是写给父亲的。父亲一定知道后面写信的不是嘎依,但他还是持续着这种交流。也许对他来说,谁写的信并不重要,重要的是,心里有个念想,有个可以袒露心中的怯懦和脆弱的人,那个人无论是谁,都是嘎依。

现在,父亲的嘎依给我写信了,曾经给了父亲无数次鼓励的温暖的嘎依,这一次,把信写给了我。这大抵,也是父亲愿意看到的吧。

想到这儿,我从包里掏出父亲留下的那个药瓶子狠狠地向山下甩去。

倒　立

一

　　蒋欢的裙摆在夏风中微微晃动。她的小腿纤细、白净，像两截剥开的竹笋。想到竹笋，铁蛋有些馋了，他已经有一阵子没吃到竹笋了。他使劲往上看。他的脖子开始发胀，发酸，继而发疼。晃动的裙摆，让他一时忘记了自己在做啥。

　　围观的人喊，走呀，你走啊！铁蛋就"迈"开了手，往前走。他向蒋欢走去，越走越快。他听到蒋欢"啊"的一声，随后发出咯咯咯的笑声。他知道蒋欢并不介意被他撞到，相反，每次被他撞到，蒋欢都会发出开心雀跃的笑声。他喜欢听蒋欢的笑声，像开春后总在房外树上的喜鹊的叫声，听起来很舒服。他做过一次梦，梦见蒋欢变成了喜鹊，飞来飞去的，最后停在了他家房侧的香椿树上。香椿还未发芽，蒋欢变的喜鹊就开始叫了，好像在冲他说话。他美滋滋的。

　　铁蛋停下来，把自己放下来，脚重新立在地上，手回到空中，痴痴地看着蒋欢。围观的人说，铁蛋，你继续走啊，走啊！铁蛋不想走了。他环顾四周，板着脸——他觉得自己是板着脸的，一副很厉害的样子，我……我……我偏不……不……不走。蒋欢捂着嘴，铁蛋，你再走会儿。蒋欢一说话，铁蛋就又想走了，正要弯下腰倒立，大山就来了。大山扒开人群，喊，去，去，去，各忙各的去。他把人赶走，对铁蛋说，铁蛋，别谁让你干吗你就干吗。他又对蒋欢说，你也跟着起哄。蒋欢嘟着嘴说，我是喜欢看铁蛋倒立走路。铁蛋一听，又要倒立，被大山一把拉住，说，别玩了。他把铁蛋交给蒋欢，说，带他去吃饭。蒋欢就说，铁蛋，走了，我们去吃饭。

那时候蒋欢还不是落水湾人，她家在邻村，隔了一个山垭口。远倒是不远，但她极少来落水湾。她家家境殷实，土地多，据说每年玉米要收八九十背篼，养了一头母水牛，几乎每年都要下崽。她爸爸烤酒卖，妈妈掌持家务，一家人日子过得很像样。人们都说，谁娶了蒋欢，就是祖宗三代修来的福分。这样的福分被大山接住了，他们定在腊月结亲。

大山是铁蛋的表哥，大山的妈妈是铁蛋爸爸的二姐。他们俩好，一方面是因为表兄弟关系，另一方面则是因为大山从不取笑铁蛋。当然，最重要的原因可能是铁蛋上小学四年级时帮大山挡过邻村小孩挥过来的一块石头。铁蛋虽叫铁蛋，但身子是肉做的，那块石头将他的头砸破了，鲜血直流，铁蛋昏了过去，醒来后，就再没有上过学。

铁蛋的爸爸问，你不上学怎么办？铁蛋说，你……你……你帮我……认……认字。大山说，我什么都帮你。铁蛋的妈妈说，不上学娶不上媳妇。铁蛋说，大山……山……山哥哥帮……

帮……我……我娶。大山说,好,我都帮你。铁蛋的爸爸说,你这样,不上学你能干什么?铁蛋说,我……我这……这样……样……上了……学……学能……干什……什么?小孩子铁蛋结结巴巴地把大人问住了。大山说,没事,铁蛋,有我,你什么都能干。

不上学的铁蛋练起了倒立。也没什么人教他,也没什么事情刺激他,他就是一个人待着,无所事事,总想倒立起来,后来还能稳住,慢慢竟然还能走路。很快,铁蛋能用手走路的消息传遍了落水湾。村民们像看稀奇一样来看他倒立走路。一开始,铁蛋可兴奋了,他咿咿呀呀的,倒立着走一段,站起来,看大家笑,又走一段,站起来,看大家笑。大家笑,他也笑。但渐渐地,他就不喜欢在别人面前倒立了。

但他拗不过,尤其村里有人办酒席的时候,大家围着他,劝他,走一段看看,走一段看看。他只得无奈地走上一段应付了事。他走了一会儿,不准备走了。蒋欢来了,她从入院的地方进来,问气喘吁吁的铁蛋,大山哥呢?铁蛋说,去……去……去收……收摆碗。那天落水湾张家立大梁,办酒席,管事分给大山的活儿是收摆碗——一席吃完,把吃过的碗收回来;一席开席,又把盛满菜的碗摆上去。蒋欢是来吃酒的,吃酒的人都穿得比较讲究。铁蛋看到蒋欢转身去收礼处挂礼,她微微前倾身子,屁股就轻轻翘了起来,很好看。蒋欢转身的时候,铁蛋一下子倒立了起来,他看到蒋欢的裙摆,被夏风吹得微微晃动。

二

那天吃了饭,蒋欢就要走。她爸爸在家烤酒,妈妈去以列镇上赶场,得到天黑才回来。蒋欢急着要回去,一大堆事情等着做。她对大山说,不然嫁过来时什么也没有,不给你家丢脸?大山不舍地说,那你小心点儿。铁蛋说,我……我……我和欢姐……姐姐……走。他用脚走一段,用手走一段,惹得蒋欢咯咯笑。

从大树脚到三岔路,走到大田边,他们沿着田里的路走时,稻田里泥鳅翻滚,冲倒立过来的铁蛋吐泡泡。铁蛋正立过来,飞快地把手伸进稻田,抓住一条泥鳅。铁蛋举起沾满污泥的手,说,欢……欢姐,泥鳅,泥……泥鳅。蒋欢害怕他把污泥甩到她身上,后跳一步,说,别闹啦,快把手洗干净。铁蛋在稻田里洗手,把滑溜溜的泥鳅递给蒋欢,姐,给……给你。蒋欢又笑了,铁蛋,姐姐不玩这个,你自己玩吧。铁蛋说,欢……欢姐,收……收成以后,你……你……你就……是……我表……表嫂了。铁蛋说这话时,竟然有一些悲伤。他又笑,表……嫂……表……表嫂。蒋欢愣了一下,笑着说,你个小屁孩,懂什么?我走了。蒋欢沿着大田中间的路往落水湾外走,回头看时,铁蛋倒立在路上。风吹动青青稻谷,起伏不定。他像一根粗壮的树杈,如果再挂上塑料布和一顶毡帽,倒可以成为一个吓唬鸟儿的假人。

放羊是铁蛋每天要做的活儿。落水湾原本是没人养羊的。铁蛋的爸爸开了这个先河。大前年，铁蛋奶奶去世，家里买来了几只羊祭奠，把白事办完，愣是剩下一只。铁蛋爸爸想着，养一只是养，养两只也是养，便从村外又买了一只来，就在落水湾播下了羊种。羊繁衍快，边养边生，边养边卖，固定的有十六七只。每天，铁蛋就赶着羊上山，晚上再赶回来。他会带上一大壶水，兑了盐，到了山上，含一口盐水，照着羊能吃的植物一阵猛喷，羊就围着喷了盐水的草吃，把草吃个精光。羊乖巧，铁蛋就在山上练倒立。他倒立早已经得心应手，现在要练的是单手走路，以及用手跳舞。一天天的，羊在一旁吃着，他在一旁练着，羊偶尔看他一眼，他也偶尔看羊一眼。夏天结束，秋天到来；秋天结束，冬天到来。

腊月一来，大山一家忙活起来，迎娶蒋欢的日子到了。迎亲的队伍走出院子，铁蛋就跑上去，有人拦住他，你个小孩，别去碍事。铁蛋说，我……我……我不是……是小孩。那人说，不是小孩也不让你去，碍事。大山穿着规整的衣服，走过来说，铁蛋想去就让他去吧。大山一直这么照顾他。蒋欢从家里出来，穿一身大红的衣服，在冬天里特别惹眼。铁蛋在人群里跳着，喊道，表……表……表嫂。围观的人忍不住哈哈大笑起来。

新娘子到了，也不进门，一直站在堂屋门前，给三亲六戚看。铁蛋钻过去，表……表……表嫂。蒋欢就塞一颗糖给他。有人说，铁蛋，你表哥结婚，来一段呗。铁蛋剥开糖，塞到嘴里，他感觉糖很甜，黏黏的，是他从没有吃过的那种。他边咂着嘴，边撸袖子，对人们说，等……等……等着。蒋欢想要制止，他已经熟练地倒立起来。铁蛋来回走了一圈，又走了一圈。他一走，人们就往后退，圈子越来越大。人们说，可以呀，铁蛋，走得比以前还远了。铁蛋说，有……有……更好，更好看的。他抬起一只手，单手跳了一步，换了另一只手，单手又跳了一步。他听到蒋欢的笑声，像喜鹊的鸣叫，悦耳动听。人们唏嘘，铁蛋这下可真厉害了。铁蛋开始跳舞。有一刻，他似乎飞出了人群，在大山顶上，风声为他配乐，悠闲的群羊做他的观众。他反复倒立行走，直到筋疲力尽，倒在地上。

过了春节，大山和蒋欢要出门打工。走之前，大山领着蒋欢来看铁蛋。我们去深圳，听说那边钱好赚，你要有一阵子见不到我们了。铁蛋问，有……有……多久？大山说，不知道，可能要到过年。铁蛋说，深……深圳在……在哪里？大山说，在广东。铁蛋说，没，没事，你们……先……先……先去，我去……找……找……你们。蒋欢笑着，铁蛋，深圳很远，你找不到的，你就乖乖待在家，等我们给你带好玩的。大山去向铁蛋爸爸道别，堂屋里只剩下铁蛋和蒋欢。铁蛋说，表……表嫂，我给你看倒立。蒋欢说，留着过年回来看吧。大山进门来，问他们在聊什么。铁蛋想说话，蒋欢说，没聊什么。

大山和蒋欢走了有半年，铁蛋就不想待在家里了。他问爸爸，我……我……可不……可……可以……去深……深圳？爸爸说，不可以，你这样，去不了的。

秋天的时候，落水湾来了一个耍猴人。他牵着一只猴子，在村里空地上耍猴。那只猴子听话又机灵，会握手，会钻铁圈，还会骑单车，甚至会抽烟。当猴子倒立行走的时候，铁蛋很想和它比一比。有人说，好看是好看，但走起来还是没有铁蛋走得精彩。铁蛋听了，突然又不想比了。他离开了起哄的人群，独自回了家。耍猴人表演完，挨家挨户问要不要扫圈。落水湾人认为，让猴子在圈里扫一圈，能保佑牲畜健康、肥壮。耍猴人到了铁蛋家，问铁蛋，听说你能倒立，还能跳舞？铁蛋说，你……你……问……问这个……干吗？耍猴人说，想不想赚钱？铁蛋来了兴致，想……想。耍猴人说，那我带你去赚钱。耍猴人对铁蛋的爸妈说，去城里，城里人喜欢看就给钱。铁蛋的爸妈说，铁蛋这样，我们不放心。耍猴人说，我有个朋友，在市里管个杂技团，他们可以帮忙照顾。

铁蛋跟着耍猴人去了以列镇上，从以列坐汽车去县城，又从县城坐上了去市里的汽车。耍猴人姓牛，铁蛋便听爸妈的话，叫他牛伯。看着窗外，车辆跑来跑去，楼房越来越好看，铁蛋问，牛伯，这……这……这里是……是深圳吗？耍猴人说，这里不是深圳，你为什么要问深圳？铁蛋说，我……我……蒋欢表……表嫂和……大山哥，在……在深圳。耍猴人说，这里不是，但是团里会巡演，也许会巡演到深圳去。

三

他们在一个大院子里找到了杂技团。院子挺大，但没多少活物，看起来有些冷清。团长看到他们，迎了上去，老哥，是不是准备回来跟我干？猴子一见到团长，要死要活地往人身后躲，很害怕的样子。牛伯说，我说过不干就是不干了，我是给你送能人来的。团长这才把目光移向铁蛋，很快他的脸就别了过去。牛伯说，别看他长这样，可有能力。团长好奇地问，什么能力？牛伯对铁蛋说，铁蛋，来一个。铁蛋就倒立着走路、跳舞。正在训练的人都围过来，窃窃私语。团长的脸上露出笑来。牛伯说，你把他收下，保准你赚钱，小孩子不懂事，你照顾着点儿。

牛伯在团里住了一晚，第二天一早走。他叫来铁蛋，铁蛋啊，我的猴不喜欢城里，我带着它到处走，自在，好玩。铁蛋高兴地说，那……那牛伯，我……我也要跟……跟你……去要……要猴儿。牛伯说，你不行，你就在这里待着，这里伙食好，工资高，听话。牛伯走了，铁蛋就听话地待了下来。团里人多，得有二十几个，每天晃来晃去，铁蛋也认不出谁来，只认得团长。

铁蛋不需要训练，他倒立行走的本事已经很熟练了。团长教他，先是洗脸、梳头、走路，又请裁缝师傅来量尺寸，定做衣服。铁蛋洗了二十年的脸，不知道为什么团长还要专门教。铁蛋不懂，但他想，团长既然是团长，说的就是对的，他照办。

那天铁蛋要开始自己的首演，裁缝师傅把新做的衣服送了来，团长差了一个姑娘把衣服送到铁蛋那里。姑娘放下衣服说，团长让你穿上。铁蛋正在倒立，有两天了，他一直反复在长板凳上倒立，开始的时候立不稳，有些怕，慢慢就稳了，稳了就继续往前走。他还想学会在板凳上倒立跳舞，那样应该会更好看。

铁蛋听到人声，吓了一跳，从板凳上摔下来，看到一个又瘦又小的姑娘。你……你……你是……是谁？他问那姑娘。二丫，姑娘说，我叫二丫。她有些窘迫，感觉像是自己做错了事。你要不要紧？铁蛋说，我……我没……没事。二丫捂着嘴笑了，你为什么这样说话？你……你……你这……这人……真是……有……有趣。铁蛋突然感觉自己的脸像被火烧了一样，很烫很烫。二丫捂着嘴，跳出门槛，跑了。

换了衣服，铁蛋去照镜子，被镜子里自己的样子吓了一跳。他上身穿的衣服是黑白的，一边白，一边黑；裤子是红绿的，一条裤腿红，一条裤腿绿，都很宽松。铁蛋从来没见过这样的衣服。他一时不知道如何是好。他去找团长，团长正在训二丫，你一天就知道玩，让你训练你又不好好练。铁蛋直着身子，站在门边，团……团长，这个……衣……衣服……不好……好……好看。团长说，你说什么？二丫说，他说衣服不好看。团长说，让你穿你就穿。铁蛋只好往回走。一会儿，二丫就跟了上来，你穿这身衣服很滑稽。

晚上他们去市剧场演出，铁蛋才知道，二丫是演魔术的。他看见有人把一个大箱子搬上去，摆在台上，鼓捣了一阵。二丫从他身边经过，撞开他，走到台上去，站了一会儿，钻到箱子里，又一会儿，有人拿着宝剑，往箱子里插。铁蛋吓坏了，他想上去救二丫，却又不敢，一颗心像被什么揪着，很不自在。一会儿，那人拔出所有宝剑，打开箱子，二丫钻出来，好模好样的，铁蛋松了口气。

二丫回到后台，就轮到铁蛋上场了。铁蛋是倒立着从后台走到舞台上的,他走了一圈,听到一阵掌声,又走了一圈。然后他站起来,感觉身上那身新衣服像不存在一样,轻飘飘的。他又倒立,单手走,跳舞。下面的掌声像他放羊时听见山风吹过树林一样。他看到大厅里,无数重叠的笑脸和挥舞的手掌。

演出结束,他们坐在后台,等集合回去。铁蛋走到二丫身边问,你……你……刚才……没……没被……宝剑……杀……杀到?二丫不屑地说,那是假的。铁蛋认真说,看……看起……起来……好……好真,吓……吓死……我了。二丫这会儿认真了,铁蛋?铁蛋说,嗯?二丫说,那是假的,剑杀不到我。铁蛋说,那……那我就……就……放心……了。二丫说,不过我被杀着过。铁蛋说,啊?二丫挽起袖子,举起手。铁蛋看到她的小臂上,有一条长长的疤痕。铁蛋说,这……这是什么?二丫说,刚学的时候,调皮,在箱子里乱动,自己碰着的。她又说,不过现在不会了,很安全。铁蛋说,那……那就……就好。挤着上车时,二丫偷偷凑到铁蛋耳朵边说,铁蛋,都没人担心过我,谢谢你。二丫说话时,热气吹着铁蛋的耳朵,痒痒的。

演出一共三晚,观众一晚比一晚少。第三晚结束,团长召集大家,今晚好好休息,明天我们就出发巡演。铁蛋问二丫,巡……巡演……是……是什么……意思?二丫说,就是到处去演。铁蛋好奇地问,会……会去……很多……地……地方吗?二丫说,嗯,到处。

二丫说话时,铁蛋的目光被不远处一个裸露的肚皮吸引住了。二丫说完话,发现铁蛋并没认真听,生气地揪住他的耳朵说，铁蛋，看什么呢？铁蛋说，那……那……那个人……肚皮。二丫说，那是红梅，所有男人都喜欢看她。

红梅听见声音，循声望来，冲铁蛋一笑，眨巴了一下眼睛。铁蛋打了一个激灵。

四

巡演通常从本市开始，一个县城不会超过三天。杂技这种表演，都是图新鲜，时间长了就没吸引力了。一个月后，他们开始往市外走。一般来说，最忙的是第一天和离开当天，中间比较清闲，除了晚上演出，其他时间没什么事。

中午时，天特别热，房间里的团员们都出去了。二丫推开铁蛋房间的门问，大家都出去，为啥你不去？铁蛋说，我……我……不想……去。二丫说，喊，是没人愿意带你吧？铁蛋心里突然很难过。铁蛋觉得，二丫说的应该是对的，她那么聪明，不会错。二丫说，没事，我带你，我们出去玩。铁蛋想了想，算……算……算了，我睡……睡觉。铁蛋不是不想出去，只是他觉得，别人不愿意带自己，一定是嫌自己麻烦。他不能给二丫添麻烦，二丫是好人，跟大山哥一样的好人，跟蒋欢表嫂一样的好人。二丫说，你不出去能干吗？铁蛋说，我……我……我睡……睡觉。说着他就真的倒在小旅馆的床上，真要睡觉的样子。二丫去拉他。二丫那么小，那么瘦，她没拉动铁蛋，反倒被他一带，滚到床上去了。

铁蛋第一次如此亲近一个女孩。他突然感觉像被一团云包裹住，软绵绵的，滚热滚热的。在那团云中，他挣扎着，像抓住了什么，却又两手空空。然后他回过神来，看到二丫站在床前，双手死死揪着T恤下摆，红着脸，转身跑了。

二丫走后，铁蛋百无聊赖，他根本无法入睡。铁蛋无所事事地在房间里走来走去，房间太小了，他打开门，透透气。狭窄的通道里弥漫着燥热的奇怪的气味。

铁蛋突然听到一些奇怪的声音，那声音从楼道尽头的房间传来。铁蛋知道，那是团长的房间。杂技团在外，只有团长一人住单间，其他人都是多人一起住。铁蛋不知道那是什么声音，便慢慢走过去，把耳朵贴在门上。

他不知道房间里发生了什么。好像是打架了，却又不太像。铁蛋想进去看看。他敲了门，屋里瞬间安静了，像一个人都没有。他又敲，里面问：谁啊？是红梅的声音。他喊道：铁蛋。红梅说，自己回房玩去。铁蛋没回答，他一直站在门外，不出声，他心想，我偏不回去。

然后，门被打开，一股怪异的味道扑面而来，团长站在门口，他的脸上一片潮湿，头发紧紧贴在额头上。透过半开的门，铁蛋看到床上半躺着的红梅，腰身雪白，像一条大蟒蛇。

晚上开演前，铁蛋对二丫说，大……大……蟒蛇。二丫问，蟒蛇？铁蛋说，嗯，大……大蟒蛇。二丫露出恐惧的表情，环顾四周，在哪里？别吓我。铁蛋说，床……床……床上，大……大蟒蛇。他说话时，看着不远处的红梅。红梅已经换好服装，正在化妆，她裸露的腰部白花花的，被电灯照得发亮。二丫循着他看的方向看，瞬间明白了什么，揪住他的耳朵，铁蛋，都说你傻，原来脑子一样坏，你是不是偷看人家睡觉了？

从那以后，铁蛋留意起团长和红梅来。在人们都无所事事出去玩的正午，红梅总是钻到团长房里去。铁蛋觉得，他们关系一定很好。

有一天，红梅从团长房里回来，拿糖给铁蛋吃。铁蛋吃着糖，想起蒋欢和大山，他们在深圳，不知道怎样，有没有这么好吃的糖，便又去找红梅。房间里有四张床，上面堆着杂乱的被褥，其他人都没有踪影，红梅穿着裙子，半躺在床上，软绵绵的样子。铁蛋看到红梅的胸口，鼓鼓囊囊的。铁蛋问，深……深圳……有……多远？红梅问，你想去深圳？铁蛋说，想。红梅说，去深圳做什么？铁蛋说，蒋欢……姐……姐，在……在深圳。红梅说，蒋欢是谁？铁蛋说，是……是我……我表嫂。红梅问，你表嫂好看吗？

五

二丫很不满。她问铁蛋，为什么你总是不跟我出去玩？那时已经深秋了，天气已经转冷，但出太阳时，中午还是很热。二丫说话的时候正穿着新买的小T恤，粉红色的，上面绣着两只老虎。铁蛋觉得那是老虎，可二丫说那是猫。铁蛋没见过老虎，但见过猫，他觉得二丫衣服上的就是老虎。两人僵持了一会儿，二丫说，是不是老虎，我们去问卖衣服的就知道了。铁蛋不去。二丫就不满了。二丫不满的原因还有，为什么铁蛋对红梅那么好？难道就因为她胸大？铁蛋说，不……不是，红梅……姐……姐……可……可怜。二丫不屑，可……可怜？哪……哪……哪里……可……可……可怜了？铁蛋知道她故意学自己，也不生气，她……生……生……生病。二丫好奇地问，啥病？你咋知道的？

铁蛋和二丫出门，去找卖衣服的店家。店家看到二丫，赶紧说，衣服可不兴退。二丫说，我们就想知道，衣服上的是啥？店家说，猫啊！二丫对铁蛋说，看，是猫。铁蛋说，不……不是，是……是……是老虎。店家又看了会儿，说，对，是老虎。二丫不高兴了，到底是猫还是老虎？店家为难地说，你们俩到底希望它是什么？你们想它是猫，那就是猫；想它是老虎，那它就可以是老虎。二丫说，怎么这样说，这是你卖的衣服哎？店家说，我也不知道它是什么，要不，你们去问问厂家？铁蛋问，厂……厂家，在……在哪里？店家说，深圳。铁蛋说？那……那我会……会让我……我蒋欢……表……表嫂……和大……大山……哥哥……去……去问的。二丫又揪住铁蛋的耳朵说，你真是傻。

他们没有问到答案，无所事事地在小县城里走。遇到一块空地，栽着各种树，他们走进去，四下空无一人，只看到一个小亭子。他们就在亭子里坐着。铁蛋说，我……我给你……倒……倒……倒立吧。二丫说，不要，天天晚上你都倒立，你不烦吗？铁蛋说，不……不烦，我一开……开心……就……就想……倒立。二丫说,倒立会让你开心?铁蛋认真地想了会儿,不……不是,我开心就……就……就想,倒立。二丫说,你现在开心?铁蛋嗯嗯地点头。二丫笑了,那你倒立给我看。铁蛋就在亭子里的栏杆上倒立。他看到二丫的脸,和他的脸几乎一样高,看到二丫睁大眼睛,盯着自己。二丫嘴唇紧紧地抿着。铁蛋倒立完,坐在凳子上,我……我还……还可以……多倒立……一……一会儿。二丫说,算了,留着力气晚上表演吧。

晚上,红梅问铁蛋,你这几天咋不给我治病?铁蛋不说话。红梅说,明天中午。

第二天中午,趁着没人的时候,铁蛋见到了红梅。依然是一个闷热的小房间,弥漫着奇怪的热气。红梅冲他说,铁蛋,来呀。他就像被什么牵住了魂。

突然,"砰"的一声,门被踢开了。团长喘着粗气,看着他们。红梅从床上坐起来,指着铁蛋,哭着说,团长,这人欺负我!铁蛋搞不清楚红梅为什么这么说,他想说话,想告诉团长他在给红梅治病,却被红梅抢了先。他只听见红梅说,幸好团长来了,团长啊,你要为我做主。铁蛋说,红……红梅。红梅说,滚,你个丑鬼,又脏又臭的流氓。铁蛋还想说话,突然被什么击中头部,他感到疼痛无比,一阵眩晕。

六

铁蛋醒来,不知道已经几点了。天亮着,不知道是天还没黑还是已经过了一夜。他感觉到头痛，眼前也模模糊糊的。他翻转身子，看到四人间里，大家都在忙着穿衣服。有人在说，嘿，看不出来，以为是个傻子，原来胆子这么大。另一个人说，你是羡慕他吧，你看红梅的时候眼珠子都要跳出来了。说来这小子也挺有福气，我要是能那样，被打一顿也值了。门突然开了，团长走进来，跳起来，照着床上的铁蛋踢了一脚，妈的，赶紧起床。

上车时，铁蛋远远地看见二丫，他想过去找二丫，人一挤，二丫就上了车。一路上，铁蛋都低着头，怕看到别人的眼光。他知道，大家都在嘲笑自己。红梅没有来。从车上的人的窃窃私语中，铁蛋得知，红梅心情不好，团长给她放了一晚上假。

下车的时候，女团员们看到铁蛋都离得远远的，有的人还发出呸的声音。她们从后门进了演出的大院，走到舞台后台，三三两两地围着聊天，等着开场。铁蛋看到二丫一个人蹲在墙角，一言不发，他向二丫走去。二丫就站起来，狠狠地瞪了他一眼，说，离我远点儿。

整个晚上，铁蛋都心不在焉。舞台传来各种声音，都是熟悉的，耳朵早就听出老茧了。大厅里坐满了人，他们鼓掌，他们欢呼，他们没心没肺地笑着。铁蛋上了台，一如既往地倒立。他转身背对舞台，看到帷幕缝隙后面，二丫小小的脸看着自己。他再转身面对观众席，突然看到一张张排列整齐的脸，从观众席飞了过来。他一阵恐惧，手一软，摔在舞台上。观众席一阵哗然，粗暴的声音响起来。铁蛋委屈得快哭了，他揉着摔疼的手肘，灰溜溜地跑下了舞台。出了后台,他在剧院后面的空地上,不停地倒立。以前他一开心就倒立,现在,他多么希望倒立能让自己开心起来。

他就那么倒立着,在冰凉的水泥地上,深秋的风吹着他,很冷。他的清鼻涕灌满了鼻腔。可他还是倒立着,不要命一样地倒立着。他听到热烈的掌声,听到反反复复的脚步声,听到人们指指点点的声音,听到人们散尽了,四下里一片寂静。他不知道该怎么办,不知道怎样才能开心起来。他迷迷糊糊的,感觉自己要睡着了。可是他还在倒立着。

铁蛋,臭铁蛋……

他听见二丫的声音。他一下子将自己翻下来,鼻腔里的鼻涕就止不住地流。他看见二丫站在不远处,看着他,我……我……我没……没有……欺负……红……红梅姐。二丫说,你到底还回不回去?铁蛋说,我没……没……没有。二丫说,我知道。二丫走过来,走到他跟前,回去吧。深夜里,他们沿着陌生县城的大街,问着路往住的旅馆走。

那之后,红梅再没理过铁蛋,离他远远的。铁蛋难过了一阵子,就不难过了。过了一段时间,他们到了新的县城,铁蛋见到了牛伯。牛伯依然牵着那只猴子,来到后台。铁蛋很开心,牛……牛……牛伯。牛伯看起来也很开心,却伸手制止他,不让他靠近。铁蛋说,你……你……怎么……来了?牛伯说,找团长。团长也有点儿意外,说,老哥,你怎么知道我们在这里?牛伯说,有你们的广告,能不知道吗?我正好找你算算账。

晚上，刚躺到床上，铁蛋就感觉不舒服，起身去上厕所，回来的路上，听到团长房里传来牛伯的声音。

什么？你说他强奸红梅？

是啊，我亲眼所见。

不可能，怎么可能嘛！

我亲眼所见，没假。

会不会是红梅在搞鬼？就红梅那样，勾搭的人还少？

老哥，你再这样就没法说下去了啊。

好，好，好，可就算他强奸红梅，关我什么事？我们说好的，他一个月的工资，你寄一半给他父母，一半留给我，这可是说好的。你现在说一分都没了，我白给你找这么个能人？

是，是说好的，可他不是强奸了红梅？人家红梅的精神损失费，这不得从他工资里面扣嘛。早知道这样，我就应该一分钱也不给他家里寄。

你这人，还有点儿良心吗？你连我也坑？

老哥，我没良心，你就有良心？你啥子也不用干，牵着那破猴子到处逍遥自在，让一个傻子在我这里给你赚钱！

听到这里，铁蛋很生气，想也没想，就推开半开的房门，你……你……你……你们。团长和牛伯都怔住了。你……你们……骗子……骗子！

铁蛋回到房间，收拾东西。本来也没什么可收拾的，他拿着小小的包裹，出了门。他走下楼，想起二丫，又回到楼上去，敲门。里面问，谁？我，铁蛋说，我，铁蛋。一会儿，门开了一条缝，二丫的脑袋探出来，找我？铁蛋说，我……我要……要走了。二丫一愣，你等我下。二丫去加了件衣服，身子一闪就出来了，带上门，问，怎么回事？铁蛋说，我……我要……回……回家了。二丫跟着他往楼下走，问发生了什么事。铁蛋结结巴巴地讲，等讲完他们已经到了马路上。深夜，马路上空无一人，偶尔跑过的车辆发出刺耳的声音。

坐在旅馆门前的马路边上，他们半晌没说话。好久，二丫气愤地说，你等我会儿。去了一会儿，二丫回来时拿着四百块钱，塞给铁蛋，说，没钱，你怎么走？我刚才算了一下，四百块钱，够你回家了。我再给你写个纸条，把你家地址写清楚，你要找不到了，就问。

他们又坐了一会儿。二丫说，这个团里也就你会关心人，可你就要走了。铁蛋傻傻地笑。过了一会儿，二丫又说，铁蛋，听我的话，以后可不能乱给人看病了。铁蛋重重地点头。

回到落水湾，村里人都去看铁蛋，争先恐后地问他在外面的情况。铁蛋只是傻傻地笑，并不说什么。大家说，铁蛋，来一段，好久没看你倒立了。铁蛋跟没听到一样。

告 别 的 事

想了想,她还是打定主意,去不远处的镇上买点儿菜。回来的路上,在熟悉的位置,身体习惯性地停了一下,她突然又吃了一惊。那里开了一家花店,鲜嫩的绿植摆满店前的台阶,叶子在微风中层层晃动,无比刺眼。几天前,她还是这里的主人,兜售着平常的生活用品。墙上写着"旺铺转让"的纸还没有被撕掉。现在,新的主人正弯着腰,在花丛里翻弄着什么,头被一盆绿萝挡住了,看不清模样。在这个老气横秋的鬼地方,什么人会想着开一家花店呢?剩下的归途,她心里盘桓着这个问题。

路边有人在装车。老旧的货车车厢已经被散乱的家具占去了一半,主人正忙着往剩下的空间里丢床上用品。店门油漆早已褪掉,沾满泥污,前面堆着一层层大大小小的包裹。又有人即将搬离此地,周围的店门多已关闭。主人也算熟人,给她递过来一个眼神,问,买菜?她嗯了一声,问,要走?一辆车开过去,卷起一阵烟尘。主人停了一下,一手叉着腰,一手擦着额头的汗,望着远处的天空,反正都要走,早走为好。远处的山上,烟囱在灰暗天色下,像一截随时可能倒下的枯树干。那是最后的一根烟囱,根部已长满青苔,多处出现了破损。人们传言,它将要倒塌了。什么时候会倒塌呢？谁也不知道。也许过一阵子，也许马上。

看着烟囱，她一时出了神。你没事吧？主人开始了他的工作，也许他还要赶路去远方，搬包裹的动静有些大。"砰"的一声，什么东西狠狠地砸在了车厢上。她回了个眼神，没事。快步往回走。

血鸭必然是要做的。它是丈夫和儿子的最爱，重要时刻必须吃上一顿。鸭血得讲究，喷涌而出的温热的血液要不停搅拌至冷却，确保不凝固，盛入密封的保鲜碗带回备用。鸭肉切小块，脖子需去皮，逐步洗净，备用。葱、姜、蒜、辣椒、花椒、陈皮等要备齐，紫苏也不能少。姜必须是子姜，才能出味。紫苏她寻遍了小镇菜市场也没个卖处，故以薄荷代之。配料皆洗净，切好，备用。菜刀和砧板的碰撞，极像一场奏鸣，让她耳边一阵阵回响着锣鼓和唱词的声音，于是阴阳先生的脸涌现，又消失，涌现，又消失，潮汐一般。诸事完毕，墙上的挂钟指针几乎约好似的走到了下午六点整。就这样吧，先打个盹，反正时间还早。

儿子出门时，还不到六点，五点多吧，阳光刚好把楼前杉树的树尖摇摆到客厅隔断的那个鱼缸上。星期六，儿子补课，他的英语一直不怎么行，于是费了些钱，请英语老师予以关照。回来时是练着英语回来的，那阵子李阳风靡全国，李阳英语的风从县城吹到了镇上，小镇上像样点儿人家的孩子都在学。儿子当然不想落后。读英语的声音还有其他人的，是儿子的同学，也或许是一起补课的同伴，当然也可能是朋友。到楼下，英语练习声停止。少年抬头，喊了一声，妈，我回来啦。噔噔噔，上楼梯的脚步声急促,充满青春气息。快洗手,饭快好了,她又问,怎么不叫上?她指指那个杵在楼下的少年。儿子说,等一下,我们去池塘那儿玩会儿。旋又下楼,她的一句"小心点儿,早点儿回来吃饭"追风赶上,也不知道有没有进得去儿子的耳朵。

池塘在对面的半山上,这样的池塘附近有好几口,数对面山上这口最大。那是硫黄厂以前给炉子供水的水池,砌了围墙,墙上扎了玻璃碎片,拉了铁丝网,附近还有劳改后无处可去的浪人,以微薄的酬劳负责看管。后来厂子停了,炉子慢慢塌尽,池塘边的围墙不知何时倾塌殆尽,一时间竟游人如织,当时同样热闹的还有老旧废弃的大会堂、被撬过大门的监狱,尤其逢着不远处的小镇赶场日,附近的村民借着赶场,少不了要上去看一看热闹。铅华洗尽,现在池塘沦为钓鱼老者和贪玩少年的娱乐场地。

曾经,这里村居散落山间,平常无比,后来发掘了硫黄矿,成立了矿厂,建了监狱,驻扎了武警部队,还有很多高大的烟囱,大地就生出了手臂,又掘出了一口口的池塘,如同大地的眼睛,散落在山上。因人烟越来越稠密,又修了一条尘烟四起、贯穿而过的县道。硫黄厂的声名很快像那些矗立的烟囱飘出的浓烟一样,远播九霄,风头一度胜过不远处的镇街。

她来时二十七岁,告别湖南老家,过长沙,经贵阳,转入此地。告别故乡的决定仓促,来路颇曲折,漫长难挨的是后来这十多年光阴。丈夫对她当然好,好得让周围的妇人们艳羡。本地男人多粗暴,学不来轻言细语,信奉拳头可以解决一切。丈夫是蜀人,到长沙打工。他决定入黔,是因为接到巴蜀老父的来信,说弟弟转到了贵州服刑。

如果我拼死拉住他，他也不会犯事坐牢，丈夫不止一次心怀愧疚地说。多年前，兄弟俩在县城打工。哥哥惹了事，被人揍了一顿，弟弟拎着块砖头就冲了上去，哥哥没拉住。弟弟一砖头把人拍了个重残，从此沦为阶下囚。

他不懂事，也不知道在牢里有没有被欺负，我得去守着，他一刑满，就把他接上，然后，去四川，去湖南，听你的。听了丈夫的话，她领着他速回了一趟老家，与父母交底，做下了随夫入黔的决定。

初到那阵子，两人一阵抓瞎，当地口音听不懂，饮食上也不习惯，刺鼻的硫黄味包裹着身体的每一个器官，而光秃秃的山看不到一星半点儿绿色，让人恍若置身荒漠，生活呈现出一片苍白。好在这地儿南来北往的人不少，大家对这对突然冒出来的外地小夫妻并没有表现出过多的关注。而后盘了个小门面，卖些日用杂货，她负责看店，整天与油盐酱醋、饼干糖果、日用百货等相依相伴；他打理进货事宜，在不远处的小水泥厂谋到一份差事。生活如同江流，穿越曲折群山，波涛汹涌一阵，又慢慢缓和下来。第二年，他们决定要一个孩子，男女都好。第三年，命运给他们送来一个胖小子。那一年，他们还扩了门面，又在硫黄厂家属区买了他人闲置的一套两居室。这期间，他们探视过丈夫的弟弟数次，隔着铁栅栏，交换了彼此的近况，谋划了往后的人生。曾经飞扬跋扈的少年，被服刑生活淬炼出超越常人的成熟与老到。

儿子像拔节的麦穗，在见风长的年纪一日胜于一日，该长的地方一点儿也没落下。从小学到初中，一直是"别人家的孩子"，除了英语稍差，其他课程长期名列前茅。她是满意的。现在，儿子十四岁，个头已然高出同龄人一大截。人们都说，这外地人的血脉，就是要比本地人高一截。儿子站在池塘边上，能被阳台上的她清晰看在眼里，和身后高大的烟囱一样挺立着。他还挥了挥手，好像努力在说着什么，她听不见任何声音，但她猜测，大约是——妈，我一会儿就回来了。然后他折身往里去了，身影消失。不出半小时，他会回来，也许两手空空，也许会拎着一两条不大的鱼。他一贯是这样的。丈夫不在的岁月，她日日看着儿子从池塘那边下来，没入二三层高的房子后面，又从另一条大道冒出来，慢慢往家这边走。看儿子一路走着，她竟有种错觉，好像是丈夫正疾行归来，右手提着些什么，一些新鲜的蔬菜或肉，或者是厂子里新发的生活用品，一桶油或者一包纸，有时候也有水果之类的。有时候他会挥动左手，四个手指在空中画出一道道美丽的弧线。

丈夫的一根手指已经告别手掌，躺在一个密封的玻璃罐子里，虽然有些衰败，但并未腐烂。那时候儿子尚未满月，白日里沉睡，一到夜间就哭闹，非得大人抱着，一沾床就醒。丈夫怕她累，主动承担起了哄孩子的重任，连续熬了一阵子，至满月。因为休息不好，在工位上打了盹，丈夫被机器齐齐切掉了一根手指。赶到卫生院，切断的那截手指已冷却。丈夫忍着疼，带回了家，泡进了白酒和草药里，说是百年之后躺进棺材时，得续上。

现在，那截手指已经在酒瓶里躺了十余年，等待主人百年。

她一直坚信，丈夫正在回家的路上。有一天，他会一如往常地从大道那头快步走过来，路过会堂门口，穿过进入硫黄厂家属区的拱门，走到楼下的杉树下，仰着头看她一会儿，然后慢慢踱步上来，轻声说，看，我又给你带来了什么……一定会的。她甚至一次次梦见这个场景，然后惊醒，面对漫漫长夜，唯有沉默。近来她总是想起那个大雨滂沱的清晨，丈夫叮嘱她，等雨小点儿再去店里，反正这种鬼天气也没什么人买东西。然后他打着伞下了楼，一会儿又回来，骂着句什么，换上了雨衣，再次出了门。她透过窗户，看到丈夫的身影消失在大道尽头的转弯处，去往大雨中的水泥厂厂房。雨已经连续下了半个月，到了下午的时候，远处的烟囱突然轰然倾塌，曾经高耸入云、冒着浓烟的老旧建筑，瞬间化为一片废墟。雨又连续下了一个多星期，天天瓢泼似的，没完没了。丈夫被大雨带走了，生不见人，死不见尸，水泥厂说他请假了，提前半小时就下班了，说要赶着去店里，雨太大了，媳妇一个人带着孩子不方便。有人说路上看见他了，穿着雨衣，跑得很快。再问，人又说不太确定，毕竟雨太大了。有人大胆猜测，会不会是被倒塌的烟囱给埋了。猜测只是猜测，没有任何人、任何部门愿意为这个猜测，把巨大的土堆翻上一遍。

又过了一年多，她接到通知，丈夫的弟弟表现良好，获得减刑，很快就可以出来了。没料半年多后，出来的只有一具尸体。积极改造的弟弟不小心从高炉上掉了下来。那一年，儿子六岁，该读书了，对这个陌生的叔叔的死没有任何感觉，只是反复问她，爸爸呢？爸爸到底去哪里了？爸爸去了很远的地方，她只能像书上那样说，只要你乖乖的，说不定哪天突然就回来了。她一遍遍地解释，最后连自己都信了，说不定哪天丈夫就回来了，他那么好的人，怎么会对我们不管不顾呢？这期间也收到来自老家的消息，父亲说，回来吧，没牵挂了，在那地方苦熬干吗？她也一次次想过，要不回去算了。但她又总是忍不住幻想，如果我走了，他回来找不到我们怎么办？其实她构想过丈夫失踪的很多种可能：被倒塌的烟囱埋了；被过往拉水泥或者硫黄的货车撞了，然后拖到哪处深山老林了；被人谋害丢进水泥厂或者硫黄的炉子里化为灰烬了；甚至，外面有了人，跟人远走高飞了……热心的邻居都让她别等了，似乎断定她的丈夫已成亡魂。她也知道，丈夫存活于世的可能性不大。可是每当她下定决心接受这个结果，又总会在梦里梦见他。他在梦里，远远地看着她笑，挥手，四个手指画出美丽弧线，大声说着什么，无从猜测。

想丈夫了，她就会折腾半天，做一顿血鸭。丈夫喜欢她做的血鸭。她教过丈夫，血怎么弄，作料怎么备，丈夫做出来味道总是差那么一点点，于是怀疑她教得不正宗。她哪知道正不正宗，从小就看家里人做，离开父母家才自己做，反正就那么回事吧。丈夫说，最喜欢她认认真真在厨房里做菜的样子。现在，一个人默默做菜，她总是有一种丈夫就靠在玻璃门外的错觉，好像一切还是老样子，幸福并未走远。儿子渐长，对血鸭也逐渐产生了兴趣，于是她做的血鸭就丧失了大半的所谓正宗，辣椒、花椒少了，肉质也更熟更软了一些。

现在是时候了。她看了下腕表，心里盘算好时间，架锅，点火，滴入少许植物油，烧锅，倾盆，鸭肉滚入热锅，刺啦一声，一股白烟腾起，瞬间弥漫厨房，油烟机这才慢吞吞地有气无力地抖动起来，像个便秘的老头，绵延着慵懒的哼哼。她反复挥动手臂，有一股力量自内心至手臂，到手腕，到掌心，最后将那些潜藏于鸭肉里的水分剥离。炒，炒，炒，炒，炒，炒……

是什么在推动她，提线木偶一般，重复着这个炒菜的动作？这样做的意义在哪里？不断重复的何止这个动作：反复地出门回家，反复地开店关店……记账，进货，分类，售出……和所有人寒暄：认识的不认识的，年长的年幼的，好看的丑陋的……看每一辆车从店门前过去：大货车、小轿车、摩托车、滑板车、自行车、马车、玩具车，看不见的命运之车……男人们，是的，男人们：吐着恶心口臭气的老光棍，蹲在墙角、半夜不走的刑满释放人员，某个驻扎在此的军官，厂子里的看守，路过的大车司机，以及试图撬动她生活的形形色色的人……入睡后，有各种各样的梦境：消失的丈夫、死亡的小叔子、远方的父母、未曾见过的公婆……那年夏天漫长的雨季，轰然倾塌的烟囱，腐朽斑驳的会堂大门，撤厂时仓皇的眼睛，一车车拉走的人们，渐次荒凉的炉子、厂房、围墙，开始长草的山坡，停摆的风车……一切都在消亡，一切都在新生……儿子在长大，跟人打架了，被批评了，被表扬了，考试考砸了，数学竞赛获奖了……儿子生日时她号啕大哭，家长会上她上台发言时手足无措，看到他交了新朋友时，她开心地笑了……儿子年轻的身体，微弱的气息，人们的叹息声，

109

阴阳先生密密麻麻如同雨点的唱词……她变了吗？没变吗？像提线木偶一般，摆动手臂，翻炒奇形怪状的鸭肉块，来，吃吧，吃吧，吃吧……

她把眼泪擦干，并归罪于老旧油烟机的失职。大梦初醒，回过神来，火候过了，鸭肉已经开始炼油。于是她慌忙关火，捞出肉，把锅洗净；再次点火，烧干，放油，烧热，放入姜、蒜等，烹一会儿，香味弥漫厨房；倒入炒过的肉，搅拌，继续加作料，搅拌，搅拌，搅拌，搅拌，搅拌，搅拌，加水，加薄荷，加盖，调文火，慢焖。是的，焖。时间如巨大的熔炉，把一切都焖成了现在的样子，一切都是命中注定。

她出了厨房，开始收拾卫生。她不知道自己为什么要收拾卫生，似乎只是一种习惯。天色渐暗，灯光点亮，一如往常，好像一切都不曾发生。时间还早。她来到阳台上，远山朦胧，几年前种下的树已经长得一人高。硫黄厂撤了，也就意味着这个因硫黄而得名的地方的辉煌结束了。很快，犯人拉走了，武警部队走了，大量商户也走了，灰尘开始掩埋人类生活过的痕迹，从灰尘里长出来的青草，努力宣示着领土的主权，又配合着消泯人类的气息。矗立的烟囱终于只剩下最后一根，像个孤独的勇士，孤零零地站在对面的山上。

一切都准备好了。准备好了。她打开了电视机，开始看电视。厨房还在焖着那锅精心准备的鸭肉。

时间来到十点，或者十点多。有人敲开了门。啊，是邻居。怎么回来了？孩子没事吧？关切的样子，显示了一个邻居的关心。她低语，医院住着呢，我回来收拾一下，处理点儿事情。那人犹犹豫豫地走了。对她这个家庭的遭际，周围的人除了关心，也有一丝畏惧——丈夫失踪，儿子意外患重病，对这些长久生活于此的本地人而言，也太诡异了。

她再次陷入沉默。她在等待着什么？

等待儿子吗？

儿子会从哪个方向回来呢？按照常规，他得绕过煤矿风机房，在呜呜的风机声响里，跳下那道一米多高的坎，轻盈的身体稳稳当当落在公路上，然后顺着公路往下，经过自家的店面，前行一百米左转，这时候她就可以看见他，从丁字路口往下，经过大会堂门口，穿过家属区拱门，走到楼下来。这是他的常规路线。如果那天他一回家就听话洗手吃饭，如果那天他和同伴没有去池塘那里，如果那天他只是看看老头钓鱼，如果那天他没有脱光自己，如果那天他没有跳入水中……不，如果，如果九岁那年，她没有送他去学游泳……是谁说的，游泳是所有人必学的自救技能？谁他妈的胡说八道！

儿子溺水的消息从山上传来时，饭菜已经端上桌。她赶到池塘边时，儿子已经被拖了出来，躺在草地上，幸好人救了回来，只是从那之后便患了病，整日昏沉，无精打采，像溺水那天被四周赶来的人们踩趴了的池塘边的野草。先在小镇上看医生，医生也没辙，胡乱开些药。邻居倒是热心，七嘴八舌出主意，还帮忙请来了一个阴阳先生，在家里唱唱跳跳半晚上，唱词密集如雨点儿，锣鼓声敲得她的心一阵阵颤抖。神秘的玄学终究没能让儿子精神一点儿。于是她果断把儿子送到了市里医院。医生说，无关鬼神什么事，也不是溺水的原因，孩子原本就带着病，溺水只是个导火索。在医院陪伴儿子的日子，她得以静下来，细细清算这些年的经历，不免唏嘘，于是，做了原本早就该做的决定。

花了些钱，她轻易便请了一个看起来温和、心善的女护工，负责代替自己在医院陪护。儿子乖巧懂事，让她安心回家处理事情。于是，她风尘仆仆地赶了回来。

第一天，大睡一整天，不吃不喝；第二天，起床，开店，开始大甩卖，迎来了一拨拨的人流，嘻哈打闹，低价买走一堆商品；第三天，持续贱卖库存，放出了转让店铺和售卖房产的消息；第四天，再次去了那个池塘，在池塘边坐了一整天；第五天，收拾，打包行李，大睡，一整天几乎没说一句话。商品库存很快处理完，转了店，房子至今无人问津，毕竟厂子已经撤了，此地的人能走的都走了，卖不出就卖不出吧。这是第六天，她答应儿子第七天保证回去的。

时间过得真慢，但子夜真的就要到了。儿子一定会好起来的，丈夫也会回来。这么大的事情，他怎么可能不回来呢？今天上午，她就是在无比坚定的信念感里想到要做上一顿血鸭的。有什么办法呢？血鸭可是丈夫和儿子的最爱。咦，她想起来，鸭肉里还没放辣椒。这么重要的事情，怎么可以忘记？她心里充满内疚和自责。再怎么说也不能少了辣椒啊。她惊慌地冲进厨房，撒入辣椒。

锅里的水也差不多干了，她尝了一下，差些盐，于是补了一些，再焖一下，然后掀开盖，取出备用的鸭血，晃一下，倒入锅里，迅速搅拌，鲜红血液很快就变得暗淡，每一块鸭肉都着了色，然后关火，出锅。血鸭炒好了。耳边似乎响起了这句话，是丈夫的，似乎又是儿子的声音。再听，四下寂静，像荒野，毫无人迹。

餐桌不大，已提前摆好，置了三副碗筷、三张椅子。炒好的鸭肉盛在白瓷的钵里，有些烫手，以致她走得有些急促，差点儿绊在一张方形的布艺凳子上。这个活儿以前是丈夫或者儿子做的，她已经生疏。白瓷钵碰在覆了一块瓷砖的小方餐桌上，发出清脆的声响。她摸了下耳朵。这是丈夫教给她的招儿，说人身上最凉的地方是耳朵，如果手被烫到，又一时没有凉水之类的，赶紧摸一下耳朵，能稍许降温。她不知道是否有道理，但她照做。丈夫说的很多事，她都照做。同样，丈夫也是这样的。唯一没有照做的事情，是她希望他回来，但他一直不露面。像一个气泡，在阳光下消失，一星半点的痕迹也没有留下，一点儿也没有。

四下寂静，像荒野，毫无人迹。一瞬，远处传来隐约的人声，有一辆车开过去，摩托车排气管像生气的老牛一般冲向远方。这个曾经盛极一时的地方，即便是凌晨三四点，街边消夜划拳的声音，也会给人天色刚晚的错觉。现在，终于落寞得像个行将就木的老头，生气全无。

她怔了一会儿，像被什么无形地抽了那么一下，一些东西从体内消失，漫不经心，不动声色。而后她又舀了一碗酸汤，盛饭，逐个盛饭，七分满。血鸭的味道弥漫整屋。她坐下来，看着饭菜发呆,静静等待。闹钟把她惊了一下。二十三点,闹钟准时响起,宣告子夜来临。

四下寂静,像荒野,毫无人迹。时间一分一秒过去,挂钟上,秒针像个着急赶路的少年,脚步声越来越大。她没有动筷子,只是安静坐着,等待。餐食沦为摆设,升腾的雾气有些诡异。秒针越走越快,分针缓慢低空飞行,只有时针安静,像充满心机的裁判,默默地考量着一切。有一刻,她恍若置身多年前,某个在店面里等候儿子归来的下午,阳光懒散地落在门前台阶上,青草在长,微风在吹,车辆川流不息,行人络绎不绝,少年的声音从门外传来,青涩的面容遮挡了店门,夕阳如剑,将橱窗上散乱的零食一阵砍杀。

但现在,她等待的,是多年未见的丈夫。那个阴阳先生在家里做法的晚上,她突然无比想念丈夫,要是丈夫在,兴许一切不会如此。邻居怂恿,何不找阴阳先生算一算?知道没什么用,她还是照做了。阴阳先生要了丈夫的生辰,一通做法,丈夫是死是活,不得而知。只是给了她一个日期,说那晚子时,将丈夫曾使用的一个物件挂在门外,点上一炷香,天地通达,阴阳相容,鬼神就会为她传递信息。知道没什么用,她还是照做了。现在,是时候了。她起身,从卧室里找到提前准备好的丈夫曾经穿过的夹克,挂在了门把手上,任门开着,又点了一炷香,插在了墙壁的砖缝里。

他会回来吗?像那些遥远的黄昏,穿过大道,折进围墙里时,大声喧哗着,手里提着些物品——厂里发的生活用品;或者顺路买的一些什么；或者什么也不做，只是悄悄打开门，说一声，我回来了；或者什么也不说，只是偷偷地从后面蒙住她的眼睛，玩着幼稚而又浪漫的把戏。她已经快要忘记他说话的声音了。想到这里她就心生悲哀。

他一定在悄然赶来的路上，是无形的一阵风，她心想着。脑海里盘旋着那晚阴阳先生的话和神情。丈夫是死了吗？如果不是，阴阳先生让自己做的这些，难道不是招魂？

风晃动了一下窗帘。她无心进食，只是默默等待，与无声的时间苦苦对弈。后来又起身，再次整理了墙角的行李，查看了钱包里的证件、纸币和一张小小的车票。然后，她想到了什么，快步进入卧室，在衣柜最上层的地方，找到那个存放多年的玻璃罐子，放到餐桌上另外一只饭碗旁。做完这一切，她松了口气，静静地坐着。

回来吧！她犹豫着，试探着，呢喃了这么一句。快回来吧！

四下寂静，像荒野，毫无人迹。回来吧！她声音大了一些。回来吧，回来吧，回来吧。她的声音越来越大。一阵风，推开了门，凉凉地抚摸过她的耳廓。风撩动了什么，发出轻微的沙沙沙的声音。她心里莫名感到温暖，忍不住笑了。她相信，丈夫回来了。如果他已经死去，那就是阴阳两隔，没法相见。他一定进了屋，在老沙发上坐了一会儿，去洗手间看了看，想洗个手，不过他肯定没法洗手了。现在，他坐在属于他的位置，在那个用金黄色的布包裹着的盒子后面，认真地看着她。如果他尚在人世，一定在世界的某个角落，听到了她的呼唤。

她晃了晃旁边的玻璃罐子，一截变色的手指，露出来，一部分再次没入草药，指尖露在外面，像一枚新生的蘑菇。

饥饿感突然袭来，餐食苏醒，重新吐露迷人的气息。吃吧，她说，快吃吧，趁热。她各夹了一块鸭肉，放在另外两碗饭上。吃吧，我们一家三口，好好吃顿饭。她喂了自己一块肉，鸭骨猛地刺了一下牙龈，疼。她一块一块地吃，不断舔舐、撕咬，开始是无声的，后来声音越来越大，终于咬断了一截鸭骨，疼痛让她停下来，擦过嘴巴的餐巾纸上，鲜血绘成一朵娇艳的水仙。

她笑了一下，认真看着罐子里那根手指。你怀疑过，我做的血鸭是不是正宗，其实早就不正宗了，儿子吃不得太多的辣椒，血鸭就不再是那个味道了，谈什么正宗？她喝了一口酸汤。

她起身，端着剩下的血鸭，倒入了保鲜盒。待凉后，封装好，带去给儿子，或许儿子还有兴致吃上一顿。她甚至有自信，只要见到血鸭，儿子一定会一口不剩地吃完。

按照她的盘算，她将在次日一早返回市里，然后办理转院手续，去往省城看病。待儿子病愈，随便去哪里都行。

下午时，儿子来了短信，问她明天几点能到。她说一早的班车。儿子说，感觉好多了，不去省城看病也可以的。她思索了一会儿，回复：先去省城，治好病，再做打算。她想告诉儿子再也不回来了，想了想，终究没说。

她为此感到愧疚，儿子大了，无论什么事，按理是要一起商量着来的，何况离开这么大的事。儿子自小在此地长大，老师、朋友、伙伴都生活在这片土地上，他如何割舍得下？

她感到嗓子眼里紧紧的,像被什么堵住了。

突然,窗外传来一声巨响。荒野惊雷。很快,周围开始骚动起来,人的声音相互推动。她冲到阳台上,看到四周的灯盏陆续亮起,大道上开始出现人影,一些人在走,一些人在跑,然后所有人都跑了起来,跑,跑,跑。他们大声喊着什么,乱糟糟的,像一锅乱炖熬成了糨糊。她不经意抬眼,看到远处天空中,弥漫着一阵浓烟,她恍然大悟,几十年来矗立在那里的烟囱,硫黄厂剩下的最后一根烟囱,在那声巨响中,塌了。

不知道什么原因,她控制不住自己,飞快地下了楼,穿着单薄的衣衫,走,走,跑,跑起来,拼命地跑起来。她身边的人越来越多,最终成为人海,奔跑,不停奔跑。仿若年少,在老家门前的田埂上,撒开脚丫子,水田倒映少女的脸庞,青蛙的鸣唱停了又起,起了又停。像那一程辞家与奔赴,沉重的包裹,压不住前进的步伐,绿皮火车载着两颗跳动的心脏。这些年,她一直在跑,比此刻更快,比此刻更忙。但她不知道此刻自己为什么要跑,要跑去哪里。她突然意识到,这是一件荒谬可笑的事情。所有人都在跑。那些离开硫黄厂的人,就是这么跑着跑着就忘记了回家的吧。

她猛然停了下来,身子因为惯性差点儿砸在地上;转身,迎着一张张晃动的脸庞;往回走,艰难地走;她再次开始跑起来,撞到了一个年轻女孩,又绕开了一个蹒跚的老头。她有些吃惊,这个早已没落的地方原来藏着这么多人。平日里他们藏在家里,藏在路边的草丛里,藏在山冈上,藏在树上,藏在水里,这时候都跑了出来。这是多么可怕的事情。她不敢看人,低垂眼帘,大踏步地往前跑。她看见了几天前转手的店面,花店荡然无存,门已经破了,像一只怪兽,龇牙咧嘴地看着她。她快步跑过去了,看到会堂已经倒塌了,身边的一切都在倾塌,爬山虎一样的植物覆盖了一切,家属区的拱门还在,上面长满了青苔,她走进院子,上楼,噔噔噔的脚步声敲击着心房。

在房门前,她停了下来,调整呼吸,推门的手停滞在半空。

门开着。走进屋内,世界突然再次陷入静默,黄色灯光从房里涌出来,将她笼罩。恍然间,丈夫和儿子坐在餐桌前,静静地笑着,看着她。墙壁上的挂钟还很新,秒针嘀嗒嘀嗒走着。

十二花园等你来

一

我睁开眼,看到大牛长满麻子的脸差一点儿就要盖在我的脸上。他的唾沫飞到我的脸上,温热温热的。张老大,你梦到什么了?大牛说,你傻乎乎地嘿嘿笑半天了。

我梦到一条大鱼向我游来。哦,不,那分明是一条巨大的泥鳅。它摇摆着自己的长胡须,咧着大嘴,吐出一个又一个巨大的泡泡。我一点儿也不害怕,反而感觉很开心。一个大泡泡罩住了我。它的胡须比我的小腿还粗,像几只大手,把我抱住,滑溜溜的。它开口对我说话,哦,顽皮的小娃娃,你想去哪里?这是一条会说话的大泥鳅,我突发奇想。我说,我想去的地方可远了。它说,去哪里?我领你去。我说,我想去浙江。它说,浙江在哪里?我说,很远很远。它说,那我真去不了,不过我可以带你随处看一看。我说好。它快速摆动身子,我们便向水深处去了。我看见水底有山谷、岩石、草地、森林,好多好多的鸟、一群群的鱼儿,还有一只老乌龟,趴在岩石上冲我们吹口哨。大泥鳅对我说,别理它,那是一个老流氓。一只小青蛙坐在草丛里,认真地发着呆。大泥鳅说那是一只即将出嫁的小青蛙，在想自己未来的相公呢。我看呆了，没想到水下有这么精彩的世界。还有更精彩的呢，大泥鳅说着加速游动起来，我只感觉到流水声哗啦啦的。然后，我听到有人喊我的名字，老大，老大，张老大。那声音很遥远，像隔着什么。我很快听出来，是大牛的声音。我四处张望，只看见冲着我眨巴眼睛的虾和嘿嘿笑的鱼群，看不到大牛。大牛还在叫我，张老大，醒醒，醒醒了。突然有人推了我一把，我从大泥鳅胡须上掉了下来……

我推开大牛，发现自己躺在裸洁河边的草地上睡着了。我说，现在是什么时候了？大牛说，太阳都要升到正中了。我爬起来，你打了多少猪草？我去看大牛的花篓，发现里面已经装了大半篓猪草。大牛说，没打，我刚又游了一会儿。你骗我，我站起身，跳入河中。我游了一阵，上了岸，穿上衣服，背上花篓，开始打猪草。如果我再不抓紧打猪草，回到家一定免不了奶奶或爷爷的一顿暴揍的。

一早上，我和大牛都忙着在山上追一只小雀儿。小雀儿是大牛打猪草时发现的，当时他正弯着腰在玉米地里割猪草，突然听到扑腾的声音。他大声喊我，老大，雀儿，雀儿。我从土坎跳下来，在哪里？大牛说，我听到它飞了，就在这附近。我们俩屏住呼吸，果然很快就听到雀儿扑棱翅膀的声音，然后看到了那只雀儿从土坎的草丛里飞了出去，吃力地飞了不远就落在了地上。我们因此确认它受伤或者生病了，飞不远了。我们背着花篓，在玉米地里窜来窜去，围堵小雀儿。雀儿很小，像个小麻点，飞不了几米远，偏偏灵活得很。我们俩围来围去，从玉米地赶到草坡，从草坡赶到杂木林，又从杂木林赶到了河边。我们以为它无处可飞时，它突然越过我们头顶落在河岸上的一棵柳树上，再一发力，飞到陡峭的山岩上去了。然后它蹲在山岩上，叽叽叽地叫着，俯瞰着我们，好像在说，来呀，来呀，有本事爬上来呀。我们站在山岩下束手无策，这时候，太阳已经好高了。大牛说，要不我们游泳吧，太热了。这时候我也感觉出了一身汗，我脱掉衣服，光溜溜地跳进浅水，用手做瓢，舀水泼向大牛。大牛也脱掉衣服，跳了下来。我们游累了，我躺在河岸的草地上就睡着了。

我心急得不得了。太阳已经很烈了。在我睡着的时候，大牛在河岸上割了不少猪草，所以他已经有了大半花箩的猪草，而我还不到半花箩。我弯腰顺着河岸往上爬，边爬边割下一些可供猪食用的植物，塞进背后的花箩里。大牛在身后说，你慢点儿，等等我。我站住，回头看他，说，除非你把猪草分我点儿。大牛一听，警觉起来，说，不。我继续往上爬。太阳太烈了，我急需钻到玉米地里去，在那里，宽大的玉米叶子会为我挡去一半的阳光，猪草也会比太阳下的更茂盛、更细嫩。

我先钻了进去，大牛没多久也钻进来了。我们弯着腰在玉米地里割猪草，玉米叶子划过脸庞，有一些刺痛，不一会儿，汗水流到被玉米叶划伤的地方，便传来一阵阵火辣辣的疼。但我顾不得这么多了，只顾着割猪草。突然，我的镰刀碰到了一块翻滚的小石头，刀锋一偏，割在了我左手中指的指背上。割裂的疼痛让我丢下镰刀，捂住手指，死死地捏住。大牛见状赶紧丢下镰刀跑过来，急切地问，割到手了？我说，嗯。大牛放下花篓，在土坎上找了会儿，找到一些草叶，在嘴里嚼得稀巴烂，盖在我的伤口上。然而血还是止不住地冒出来。大牛说，算了，回家吧。我看了看自己的花篓，有些为难。大牛说，我分你一点儿。我想了想说，算了吧，我这也快满了。我们背着花篓走出了玉米地，猛烈的阳光直直地刺在我们身上。

　　走到家门口，爷爷正坐在房檐下，光着上半身，裤腿卷至膝盖，双脚正在木盆里涮萝卜似的动着。我走上石台阶，对爷爷说，我回来了。爷爷说，一大早上，只打了这么点儿？我不敢说话。这时候，奶奶从屋里出来，恶狠狠地看着我说，你过来。我放下花篓，犹豫着走到奶奶身边。奶奶抓住我的手，拉开衣服，在我肚子上抓了一把，被她抓过的地方顿时出现三道泛白的抓痕。奶奶生起气来，张老大！猪草不好好打，光想着去河里玩了，你想做落水鬼啊！她站起身去找鞭子，我一时不知道是该跑还是该留。这时，大牛在路口喊，三奶奶，老大的手被割了一个大口子。奶奶一听，脸色变了，也不去找鞭子了，抓住我的手，忙说，我看看。血已经止住了，被镰刀割开的地方，皮肉向两边轻微翻卷过去，里面白森森的骨头清晰可见。奶奶急了，他爷爷，洗个脚洗了多久了？赶紧去找消炎药和药胶布来。我看着奶奶着急的样子，感觉嗓子眼有些哽。我说，奶奶……奶奶没看我，让我别说话。我转过脸去看大牛，大牛已经背着猪草，向他家走去了。

二

我又梦到了那条大泥鳅。它吐出一个大泡泡，把我罩住。它用粗壮的胡须轻轻抱着我，嘿，小娃娃，你为什么嘟着嘴？我说我的手被镰刀割破了。泥鳅说，别怕，我用口水帮你治。它吐出口水，天空就下起大雨，雨水落在河面上，又扎入河里面。我分不清楚落在我伤口上的是雨水还是它的口水。它问，小娃娃，这次想去哪里？我说，我还是想去浙江。它愣住了，为什么一定要去浙江？我说，我就想去。它沉思了一会儿，听名字应该有水，等我回头打听好路，再带你去。我说，好。它说，小娃娃，你叫什么名字？我说，我叫张老大，我还有个妹妹叫张阿秀。它说，你爸取名字真懒。我说，才不是呢，我爸可勤快了。它说，你还有其他朋友吗？我说，对了，我还有一个小伙伴，叫大牛，长了一脸麻子，胖得像头牛。如果你能去浙江，可一定要带上大牛。它好奇地问我，为什么呢？我说，因为大牛也一定想去浙江，他爸死在了那里。它说，哦，真是个可怜的孩子，那你呢？我想了想，因为我爸妈都在那里。大泥鳅沉默了好一会儿才说，好吧，我会把你们都带上。我说，谢谢你了，你真是个好人。说出来我觉得不对，又说，你真是个好泥鳅。

我从梦中醒来，看到月光从破了洞的塑料布遮盖的小小窗户照进来，洒在窄窄的书桌上。不知道是夜里几点了。隔壁房传来爷爷的呼噜声，让我想起儿童节时的拔河比赛，我静静地听了会儿，拔河比赛一直没有结束的意思。我爬起身，走出房间，推门的时候，老木门发出"吱嘎——嘎——"的声响。幽暗里，传来阿秀的声音，哥。阿秀睡在门外的墙壁下。我走到阿秀的床前，你怎么不睡？阿秀说，你把我吵醒了，哥。我说，你有没有做梦？阿秀说，我梦到了吃兔儿肉。我说，我梦到泥鳅，大泥鳅。阿秀说，你捉了吗？我说，我捉不住，特别大，大泥鳅还和我玩。阿秀迷迷糊糊地说，我睡觉了。我说你睡吧。我又开前门，这次发出哐当一声。拔河比赛突然结束了，爷爷问，谁？爷爷，我说，是我。大晚上你干什么？我撒尿。爷爷没声音了，很快又重新拔起了河。我带上门。天上挂着弯弯的月亮，月光浅浅地照在门前的石阶上。夜里很静，倒是远处近处都是虫子的声音，像早读的小学生，此起彼伏的，很热闹，却不吵闹。我在门前撒了一泡尿，然后提上裤子，朝大牛家走去。大牛家就在我家旁边，共两个楼：一个是左右两个房间，一边是猪圈、一边是人住的屋，我们管它叫楼子；另一个楼是一边是大堂屋、一边是前后两屋，大牛睡在楼子里，后门对着我们家场坝。我从一米高的坎子跳下去，正好落在楼子的后门处。我猫着腰，趴在窗户上喊，大牛，大牛，大牛。大牛迷迷糊糊地问，谁？我，我压低声音，我啊。房里发出大牛走路的声音，他开了门，你干什么？

我摸到大牛的床上说，我梦到了一条大泥鳅。大牛打着哈欠说，还梦到了一只大老虎。我说，大泥鳅抱着我在水里游来游去。大牛说，我和大老虎喝啤酒。我说，你喝过啤酒？大牛说，没喝过。我说，大泥鳅说可以带我去浙江。大牛说，那我和大老虎商量商量，让它带我去月亮上。我说，到时候我带上你吧。

大牛说，我还是继续做梦去吧。我把大牛摇醒，你真梦到大老虎了？啤酒是什么味道？大牛不耐烦地说，鬼话你也信。我说，我说的是真的。大牛没回答我。我再摇，大牛已经发出了呼噜声。

早上醒来，大牛已经起床了。我打开后门准备回去，看到爷爷正在门前用磨刀石磨镰刀，一推一收，一推一收，偶尔用左手从盆里撩一些水洒在磨刀石上，磨刀石和镰刀随着他的动作发出沙沙的声音。我揉揉眼睛。爷爷说，大牛早就起床打猪草去了，你倒是在人家床上睡起了懒觉。我没说话。爷爷说，今天你就放牛吧，手破了就别碰露水了。我爬上场坝说，我可以边放牛，边打点猪草。奶奶从屋里出来，端着几个煮熟的玉米棒子放在小凳子上，招呼我们吃早餐。我拿了一个，啃一口，香喷喷的。爷爷说，你狗啃啊？我说我就喜欢啃。奶奶说，就听你爷爷的，别碰露水。阿秀出来洗脸，拿起一个玉米，也学我狗啃，说，哥，昨晚你捉的泥鳅呢？我啊了一声，泥鳅？奶奶笑了，他捉什么泥鳅？他就是一条泥鳅。

放牛可比打猪草轻闲得多。我把老水牛赶到山上，只要守着有庄稼的地方，不让它祸害庄稼就行。老水牛不比黄牛，它们身体硕大，行动迟缓，不喜欢到处乱跑。黄牛长得瘦小，脚程又好，常常去一些很危险的山崖，或者变着法儿去吃玉米叶，不让人省心。单放牛也有不好的地方，那就是不自由，牛在哪里低头吃草，你就只能在哪里看着，不像打猪草，可以从这山跑到那山，可以这里抓鸟那里游泳，或者换个地方打马蜂。

站在山垭上，我扯着嗓子喊大牛，山那边很快就传来了回声。风呼呼地吹着,玉米在风中不断起伏着。我无聊极了。看到老水牛在远处认真吃草,离下面的玉米地还有三道土坎,便放心地躺在一块大青石上。清晨的阳光不算刺眼,但也照得人眼睛不太舒服,我只得闭上眼睛。我在大青石上睡着了,没有梦到大泥鳅,什么也没梦到。睡梦里只有时浓时淡的草木清香和呼啦啦的风声。醒来时,老水牛已经趁我睡着钻进了玉米地。

我把牛从玉米地里赶出来,生气地照着它硕大的屁股抽了几竹条。老水牛慵懒地回头看了我一眼,好像一点儿也不疼。这时候,我听到山谷那边传来山歌声:赌你来,赌你穿过九层岩,麻秆大桥等你过,十二花园等你来……我提着赶牛用的竹条,跳上一块大石头,往山谷那边张望,大声喊着,大牛,大牛,你打好猪草了?大牛大声回答我,好了,等我来和你放牛。

三

一连几天,我都没有下地打猪草或割草。因为爷爷奶奶说了,受伤的手碰不得露水,否则会中露水毒,又红又肿,又痒又疼。我连着放了几天牛,手上的伤口一天天见好,它干瘪、结痂,偶尔发出一阵酥痒。

我已经好几天没有梦到那条可爱的大泥鳅了。我想它是不是已经忘记我了,它说过能带我去浙江的。

过了几天,七月半就要到了。七月半一过,再过不了多久,就是我的生辰了,那时候我就十岁了。我们家挂出上面写着死去的先人们的称谓和名字的老人牌，点上清香，把老人接回家。我们祖祖辈辈都相信，七月半时，去世的老人们都会回到家，这个时间一般是七月初十，老人们要按照老人牌寻找自己的后人，看看自己的后人日子过得怎么样，七月半（实际是七月十三）晚上领了人们烧的钱后再返回去。我负责采摘最新鲜的果子，用来供奉给返家的祖先们。大牛从村外背着一花箩猪草回来，冲挂在果树上的我说，六月六，地瓜熟；七月半，地瓜烂。我说，你采了地瓜吗？地瓜是一种山野美味，我们不知道它学名叫什么，我们都叫它地瓜。我问大牛时好像已经闻到了地瓜的香味。大牛把猪草放在楼子屋檐下，窜到我家果树下，说，老大，给你一把。我从树上跳下来，接过那一把鲜嫩泛黄的地瓜，随手擦掉上面的泥土便塞进嘴里，地瓜的香味瞬间弥漫了我的唇齿。

　　我们坐在果树下的石头上，在树荫下吹着风，很凉快。我们吃完了大牛采来的地瓜。我说，七月半就要到了，你家接老人了吗？大牛突然忧伤地说，今天该接了，不知道我爸回来了没有。我也跟着忧伤起来。大牛的爸爸在浙江打工，死在机床上后，得到一万五千块钱的赔偿。去时高高大大的一个人，回来就成了一小盒骨灰粉，葬在村头山垭的大树下，离家走路不过一小会儿的工夫，但他也只有等到七月半才能回家看一看。大牛的爸爸去世后，他妈没多久便不见了，不知道去了哪里。大牛说他妈妈是去打工了，可人们都说大牛妈妈是在这个家里待不下去了，回她的老家广西去了。大牛不相信这个，他一直觉得他妈妈是去打工了，说不定哪天就会穿着新衣服、买了新玩具回来找他。我说，我们去看你爸吧，反正就走一会儿路，太阳也不算大。大牛说，不去，他肯定已经回家了，我也要赶紧回家去。我们站起来，我抱着几个毛桃子。阿秀突然趔趔趄趄地从家里跑出来，她已经七岁了，但人很瘦，跑起来有些歪歪倒倒的。她着急地流着泪，哥，爷爷倒了。我问，倒了？大牛说，三爷爷倒了？

爷爷生病了。他像块大石头，躺在地上昏迷不醒，我和奶奶、阿秀三人合力，都搬不动他。没一会儿，大牛和他爷爷奶奶也赶来了，我们找来了架子车，把爷爷弄上去，推着往乡上去。爷爷一直昏迷不醒，也不知道他怎么了。我们赶到乡上，卫生院的医生给爷爷打了一针，爷爷醒了，开口第一句，啊呀，我的锅煳了。奶奶说，你病了。爷爷说，病了？这是哪儿？奶奶说，乡卫生院里。爷爷惊坐起来，说，费钱！快走！回家！我们压住爷爷，你病了。爷爷像个孩子，哪里病？好好的，哪里病？！爷爷生气了。医生说爷爷这是低血糖。低血糖？就是血液里的糖少了。奶奶说，那得多买点儿白糖。医生说，头晕时就吃点儿糖，能好转，但这不是办法，最好去市里医院查一查为什么低血糖。奶奶一听，市里？医生说，这里去县里，比去市里还远，去市里方便。奶奶犯难了，那得多少钱？医生说，这个不好说。

我们回到家，老人牌前的清香已经熄灭了，供奉的鸡蛋饭上落满了香灰，爷爷慌忙去续香。他点燃清香，挥动手臂，通过甩动清香让火焰熄灭，然后双手合十，举过头顶，拜了三下，才把清香插在老人牌前。他回过身，对奶奶、我和阿秀说，这阵子我总觉得乏，头也常晕，一饿就晕，是不是在哪条路上撞到不干净的东西了？奶奶说，胡说，你是生病了。我们都说，是，你是生病了。爷爷回到屋里，吃了些饭，吩咐奶奶，你去找个弥勒婆（跳大神的）给我收拾一下。我们说，你生病了。爷爷说，一定是撞到不干净的东西了。我们说，你生病了。爷爷生气地说，生病了也得要有钱看病！我们就都不说话了，去市里不知道要花多少钱，我们已经没有更多的钱了。奶奶想了想，叫老大他爸想点儿办法。我说，对，叫我爸寄点儿钱回来。爷爷更生气了，吼道，钱！钱！钱！什么都叫他寄，外面那钱又不是遍地都是！我们都不说话了，一家人陷入沉默。我们不知道如果爷爷真的害了大病该怎么办。

天快黑了。太阳刚还挂在山巅上，一晃眼就落了下去。夏天的风从远处吹来，门前的树在风中哗哗作响。今天的晚饭是新洋芋，奶奶在家里煮洋芋，我坐在门前舂辣椒面，阿秀在猪圈前守着老母猪吃食，爷爷刚从地里砍了一些嫩玉米秆扛回来。爷爷钻进家里，正迫不及待地吃酸汤饭，他说感觉饿了，饿得心慌。大牛走到场坝，后面跟着他爷爷奶奶。大牛说，你家煮洋芋了？我说，嗯。大牛爷爷说，你爷爷呢？我说，家里呢。大牛爷爷奶奶进了家，大牛则坐在我另一边，看我舂辣椒面。辣椒面很呛人，我忍不住咳嗽了好几声。

舂完辣椒面，我听到屋里传来他们的对话。奶奶说，不能，这可不能。大牛爷爷说，我们俩商量了，大牛他爸死，赔了一万五，他妈跑时，拿走了八千，剩下的七千我们一分没花，原来是留着给大牛的……三哥哥害病了，这钱得拿出来看病。爷爷说，花孩子们的卖命钱，我可不干，我身体没什么事，只要不饿着。大牛爷爷说，别说了，孩子要是在世，也会这样尽心尽力的。我端着辣椒面走进屋，说，我爸有钱，我明天就去给我爸打电话。大牛爷爷说，你知道怎么打电话吗？哪次不是他打来约定时间去接？我们连个号码都找不到。你爸过年回来再还我们不迟，这钱放着也是放着，说不定哪天给耗子吃了。我看向大牛，大牛说，我花不上钱，先给三爷爷看病。我再去看坐在床沿上的爷爷，他的眼眶湿湿的。

那夜，我终于又梦见了大泥鳅。我说，你这几天去哪里了？我都找不到你。大泥鳅说，娃娃，发生了什么事让你这么着急？我说，爷爷生病了，要去市里看病。大泥鳅说，哦，可怜的娃娃，我可没有钱，不过我可以带着你们去。我说，好，我们说定了。大泥鳅伸出它的胡须和我拉钩，就这么定了。

四

七月半这天，太阳还没落山，人们就匆匆回到家里，顽皮不听话的孩子也会被大人们抓回家去。老人们说，七月半当天，吃完晚饭、烧完纸后，如果到了晚上还在外面，会听到密集的马蹄声、脚步声，那是祖先们离去的脚步声。爷爷杀了一只母鸡，天还没黑，鸡汤的香味就迫不及待地钻进鼻孔里，挠得人心痒痒的。吃过饭，天黑了，爷爷带着我，让我洒水饭，他插香烧纸，然后他一句我一句地喊：远的伸手，近的张口，没有后人的孤魂野鬼们，吃晚饭喽，取零钱喽！远的伸手，近的张口……小小的村子里，此起彼伏的都是类似的声音。爷爷说，烧纸之前，先把孤魂野鬼们安抚了，免得他们拦路抢劫祖先们的钱。

回到家，我们跪在堂屋里，我负责拿着老人牌从上往下念称谓和名字，每念一个，爷爷便往火盆里放一沓纸钱，五块、十块、二十块都有，嘴里念念有词。我把老人牌上的名字念完了，爷爷把纸烧完，怔怔地看着晃动的火光，突然说，老大，你要记得我教给你的，以后长大了，无论有钱没钱，到了七月半，都要记得给先人们烧点儿纸。我说，爷爷，先人们真的能收到我们烧的钱吗？爷爷叹了口气，谁知道呢？恐怕要不了多久，爷爷也得到那边领钱去了。我心里很难过，爷爷，你要长命百岁。爷爷抚摸着我的头，站起来，揉着膝盖，叮嘱我一会儿把火灭了，把灰扫一下，便回到屋里，躺到了床上。自从那次晕倒后，爷爷越来越喜欢躺在床上了。

我把堂屋收拾好后，听到大牛在屋外叫我。我瞅了一眼屋里，奶奶正弯着腰在煤油灯下补衣服，阿秀半靠在她的后背上，嘟嘟哝哝说着什么。我关上堂屋门，看到大牛站在楼子下朝这边张望，我压低声音，你喊我？大牛说，我们去玩。我问，去哪儿？他走到我身边，去我爸那里。我有些犹豫，心里想起大人们说七月半晚上不能待在外面的事情。我说，现在？大牛说，就现在。我说，现在吗？我环顾四周，人家说今晚不能出门。大牛说，你去不去？他说着就往前走。我追上去，我们一起摸出村子，来到大牛他爸坟前。谁都没有说话，静静地坐着。月亮很亮，快要满月了，像个脸盆挂在天上。月光照在树上、路上和玉米地里。我仔细听了好久，只听得见虫子的叫声，没有听到马蹄声和脚步声。

我搓着小腿，对大牛说，大牛，回家了，蚊子咬得凶，我都被咬了好几个包了。大牛没有回答我，他对着埋着他爸骨灰的坟地说，爸，三爷爷害病了，我把你的卖命钱给三爷爷看病，可以吗？四下里一片寂静。我感到一阵害怕，好像大牛他爸爸真的就站在面前。我说，我们回去吧。大牛从地上爬起来，对土堆说，你答应了。我们往回走，没有听到马蹄声和脚步声。我问大牛听到了吗，大牛说听到个屁。我问大牛，给你爸烧了多少钱？大牛说，二十块。我说，二十块少了不？大牛说，不少了，阳间二十块，阴间顶好几万。

我们放心地往回走，月光照着我们前面的路，亮堂堂的，像白日里一样。

七月半一过，公社里来了一位医生，开了间诊所。公社里以前是有诊所的，前几年医生也生了病，搬走了，不知道是否还活着。新来的医生在小学边的老公社大楼一楼开了诊所，附近村子的人都去看病，很是热闹。我和大牛去看过，那医生看起来很年轻，戴着副眼镜，看病时很认真，有一口洁白的牙齿。看病的人走了，医生问我们，小孩，你们哪里不舒服？大牛说，是我三爷爷不舒服。医生说，三爷爷？我说，他三爷爷就是我爷爷。头晕。医生问，你爷爷咋不来看病？我说，乡里卫生院说了，是低血糖，吃糖就行，但最好到市里检查，看看是什么原因导致的低血糖。医生说，那确实得好好去查一查。

没过两天，爷爷又晕倒了。那天他早早出门去割草，快到中午背着草回来时，路上就犯晕了，勉强撑着到家门口，人和一背的青草同时栽在泥地上。我气喘吁吁地跑到公社诊所，把医生请来，医生往爷爷手背上扎了一针，推了些东西进去，爷爷醒了。医生说，低血糖，刚推了一针葡萄糖，这事说大不大，说小不小，但不能老是这么晕着，你们还是早点儿到好点儿的地方查一查，对症下药才行呀。我和奶奶都犯难，没有人去过市里，去过的都出门打工了，我们不知道怎么去。医生说，我叫赵有良，刚从医学院毕业，我没什么经验，去市里倒是找得到路，我去市里拿药的时候，你们跟我一起去。我问他，你是说，你可以带我爷爷去看病？赵有良说，是这个意思。

赵有良离开的时候，奶奶让我提着半袋果子追上去给他。我追上去，赵有良问我，小孩，还有什么事吗？我把蛇皮口袋递给他说，我们家果树上摘下来的果子，给你吃。赵有良笑了，咧着嘴。我脑海里浮现出梦里那条大泥鳅的样子，我问，你是大泥鳅吗？赵有良诧异地看着我，啊？我说，我梦到过一条大泥鳅，它说可以带我去浙江，也可以带爷爷去看病。赵有良笑了，如果是这样，我就是那条大泥鳅。说着他使劲摆动身子，摇晃双手，还真像一条大泥鳅。

赵有良蹲下来，小孩，你真懂事，你爷爷的病看起来是低血糖，但背后的原因还不知道，真的得去做彻底的检查。我说，会很严重吗？赵有良说，说不准，读书时老师说过案例，这种情况也可能是癌，癌细胞吞噬了糖分，所以才会导致低血糖。我说，癌是什么？赵有良怔了一下说，说了你也不懂，反正抓紧去做检查就行了。

五

每晚我都试图梦到那条大泥鳅，我想告诉它，有一个叫赵有良的医生愿意在去拿药时顺道带爷爷去看病了。我还想问问它，癌到底是什么。可是我很努力很努力，却再也没有梦到过那条巨大的泥鳅。

我的生辰很快就要到了，可我一点儿过生辰的欲望也没有。从前，我从来没有过过生辰。正月里爸爸妈妈去浙江前，说今年必回来陪我过一次，毕竟我已经长大了。但我知道他们不会回来。他们回来一趟，来回路上要五六天，不说来回花销，单单工资就会扣掉不少，我也是打心眼里不想让他们回来。睡不着的时候，我就想，就让他们待在浙江，把省下的钱拿出来给爷爷看病吧。

赵有良医生托人传话，说他第二天要去市里拿药，天一亮就走，让我们准备一下。话带到后，爷爷就一直默默无言。晚上大牛爷爷送钱来，说明天我和你去，我也想去城里看看哩。爷爷对奶奶说，我觉得还是要先找弥勒婆看看，我这个情况，就是撞到不干净的东西了。奶奶没有接话，我们也不知道怎么回。第二天一大早，爷爷奶奶和大牛爷爷就出门了，走前叮嘱我要照顾好阿秀，还要割草、打猪草，别把老水牛和母猪饿坏了。

那几天家里就只剩下我和阿秀。阿秀每天在家看家，我上午割草，下午打猪草，也没什么其他事。大牛奶奶每天按时喊我们吃饭，晚上也要到家里看一下，看看门有没有锁死，圈门有没有关严，牲口在不在。如果发现我们半夜不睡，还要把我们狠狠批评一顿。偶尔大牛晚上会和我睡一起，有时也带些草，给我喂猪和牛。

有一天有人带话来，说我爸来电话了，让爷爷第二天中午十二点到公社接电话。我去接了。我爸问我，爷爷呢？我说，天热，不想来，走着累，你有什么话跟我说也是一样的。我爸问了些家里的情况，我都说好。爷爷走前说过，如果我爸来电话，可别乱说。我爸听了，放心地说，告诉爷爷奶奶，千万保重身体。我说，好。我爸这时才想起我来，儿，你生辰我们回不去了，老板生意忙，不让走。我说，我又不过生辰，你把省下来的来回路费寄给爷爷吧。

那天晚上，我躺在床上，突然觉得浑身酸痛。阿秀在前屋发出轻微的呼噜声，声音小，但听得很清楚。我睡不着，感觉很累很累，翻来覆去的，精神却好得很。后来不知道过了多久，我才迷迷糊糊睡着。醒来时，我感觉脑子乱乱的，好像梦到了什么，似乎是那条大泥鳅，细细一想，又好像什么都没有梦到。

天麻麻亮，我就起床了，磨了镰刀，热了些饭放在碗里，用另一只碗扣着。我去叫阿秀，阿秀还赖在床上，迷迷糊糊的。我说，饭热了，在碗里，我去割草，你早点儿起来洗脸。阿秀没回答我,又睡着了。我背着花箩,提着镰刀,叫上大牛去割草。

　　走在路上,我揉着酸疼的肩膀,心想,过不了几天,等爷爷从市里看病回来,我就是十岁的大人了。

李元生

一

这事怎么说呢？我原来是一个学渣，成绩不好，还调皮。很多老师都觉得，我只要不把其他学生带坏，就已经很好了。因此，我和老师们也不曾有什么较为融洽的关系，遥远的同窗几乎已全然失联，当时的老师们也早已遗忘。然而很多年后，我竟成了一名"作家"——至少朋友们是这么称呼我的。

那次，我受老家县城的一位友人邀请，作为嘉宾，在县图书馆组织的一个小型的常规读书会上做一场小型讲座。因为邀请的人是老友，且有一小笔车马费，我假装推托几句后便欣然答应。

那天讲的内容，当然是关于阅读和写作，内容中规中矩。对我来讲，那次活动特别的地方在于，我遇到了小学同学毛三。当时讲座匆匆结束，按照讲座惯例，有一个合影的环节，在摄影师大声喊着"大家开心不开心"时，一个三十余岁的短发眼镜男出现在我的视野中。

合影后，他向我走来。我是毛三啊，你不记得我啦？他说，一九九九年,六仲小学,同学呀。

我实在是想不起来这个人了。读书十余年,除了大学同学和部分高中同学,我和百分之九十的同窗都已经没了联系,更别说小学同学了。而且二十世纪九十年代的老家那地方,小学同学来自四里八乡,当时年纪又小,谁还记得谁呢?

看我反应,自称毛三的人竟然着急地唱了起来:来吧,来吧,相约九八,来吧,来吧,相约九八,相约在银色的月光下,相约在温暖的情意中……

歌声一起,我倒是真的想起了遥远的一九九九年来了。那时候,我在老家的六仲小学读书,那阵子这首歌特火,总是在课间从挂在二楼栏杆上的喇叭里传出来。而那时,我确实有一个关系较好的同学叫毛三,只是眼前的这个人和当年的毛三,差距着实较大。

我们留了电话,还加了微信,寒暄着,说好有机会一起聚会。毛三提议一起喝点儿什么,我说算了,主办方有安排。事实上,我心里并不愿意和他去喝点儿什么。我们很多很多年未见,我是真不知道该说些什么。毛三表示很遗憾。不过,我们可以微信聊,他笑着说。

但在晚餐的酒桌上,我还是见到了毛三。坐在我旁边的邀请我开讲座的友人介绍说,毛组长可是你的书迷。我也笑,说道,我们还有一层关系,小学同学,想不到吧?大家都笑。饭桌上,友人告诉我,我的这个同学毛三,已经是该县某单位的纪检组组长,副科级领导干部。不过他是个爱读书的人,友人说,我们就是读书会认识的，今天倒是第一次知道你们有这层关系。

酒过三巡，大家都有点儿想走的意思了；再过三巡，差不多一半人借故离了场；再三巡，便只剩下三五人。毛三猫到了我旁边坐下，我们聊了起来，内容无非是些他一直关注我、读我的小说之类的话。这些话我听多了，哈哈应付，然后又聊到了各自的近况，好的都说了，各自窘迫的日子都死死地守在心里。

我们聊得还算开心，但最后在我的一首叫《园丁颂》的诗歌上产生了分歧。毛三表示他很不喜欢。我说这很正常，有人喜欢，自然就有人不喜欢。毛三说他喜欢我的很多作品，但这首《园丁颂》他很讨厌，因为写得空洞、虚假、没有真情实感。

话至此处，我心里就有些不高兴了。我想每个写作者都是这样的，能接受别人不喜欢自己的作品，但一定没法接受一个人没完没了地当着自己的面否定自己。虽是这样，我还是体面地笑了笑，敷衍几句，结束了聊天。

晚上回到酒店，洗了个澡，我心情很愉悦，一点儿也没受到毛三那些话的影响（如果他的话能影响我，那我可能早就停笔了）。但后来我却失眠了，因为不知怎的，我又想起了分开时毛三的话。那时已经散场，我们站在店外，友人准备送我去酒店，毛三过来告别，说了几句客套话后，莫名又补了一句，我想也许你……你该……写写李大嘴。毛三越说越激动，你一定……一定要写……要写。我对毛三发神经般的话有些不解，问为什么，毛三却闭口不言语了。

凌晨两点多吧，我迷迷糊糊醒来，起床解了手，回到床上，又爬了起来。在窗前静坐了大约半小时后，我翻出笔记本，决定写这篇新的小说。可是写下标题后，却又没法写开头。关于李大嘴的故事很多，但实在是太平常了，从小说的角度说，不具备独特性和吸引力。可是不写，我又觉得心里憋得慌，就那么熬了半宿。

挨到天亮，我给我爸去了个电话，问李大嘴的事。我爸对我开口就问李大嘴的事情表示很不爽，说，你老子好不好都不关心了？骂归骂，我爸还是对我说起了一些李大嘴的事情。他说不出要领，兜兜转转，听了半天，我得到个确切的消息，让我非常震惊。

二

得知李大嘴的事，我心里挺难受的，索性延迟了行程，依靠友人的关系，微信联系上了一名叫肖全敏的警官。我以为肖全敏是一名女警，等到见面才大跌眼镜，对方竟是一个五大三粗的男人。我们约在县城一家小小的奶茶店见面，他坐在我对面时，我甚至感觉到了一丝丝敌意。

对于我的贸然相约，肖全敏表现得很冷淡，要不是关系好，我可不会答应朋友来见你。他又问我，你为什么要打听李老师的事？我说，他是我老师，我听说了他的事，很是震惊。肖全敏沉默了好一会儿。好吧，他说，打架呗。看得出来，说起李大嘴，肖全敏表现出了一丝丝的遗憾和悲伤。

但我的印象中，李大嘴并不是一个暴戾的人。在肖全敏说话时，我一度出神，想起李大嘴晃晃悠悠的身影来。当他高大的身影从教学楼那边走过来时，校园广播里正飘荡着两个女人的歌声：打开心灵，剥去春的羞涩，舞步飞旋，踏破冬的沉默，融融的暖意带着深情的问候，绵绵细雨沐浴那昨天，昨天，昨天激动的时刻，你用温暖的目光迎接我，迎接我从昨天带来的欢乐，欢乐……

门一关，音乐声渐渐远去。

李大嘴的嗓子很粗，这学期第几次了？我爸点头哈腰，李老师，第六次、第七次吧？李大嘴说，你家小子实在是野得很，你领回去吧，我管不住。我爸恨不得一膝盖给他跪下去，李老师，李老师，别开除我小子，开除他，他就没地方读书了，我就是因为被开除了，再也没进过学堂。李大嘴大嘴一张，你也是因为调皮？

我爸说，不是，我老爹死了，我在家守孝，等把我爹埋了，又耽搁了几天，再回去老师就不要我了。我去告诉我妈，我妈说，那就别读了，你爹死了，家里没男人，你回来学犁地吧。我爸顿了一下，这地一犁就犁了三十来年。

我忍不住笑起来。

李大嘴大大的嘴却紧闭了。他背对我和我爸，把课本丢在一旁的书桌上，空气中顿时弥散开一股粉笔灰味。他关掉收音机，歌声停止了，窗外孩子们的打闹声飘了进来。他俯下身子，伸手在盆架上的脸盆里捧水洗脸。

我爸狠狠地看我一眼，对着李大嘴的背苦苦哀求，李老师，求求你。

李大嘴用毛巾擦了脸，转过身来说，既然这样，就得好好管管这小子。

我爸反身一巴掌扇在我脸上，打得我脸火辣辣地疼。他要打第二巴掌时，李大嘴说话了，这小子你先带回去吧，你盯着他，明天我这儿还补课。

我爸点着头，好，明天我亲自给送来。

我们下了楼，我爸边走边骂，狗日的，半个学期害老子被训了七次，看我回去不打死你。我嘟哝着，狗日的李大嘴。我爸怒目而立，你说什么？他以迅雷不及掩耳之势，又一巴掌扇了过来，把我打倒在地。我倔强地爬起来，正看见李大嘴站在二楼的栏杆后面，咧着大嘴，似乎在很得意地笑。

说起来也不是什么大事。那天上午语文课上，我正在玩弹弓，将一个纸团当作子弹，要从玻璃破损的窗户里射出去，不料射歪了，射在了窗棂上，吸引了李大嘴的注意。然后我后排的张大雨就把我告了，李大嘴把我揪到讲台边的煤堆旁罚站了一节半课的时间。等到语文课结束的课间，我就把张大雨打了。张大雨哭着又去告了李大嘴。中午的时候，李大嘴就让回家吃午饭的人通知我爸了。

我恨李大嘴。自从三年级下学期他接了我们班的语文课后，我的语文就没考好过。我清楚地记得，三年级上学期我的语文还考了四十二分，在我们班排第六名。结果他接了我们班语文课后,到现在已经四年级下学期了,期中考试加期末考试,共三次,我的语文成绩都是三十分左右。尤其是我们班第一名跟他爹去挖煤不读书了,而第二名转学去了另外的村小后,我和另外一个小子毛三常常在第二、第三名之间相互竞争。当然了,我说的名次,是倒数的。

我恨李大嘴的另外一个原因在于,他收过我的两包香烟、一只弹弓、十一颗弹珠,还撕碎了我的四架纸飞机。他不许我睡觉,不许我说话,不许我出门上厕所,还常在下午放学后把我留到最后,背难背的课文。我做梦都希望换一个语文老师,听说六年级的数学老师就从来不管学生,要是他来上我们的语文课就好了。我也想过转班,可是我们学校每个年级都只有一个班。

总之,有李大嘴的地方,我就浑身不舒服。我不舒服了,就想动,想闹,想找人打一架。我告诉自己,等我长大了,一定要好好教训李大嘴。

回家的路上,我更打定了教训李大嘴的主意。等我长大了,李大嘴也就老了,那时候我年轻力壮,他根本就不是我的对手。我这么想着,心情竟然很快好了起来,走路的脚步也轻快了。

我爸看我踮着脚跑来跑去,又骂我,小狗日的,好好走路。我说,老爸,你就这么怕李大嘴?你不是很能打架吗?我爸又要扇我巴掌,我一跳,快速跑开。我爸说,你懂个屁,人家是老师。我说,老师怎么了?老师我也要打。这回我爸没有追我,他弯腰去捡石头,我拔腿就跑,突然脚后跟传来一阵剧痛——我爸甩来的石头很精准地问候了我的脚后跟。

三

肖全敏递给我几张A4纸,你看看吧。我摊开来,是信笺纸的复印件,上面写着三个字:自白书。下面写着李大嘴的名字。按照程序,需要他写一个忏悔书,这就是他写的,肖全敏说,我自己复印留存了一份,原本不打算给别人看的。

李大嘴的字很工整,字字见力道。他开头写:"我是一名人民教师,但是我把人给打了,我不是一名好老师。"

打架这件事,在我们那里其实没什么稀奇的。但李大嘴打人,却算得上是一件稀奇事。

一大早,我被我爸从被窝里揪出来。他先是一下子扯开我的被子,照着我的屁股就是几巴掌,把我的瞌睡都打得烟消云散;然后拎着我丢到门外,随后我的鞋子衣服跟着飞了出来,落在泥地上。

我爸在屋里说,穿上衣服,洗脸,再迟到,你是想老子又被李老师喊去训话吗?我吐了吐舌头,光着身子站在房檐下,初夏的风一吹,竟有些凉。我无比想念我的被窝,想回屋继续睡,可是门被我爸从里面卡住了,任我如何使劲儿也推不动。我只好不情愿地穿上衣服,向我爸求饶,穿好了。我爸说,洗脸。我只好洗脸。完了,我爸从门缝里塞出我的书包和两个荞麦饼。我只好不情愿地背上书包,向学校出发。

学校离我家有四五十分钟路程,一路上都没什么人。今天是星期六，不是上课的日子，路上能有什么人呢？除了时急时缓的风，除了远处林间的鸟叫，上学路上几乎没有其他声音。

我走到山垭的地方，在一座土坟前坐了下来，把吃剩下的一小块荞麦饼放在坟前的青草上。你也不想我星期六也去上课是吧？我磕了一个头，拿起青草上的荞麦饼，几口就吃光了，妈，我上学去了。

教室里只有十来个人。李大嘴正眉飞色舞地讲课，空旷的学校里，他的嘴巴像个喇叭，发出巨大的声响。他看到我，恶狠狠地说，怎么迟到这么久？我立在门外，不说话。他又不耐烦地说，还不赶紧进来？我猫着腰就进了教室，为数不多的十来个人突然哄堂大笑。李大嘴使劲敲着黑板，笑声很快就停了下来。此次考落尾巴，还有屁股脸笑？李大嘴把所有人都狠狠地看了一遍，这些都懂了吗？在他的淫威下，所有人都紧紧地闭了嘴。

李大嘴开始上课后，我的魂儿很快就飞到了窗外。他讲了什么我一点儿也没听进去。好不容易熬到下课时间，李大嘴要去撒尿，顺便去加茶水，教室里瞬间就热闹了起来。

毛三觍着脸凑到我身边，你说李大嘴为什么要喝那么多水？

我没好气地说，我哪知道？哎，小山上的那窝鸟蛋该出崽了吧？

毛三说，你说他每节课间都要去撒尿，又要去加水，既然都要撒出去，为什么要不停地喝呢？

另一个同学大声说，因为李大嘴的麻雀漏了呀。

我和大家都忍不住笑了起来，我们越笑越大声。我爬到课

145

桌上,扭着腰,使劲张大嘴,发出"啊——啊——啊——"的声音。其他人看着我一张一合的嘴,大声喊着:大嘴大,大嘴大,牛屎马尿吃得下……

这时突然有人喊,李大嘴来了。

我赶紧从课桌上跳下来,端端正正地坐到座位上,教室内突然恢复死一般的安静。

李大嘴一如既往地一手拿着水杯,一手掂着粉笔走进来。他将粉笔丢在讲桌上,用打雷一般的声音问道,谁起的头?谁起的头?马上给我站出来。

我们谁也不动,默默低着头。李大嘴见拿我们没办法,便说,行,不承认也行,你们一起受罚吧,等下背书,背一个走一个。我们忍不住啊了一声,很快就被李大嘴喝住,叫什么叫什么?现在有嘴了?有嘴了为什么没人承认?

一早上的课结束后,背书开始了。李大嘴搬了一张椅子,守住教室门,他靠在门框上,很惬意地打起了盹。一会儿,他睁开眼问我们,有能背的吗?见没人回答,他又继续打盹。一会儿,他又睁开眼问我们,有能背的吗?见没人回答,他依然继续打盹。

坐在教室里,我心里好像有一万只小蚂蚁爬来爬去的,很着急。我把课本翻来翻去的,却一个字也看不进去。我偷偷打量其他人,大家都在低着头背书。我冲毛三喊,三儿,三儿。毛三抬头看我一眼,低声说,快背书。耳边突然响起李大嘴的声音,好好背书,别开小会。我被吓了一跳,又埋着头看了会儿书。书上那些字动来动去的，明明在这一行的字，一眨眼，跑到了其他行，不停跟我捉迷藏。我实在背不进去，又去逗毛三，怕什么？他不可能把我们关一天的。毛三不回我，只是摇了摇头，一会儿给我丢来一张字条，上面用铅笔歪歪斜斜地写着两个大字：我饿！

同学们陆陆续续被放走了，最后连毛三也被放走了。毛三出教室的时候看了我一眼，一脸得意的样子。我心想，这学期期末考试，我一定是第一名了，倒数的。

等毛三走远，李大嘴熬不住了，他把教室门关上，走到我旁边。我谨慎起来，看他的样子，是要趁没人好好修理我一下了。他走到我旁边，拿起我的课本，看看，画了多少鸡脚叉叉，比那茅坑都厌烦。我不说话。他叹了口气，这样，如果你把前四段背下来，我就让你走。

我没辙，肚子实在太饿了，只得继续硬着头皮背。花了好多力气，我才把前四段背了下来。临走的时候，李大嘴说，明天把剩下三段背了，星期一我检查，背了才能回家。我心里骂着脏话，假装没听见，一溜烟跑了。

四

"我十七岁参加工作，在村小教书，作为穷人家的孩子，我知道读书的重要性，所以工作兢兢业业、勤勤恳恳，说是将学生视如己出是夸张了，但能为学生一分好，决不只做半分，倒是真的……"

　　李大嘴的自白书写得循规蹈矩，放在平时，这样的文字读来肯定是乏味的，可听着肖全敏的讲述，我却看了进去。一时间，我竟恍恍然如同醉梦，好像李大嘴就站在我旁边，说：我曾经教过一个学生……

　　我觉得他所谓的教过的那个学生就是我。

　　在我爸被李大嘴叫去学校训话后的那个星期天，我爸又把我给揍了一顿。他中午从地里回来，吃了我煮在锅里的洋芋，心满意足地找人喝酒去了。到了天黑时，他晃着脑袋回来了，大声冲我喊，小子，猪喂了吗？我那时候刚刚将猪食加到猪食槽里，正准备去放那头老母猪出来吃食。我爸一问，我这气就不打一处来，说，猪还没吃，不过猪喝醉了。我爸飞奔过来，照着我的屁股就是一脚。

　　我没敢说话，也没敢还手，我爸打起人来疯了一样，我惹不起。我走到猪圈边，老母猪见到我，使劲号叫着，后腿一蹦，跳起来，前腿就搭在了一块块木板垒起来的圈门上，伸着长长的猪嘴，甩来甩去，口水冒出来，把圈门打湿了。我气一来，抓了一根木棍，照着猪头打过去。老母猪一阵惨叫，才退了回去。我挨个取下木板，老母猪也顾不得怕，冲出来，往猪食槽奔去。

　　我咒骂着往外走，一转弯把我爸撞了。他晃了一下，一手撑在土墙上，稳住了自己。这回，他揪住我就是一套熟悉的连环掌，拍得我屁股蛋子生疼。他边打边说，小子，你打猪，你打死猪，我就打死你。我哇哇叫着，你打吧，打死我了，你和猪过。他骂道，小狗日的。我大声说，我是狗日的，我是狗日的，你是狗。他打得更狠了，老子今天非得打断你的腿。我说，你打吧，反正远远近近都知道你打得凶，就知道忙着去打架，我妈你都不管了，我妈就是你害死的。我爸突然停住了。我趁机溜了。

　　我妈死的时候我刚上小学一年级。那时候我爸比现在还年轻得多。那年过年，他去河边唱山歌，天下黑的时候把邻村的人惹起来了，动了手，两人都受了些伤，约着第二天干架。那晚上我妈肚子疼，疼得打滚，我爸去找人要了些叫苦生根的树根，切碎了泡热水，让我妈喝下。我妈喝下没多久就觉得好多了，睡了过去。第二天一大早，我爸就出门打架去了，我妈肚子突然又痛起来，痛着痛着就晕过去了。我爸满脸是血地回家的时候，我妈身子已经凉了。现在我已经四年级了，我妈的坟头上最高的草已经三尺了。我妈去世后，我爸就开始酗酒，隔三岔五喝个大醉，倒是不怎么打架了，因为力气都用来揍我了。

　　想起这些我就来气。我们家原本就穷，我妈死了后，我们家就更穷了。土墙房越住越矮，墙面的泥巴越掉越多，唯一的好转是，房顶的茅草被大风吹走了，换成了石板——下暴雨的时候再也不用担心屋里下小雨了。

　　那晚，我在石板土墙房的墙根下，听了我爸好久，等他的呼噜打得纯正圆润的时候，才撬开门，摸到我的床上去睡觉。

然后我再次被我爸从被窝里拎出来，丢到门外，他让我穿上衣服、洗脸、吃饭、去上学。我随便扒了碗酸汤饭，便去上学了。经过我妈的坟时，我心里感到很难过。如果她不死，兴许我爸不会把打我当作他不和外人打架后的练手，兴许我们家的日子能好过点儿。我想起进学校启蒙那一年，我妈送我去的，留下我时我不愿意，非要跟她走。她把我摁在座位上，对我说，小子，你要好好读书，只有读好书，才能有出息，才能过上好日子。她这么说，我就信了。可是现在，好日子是没指望了，好好读书有什么用？

那天我照例迟到了，进学校操场的时候，看到李大嘴正围着教学楼跑步。他看到我，大声吼我，迟到了还不走快点儿？你蜗牛啊！我只得加快了脚步。一、二节课是数学，数学老师脾气温和，我们很喜欢。她看了我一眼，也没说什么，继续讲她的课。我就一如既往，大步流星地走了进去。三、四节课是语文，我以为李大嘴要收拾我，但他却没再提我迟到的事情。下午只有两节课，一节自然，一节体育。体育课时，我和毛三约好，放学后去学校旁边的小山上看那窝小麻雀。那是前阵子我们俩逃学时发现的，当时窝里面只有一个蛋；后来我们去看过一次，有三个蛋了；现在应该已经孵出小麻雀了吧，说不定小麻雀都已经会飞了呢。我们计划着把小麻雀抓回来带到教室里玩。但体育老师喊解散的时候，独独把我留下了。

我一脸懵懂，被体育老师带到了李大嘴的办公室。李大嘴跷着脚正在看书，头也没抬地说，后三段还背不下吧？背完再回家。我啊了一声，想起星期六他放我走时说的话，心里恨恨地想，哼，记性还真好。

我花了一个多小时，才把几百字的三段文章背下来。李大嘴很满意，他抬腕看看表，说，小子，今天背得比上次快。他笑着，好像在说：小子，我还会继续收拾你的。

五

肖全敏停止了讲述，将头埋在咖啡馆做旧的桌面上，不知道是困了、累了、倦了，还是情绪不太好。好一阵子，他才抬起头来，揉着眼睛，喝了一杯咖啡。

你知道吗？肖全敏说，我曾经是个熊孩子，捣蛋、贪玩、好斗，对，和我现在的身份很不相称吧，尤其是好斗。我将目光从复印纸上移开，你？我不知道怎么说，只能代之以沉默。在我小学四年级还是五年级的时候，我把一个高年级的男生的头给打了个洞，差点儿被开除。为什么打架呢？因为那人欺负我们村的一个小姑娘。后来我的老师就对我说，你这么有正义感的人，应该去当警察。没想到我就真的当了警察。肖全敏这么说时，脸上是苦涩的笑。

你遇到了一个好老师，我说，像一盏灯，照亮了你后来的路。

李老师也是一个好老师。听了我的话，肖全敏笃定地看着我说。

李大嘴在家访的路上遇到了我。他是在我妈坟前遇见我的。

那天是星期五，下午最后一节课是大扫除，大家都是随便扫了一下，就扛着自己的工具回家了。我一路玩着，到了我妈那里，就将扫把放在地上，一屁股坐在扫把上歇气。一只不认识的小虫子爬到我的裤腿上来，它长着一对墨绿色的小角，很是好看，我便用一根草逗它玩：先拦着它前进的地方，等它转了头，又继续拦着它的前方，它爬了好一会儿，还在我的膝盖上打转。我觉得有趣极了。

李大嘴的声音把我吓了一跳，他说话实在是太大声了。有多大声呢，就像有人举着大锣在你耳边使劲敲那么一下子一样，全身上下都是"当"那么一下子。我吓得从地上弹了起来。李大嘴说，你咋在这里玩上了？快起来，这里不吉利。我一听不高兴了，这是我妈。李大嘴傻眼了，看着我，你妈？我指着土包包，我妈。李大嘴沉默了好一会儿，说，那你也该回家了，你家在哪里？

那天我爸依然喝了些酒，靠在土墙下打盹。李大嘴喊了他几声，他才猛地醒过来。啊，我爸爬起来，李……李老师。李大嘴说，喝酒了？我爸有些不好意思，喝了一……一点点，就一点点。他用大拇指和食指掐了一下，眼睛从两指之间看向李大嘴，打了个嗝，就这么多。李大嘴微微笑着，嗯，信你。我爸赶紧搬了长板凳来，摆在门前，用袖子擦去板凳上的灰尘，李老师，坐，坐。

等李大嘴坐下，我爸试探着问，这回，这小子又惹什么祸了？李大嘴看着我，倒是没有，我今天就是来家访，路上遇到这小子了，他正好带我来，不然我还得问路。李大嘴说这话时，看了我四五眼，语气也有点儿和善。但我在心里告诉自己，决不能被他给蒙蔽了，李大嘴这样从来没上过门的人，突然来家访，指不定打着什么坏主意呢。

我爸命我去挖点儿新洋芋，等我挖了新洋芋回到家，李大嘴和我爸竟喝起酒来了，正聊得起劲。我爸就大声安排我，热酸菜，焖新洋芋。我不敢不听，只得照做。我把做好的吃的东西送上桌，自己端个碗坐在门槛上吃了个饱，他俩还在"哥俩好五魁首久长久远"地划拳。后来，因为李大嘴在，我就趴在床上假装学习，很快就睡着了。醒来时天黑了不知道多久，李大嘴和我爸，一人歪拉在一边，在我爸那张乱糟糟、臭烘烘的床上睡着了。

早上醒来时，我爸还在睡，李大嘴却不见了踪影。我已经好久没有不经我爸的巴掌就醒来了。我先把昨晚的汤端到火上，然后去水缸舀水洗脸，等我洗脸回来，汤已经热了。幸好甑子里还有剩饭，我就就着热汤吃了起来。这时候我爸醒了，揉着眼睛。我问他，昨晚李大嘴和你睡的？人呢？我爸说，什么李大嘴，那是李老师，小子，你给我注意称呼。

我一直怀疑那场大酒李大嘴和我爸合计了什么阴谋，因为打那以后，李大嘴盯我更严格了：上课总让我回答问题给我难堪，放学还必须背课文才能回家。因为这样，毛三放学都不大和我一起走了，他提前跑去把麻雀窝掏了，逮了三只小麻雀回来，我求了好久，才给了我一只病恹恹的，养了两天就死了。我把这一切都归罪于李大嘴，如果不是他要求背课文，我就能及时赶回去喂小麻雀，小麻雀就不会死。

没多久，我又惹祸了。我和毛三一起把张大雨给打了。原因也很简单，那天依然要背书，我和毛三成了最后没走的两个，傻乎乎地坐在教室里憋涨脑壳，拼死背书，肚子饿得咕噜噜叫。这时候张大雨和几个小子在窗外大声吹着口哨，冲我们俩喊，两个傻子，大笨蛋，大笨蛋，记性给狗吃了！第二天一早上课，我和毛三就把张大雨堵到教室角落，狠狠揍了一顿。

当天下午我爸和毛三的爸就到了学校，两人点头哈腰给张大雨家人道歉。张大雨的爸爸脾气大得很，指着我爸的鼻子骂，真是有人生没人教，你儿子打坏我大雨子，赔得起吗？我大雨子读书厉害，他就是我全家的出路，打坏了，你赔得起吗？我爸使劲点头，嘴里说着"对不起"，一只手抓着我的脖子，使劲压我，让我跟他一样，小鸡啄米似的点着头。最后，我家和毛三家各赔了五十块钱，这事就了了。

从李大嘴办公室出来，我爸气急败坏，拧起我，抵到墙壁上，面目狰狞，像要一口生吞了我，可真是把我吓坏了。我恐惧地看着他，等待他的巴掌扇过来，他的手最终停在了半空，又缓缓放了下去，松开我。我像团稀泥一样，瘫坐在地上。我爸说，要不是李老师说过，我今天非一巴掌扇死你。

六

我相信他是个好老师,我对肖全敏说,像你的老师那样。肖全敏点了点头,示意我往下看。

我看到李大嘴写道:"每一次,当我的教鞭要抽打到学生身上时,我都会告诫自己,不能成为自己讨厌的那一类老师。"

在这句话的后面,李大嘴讲述了他自己小时候的一件事,说他读书时,老师教育学生的方式都很粗暴。有一次,贪玩的他上学迟到了,快到学校门口时,被在路边小卖部门口打台球的班主任看到了,班主任远远地冲过来,飞起一脚踢在了他的眉头上,他一阵头痛,晕了过去。这件事在他心里留下了很深的阴影。后来,他上了中专,立志成为一名教师,给自己定下的底线就是,坚决不能对学生动粗。

可是,为什么他会跟人打架呢?我的眼睛从纸张上收回来,不解地看着肖全敏。

面对我的不解和疑惑,肖全敏无奈地叹了口气。

天越来越热的时候,我和毛三合计,决定教训一下李大嘴。

为了教训李大嘴,我和毛三在背书这件事上第一次达成一致意见,就是不背。我说,就不背,看他能把我们关到什么时候?毛三说,对,就不背,就不信能关一晚。学校里的人走了很久,平常热热闹闹的小学变得寂静无比。其他同学陆陆续续通过检查回家了,偌大的教室就剩下我们俩。我们俩在各自的座位上,假装很认真地背书，其实暗地里观察李大嘴的反应。

　　李大嘴一开始坐在教室门处，看一本书，看着看着，他打起了哈欠，开始频繁看我们俩。我们心里暗自惊喜，李大嘴坐不住了，我们就是不背，看他怎么收场。李大嘴边打哈欠，边看书，看了许久，回头问我俩，要背到明早上吗？我俩不说话。李大嘴无奈地摇摇头，转过头面对外面继续看书。我俩相视一笑，露出狡黠的目光。

　　太阳落山了，教室里昏暗下来，一天就要结束了。李大嘴这回坐不住了，他放下书，走到我身边，盯着我看一会儿，又走到毛三身边，盯着毛三看一会儿，最后很生气的样子，俩小子，长出息了啊，有本事就别走。他说完，大步流星地走出了教室。

　　李大嘴一出门，毛三就窜到我旁边，走，回家。我慢条斯理地说，走什么，这么没出息吗？我就是要看看李大嘴能怎样。毛三说，再不走，怕是真要关一晚上。我说，一晚上就一晚上，我不怕，反正我就不信他敢。毛三说，确定不走？我很坚决地说，不走。毛三说，那你到底背下了没？我说，肯定背下了。毛三说，不信。我就当着毛三的面把课文背了一遍。毛三说，我也能。说着，他就开始背了起来。

　　毛三背完书，李大嘴突然出现在教室门口。他双手背在身后，好像考试时监考我们一样，睁着大眼睛，一步一步迈进来，俩小子，会背了吗？我们俩不说话，都摇摇头。李大嘴看了看天色，双手从背后抽回来，把两个黑袋子塞给我们，今天我就放你们一马，明天再背不下，关一晚上。也不等我们说话，他转身就走了。

天黑了,我和毛三回到学校,猫到李大嘴宿舍楼的墙根下。夜风轻微地吹着,不远处的松林里传来了不知名的虫鸣,整个校园沉浸在夜色中,特别安静。李大嘴宿舍的窗亮着,里面传来好听的歌声:歌声悠悠穿透春的绿色,披上新装当明天到来的时刻,悄悄无语聆听那轻柔的呼吸……听着听着,毛三竟不由自主地跟着哼了起来。

我抽了毛三一下,闭嘴,你怕李大嘴不知道我们啊?毛三赶紧闭嘴。我打开黑色的袋子,从里面挨个拿出准备好的石头,塞给毛三一个。毛三拿着石头,我们这样,不好吧?我说,哪里不好?给我打。毛三说,李大嘴还给我们吃的呢?这么一说,我也有些犹豫了,李大嘴给我们的黑袋子里,放了几个水煮鸡蛋和烧洋芋,对于肚子饿得咕噜叫的我们,那可真是美味极了。这时候,像语文书上写的那样,我的心里立马跳出两个小人,一个劝我放弃,一个要我坚持,很快,邪恶小人赢了。我又抽了毛三一下,别被李大嘴的糖衣炮弹蒙蔽了!毛三软绵绵地说,好吧。夜色中,我看不清毛三的脸,我盯着一团黑乎乎的东西说,不许打退堂鼓啊。毛三用手正了正我的脸,我在这儿呢。当楼上传来"来吧,来吧,相约九八……"的歌声的时候,我们俩各握住一块石头,站起来,瞄准李大嘴的窗户,一、二、三,掷出石头的瞬间,我们同时窜进无边无际的夏夜之中。在我们身后,传来玻璃清脆的破裂声,和李大嘴狼嚎一般的声音:谁?谁?我看到你们了……

回到家,我爸问我怎么这么晚才回家,我说老师留着背书。

我爸说你真是笨，背到现在才回来。我说又不止我，毛三也背到很晚。我爸很满意，他对李大嘴留我背书这个事，是全力支持的。我甚至怀疑，李大嘴要是把我打残了，他也是满意的。不过李大嘴倒是没有打过我，不仅没打过我，毛三也没被打过。他不过是个只敢用小人方式欺负我们的胆小鬼，真要动手，他怕是连一只蚂蚁都害怕呢。那晚我随便吃了些东西就犯困了，上了床一觉睡到了天亮，别提那一觉睡得有多舒服了。第二天，我心满意足地去上学了。

到了中午，我爸出现在教室门外，把我叫了出去。他给了我几角钱，小子，去买点儿好吃的。我惊喜又迷茫。我爸说，我来给老母猪开点儿猪瘟药，顺便感谢一下李老师，昨晚把你留那么晚，还不是为了让你学好知识？我一慌，你都告诉他了？我爸说，对啊，我说你很晚才回去，但你看起来很开心，说明你昨天学到了不少。我脑子里"轰"的一下，完了完了，被我爸给卖了。我爸说，李老师还夸你和毛三学习刻苦呢。我手心里攥着那几角钱，脑子里一团糨糊。

连着几天，我和毛三都提心吊胆的。对于我爸无意中把我俩出卖了这个事，毛三和我争执了好一会儿，但最终他恐惧于我的拳头，再次和我达成了一致。毕竟这时候闹内讧不能解决问题，我们只能紧紧拧成一股绳，走一步看一步。

李大嘴依然每天放学后留人背书，因为害怕李大嘴报复，我和毛三背书都很努力，已经连续几天没有被拖到最后。李大嘴却没有什么反常，只是每次我们背完书，走出教室的时候，他都对着我们的后背阴阳怪气地说一句：路上小心啊！

"路上小心"这四个字像魔咒一样，每次响起时，我的后背都一阵发麻。我问过毛三的感觉，和我如出一辙。我们断定，李大嘴迟早会在我们放学回家的路上找我们报仇。所以我们每天都很努力，背书、做作业，为了不被拖成最后离开教室的，我甚至还熬夜开起了小灶。

七

"作为一名老师，我的职责是教书育人，底线是决不体罚，如果可以，我还要尽可能地保护我的学生。因为在那些边远山区，孩子们上学太不容易了，有可能仅仅是一件小事，就让学生丧失了学习的动力和兴趣，那样会彻底毁掉一个学生。"

李大嘴的话让我想起我爸。我爸只上过不到半个学期的学，也就是一年级上学期都没上完，我的爷爷就去世了，他就在家里守孝。安葬完爷爷后，在去上学路上，他遇到个大人，那人告诉他，前面路边坐着两只大老虎，专吃像我爸这么小的小孩，见一个吃一个，都不兴咬一下下的。于是我爸害怕极了，不敢去学校，又在家里赖了几天。等再过几天去，老师就不要他了，算是被开除吧，从此与读书无缘。

我爸现在生活在乡下老家，他习惯于乡村生活，对城市生活有一种与生俱来的恐惧。他把这一切归结于没读过书。就说那电梯，老子都不知道怎么按。在我生活的城市待了不到一周，他嚷嚷着这句话，拼死拼活地让我把他送了回去。

有一阵子，我们老家那里流传吃人的传言。有人说是不知道在什么地方，有吸毒的人到处喝人血，吸毒的人奇瘦无比，毒瘾发作的时候遍地打滚、浑身抓伤，这时候就必须喝人血才能保命，否则会浑身疼痛、血管爆裂而死。又有人说哪里哪里已经有人被喝血了，被害的都是些年幼的学生。

我把这事告诉我爸，我爸对此嗤之以鼻，认为我只是不想去上学。假的，肯定是假的，他说，就跟你爷爷死了后，我去上学时，人家吓我说路边有两只大老虎一口吃一个小孩一样，是为了吓唬你们这些不懂事的小孩编出来的。看到我摇头，我爸又说，那时候我就是害怕，没去上学，听了你奶奶的话回家学犁地，这一犁就犁了几十年，你要不要也回家学犁地？我赶紧跑去上学，相比犁地，我还是更喜欢读书。

案发地一开始很笼统，后来越来越具体，而且离我们越来越近。学校里人心惶惶，到了下课时很多家长开始来学校接孩子，有的老师也专门叮嘱学生要成群结队回家。一切都跟真的一样，吃人的人正离我们越来越近。

按理说这时候已然是不能补课了，不然晚归落单的孩子被吃了，谁也负不起责任。李大嘴却照常留人背书，等到下课铃响起时，总有几个人因为背不下而被留下来。后来被留下的学生家长找到李大嘴吵架，找的人多了，课后被留下的人就越来越少，最后只剩下了我。我也找我爸哭过，我爸不答应去找李大嘴，他说，我既然说了随李老师管你，就不会去干这事。何况哪里有吃人的，那都是骗人的。我只好去找我妈哭，我妈坟头野草青青，任我诉苦也不理我，反倒是我吓傻了几个打猪草的小孩。

吃人的可怕，李大嘴也可怕。更可怕的是，我发现李大嘴跟踪我。那天我背完书，从学校逃出来，想着青天白日的，吃人的也没那么大胆，就优哉游哉地往家里走。走到半路上，风一吹，玉米地里唰啦唰啦地响，响得我心里发麻。无意间一回头，远远看见远处的玉米秆后面，一个身影一晃一晃的。我以为是吃人的，小跑了一段，在山垭往回看，正看到那人便是李大嘴。我走一段，李大嘴走一段；我快，李大嘴就快；我慢呢，李大嘴也慢；我要是停下，李大嘴也停下。

一连几天，都是如此。我告诉我爸，我爸抓住我就要揍，小狗日的，这样说李老师，太过分了。我爸靠不住，我只能自保，每天带着一把小尖刀去上学，李大嘴要是赶上来，我就跟他拼了。因为书包里藏着一把磨了又磨的小尖刀，我的心才稳了一些。毛三知道后，直后悔曾和我一起教训李大嘴。幸好我妈找李大嘴闹了一架，不然我每天也得跟你一样被留下来。毛三神神秘秘地低声说，你说李大嘴嘴那么大，不会也是吃人的吧？我心里一阵发麻，狠狠地说，我有刀。毛三说，有刀也打不过李大嘴。我感到绝望，毛三说得没错，有刀我也打不过李大嘴。唯一的办法，就只有使劲背书了，提前在李大嘴上课前背，课间背，晚上背，竟一路领先了李大嘴的课程。抓不住我落单的机会，李大嘴便没法跟踪我了。

学校旁边是一条大马路，平日里只有三四家小卖部开着门，没什么人。逢初一和初六，四下的乡民都来赶集，沿路摆满了各种摊位，街边的树林那儿是卖猪和卖牛的，很是热闹；另一边光秃秃的小土包上，则集中了各类小贩，收鸡蛋的，收老蛇的，收猫头鹰和蝙蝠的，还有卖草药的，卖汽水的。我们都喜欢赶小集，因为可以卖鸡蛋，也可以拿玉米去打糖吃。

　　有天赶集，中午的时候，我回了趟家，吃了些午饭，临走的时候，猫到猪圈上，往草窝里一摸，果然摸到两个热乎乎的鸡蛋。我揣着鸡蛋到了集上，找到那个六指收蛋客。六指收蛋客已经收到了好几筐鸡蛋，挨个摆在自己面前。鸡蛋多少钱一个？我低声问。收蛋客伸出手比了一下，三角。我说，太便宜了。收蛋客说，那你找其他人卖。我把两个鸡蛋递给他，全集只有你一个收鸡蛋的。收蛋客得意地笑着，用他长着六根手指的手接过我的鸡蛋，眯着眼，挨个放在眼前瞅，确保不是寡蛋后，才放心地放进地上的竹筐里，然后摸出一大把钞票，一张一张地抽了六张出来，递给我，来，小子，鸡蛋两个，钱六角，收好了。

　　我接过钱，开心地掉头就走，却不小心碰倒了一个竹筐。竹筐翻了，白花花的鸡蛋滚了出来，顺着光秃秃的小土包滚开来，远的近的都打碎了。我吓傻了，心里刚想到要跑，收蛋客就从身后一把抓住了我。他把我拎起来，提在半空，小子，打翻我的鸡蛋，还想跑？赔我，赶紧赔钱。我哭着，我没钱，没有钱。收蛋客说，没钱等你爹妈来送。我只顾着哭，一时不知道怎么办。赶集的人很快就围了过来，把我和收蛋客围得死死的。

我像一只无力的小鸡崽，被收蛋客拎着晃来晃去，脑袋直犯晕。突然我听到一个熟悉的洪亮的声音，把人放下来，放下来，你这样会伤着孩子的。是李大嘴，在我的记忆里，只有李大嘴有这样洪亮的声音。收蛋客说，不放，除非他爹妈来赔钱。李大嘴说，你先放人，我赔你。收蛋客把我放下来，说，赔钱。李大嘴有些犯难，多少钱？收蛋客说，三十。李大嘴说，你唬我，一篮鸡蛋三十？收蛋客说，就三十，一分不少。李大嘴说，你这一篮顶多五十个鸡蛋，赔你十五。收蛋客很坚决，不行，一分不少。李大嘴犹豫了一下，放低了声音，大哥，十五够本了，我是这孩子老师，你就看在老师的分上，行个面子。收蛋客认真看了会儿李大嘴，老师？你是他老师，又不是我老师，三十，拿钱，走人，否则我就把他抓起来。收蛋客说完作势要抓我。李大嘴赶紧说，好好好，三十，给你三十。

回教室的路上，李大嘴走在前面，我走在后面。他很高，有些驼背，阳光下的影子很长。我心里怪难受，想说什么，却什么也说不出来。李大嘴走到教学楼侧面，打开墙角的水龙头，捧住哗啦啦的冷水洗脸。他猛地戳了几下脸，回过头来，像突然发现我还在一样，冲我骂道，小子，看什么看，给我滚回教室去！

八

"我知道我将面临什么，但我不后悔我这么做。这是我记事以来第一次打架，也将是最后一次，但我想这应该是有意义的一次架。我一点儿也不后悔,一点儿也不。"

我轻轻读着李大嘴写下的这些话,心里涌起一阵悲伤,眼泪开始在眼眶里打转。我甚至想象得到,当他独自一人,写下这些话时,心里一定也是汹涌澎湃的。

不得不说,我深受感动,但我又对李大嘴的叙述能力感到一丝丝失望。从头到尾,李大嘴都没写明白,他到底为什么跟人打架。我只得把希望寄托在肖全敏身上,作为李大嘴伤人案的经办警官,他对一切了如指掌。

肖全敏再度谈起,使劲喝了一口水,你们学校附近山里,不是有一个疯子吗?

疯子?

问题就出在这个疯子身上。

我以为李大嘴会告诉我爸鸡蛋这件事的,但李大嘴没有。我心里面是怕他告诉我爸的,那样我将免不了被一顿暴揍。但有时候我又希望他告诉我爸,那样的话我爸多少会想些办法还他那三十块钱。我甚至不知道自己在想什么,明明我那么恨李大嘴,却又因为那三十块钱,心里一直不是滋味。

李大嘴呢,倒跟没事人一样,依然上课下课,中午的时候在宿舍里大声放着音乐,偶尔还跟着唱几句。因为窗户玻璃被我和毛三打碎了,他唱歌的声音轻易就从宿舍里传出来,传进我们的耳朵里。这时候,毛三就说,听,李大嘴又在猪喊狗叫了。听到毛三这么说,我心里挺不是滋味的。我用手肘撞了一下毛三。

毛三怒道，干什么？你被李大嘴收买了？我板着脸说，你再说一句！毛三便悻悻地走了。

那学期快结束的时候，吃人的事情终于闹到了我们学校。那天正午，学生们回家吃饭回来，离上课还有小半个小时的样子。人们就传开来了，说吃人的来了。学校没有围墙，老师们挡不住，只得把学生都喊进教室，大家用课桌把教室门抵死了，胆小的哇哇哭，胆大的趴到窗子上看热闹。我那天吃完饭，回到学校，看到操场上空无一人，四下却是尖叫连连，我走到操场中央，才听清四周的话，学生们正大声喊，吃人的来了，吃人的来了。

我吓得不行，往教室跑。还没跑到一半，远远地看见教学楼转角冒出一个人来，手里提着一根木棍，一晃一晃地向我走来。吃人的来了，吃人的来了……此起彼伏的喊声，把我喊傻了。那人晃晃荡荡的，像没睡醒一样，到处在搜寻什么。但他看起来并不瘦，不是尖嘴猴腮的模样，跟传说中的吃人的一点儿也不像。他发现了我，向我冲来，我掉头就跑。我的腿很快就软了，摔在地上，忍不住哇哇大哭。他越来越近，嘿嘿嘿地笑着，将木棍举到头顶上甩来甩去，向我走来。正当他要靠近我的时候，一个高大的身影冲过来，挡在我的面前。

是李大嘴。他高大的身体，挡住了夏日刺眼的阳光。他上身侧转过来，冲我吼道，傻了？起来，跑啊！正在这时候，我看到一根木棍狠狠地砸在了李大嘴的头上。李大嘴倒下了，使劲捂着头，在地上抽搐。那人又将棍子举到头上，一圈一圈地甩着，嘿嘿嘿地笑着,一晃一晃地走开了。

我吓得愣了好一会儿,才爬到李大嘴旁边,边哭边喊着,李大嘴,李大嘴。李大嘴双手捂住的地方很快就冒出了鲜血,他痛苦地呻吟着。我接着喊,李大嘴,李大嘴,李大嘴。李大嘴使劲稳住身子,睁大眼睛看着我,我……没……没事。我说,李大嘴,你怎么这么不经打?李大嘴说,不许叫老子李大嘴。我一怔,再一次哇地哭出来,李老师,李老师……

李大嘴的头部严重受伤,在医院住了很久,我们只得换了语文老师,他出院的时候,我们的暑假已经过了快一半了。后来小学毕业了,我再也没有见过李大嘴。

九

李大嘴伤人案和发生在我身上的故事如出一辙,不同之处在于,那一次,当那个人甩着木棍冲向学生时,李大嘴抓起墙角的铁锹冲了过去……

我不解的地方在于,在我们老家那地方,早些年小打小闹太正常,从没听说谁把谁砍了被抓去坐牢的。就说我小学那次吧,李大嘴头部也受了重伤,也不见派出所来抓人。为什么偏偏李大嘴打人就给遇上了?

那他应该算是正当防卫吧?没等肖全敏回答,我又追问道。

肖全敏点点头,当时好多学生和家长签了联名信去请愿,但问题是,对方是个疯子,间歇性那种,当时正处于发病期间。而李老师事后还承认了，对方倒下后他又多砸了两铁锹。何况，肖全敏顿了一下，对方家有个远得不能再远的亲戚在市里……判了刑，工作也丢了。

我沉默了。肖全敏说，我当时问他，你为什么要承认多打的那两铁锹？李老师看着我，很认真，很认真的那种表情啊，他说我是一名老师啊，我教书育人的，我经常告诉学生，要做诚实的孩子，我怎么能撒谎呢？

我带着一种难以名状的情绪，回到了我生活的城市。在短暂而简单的构思后，开始动笔写李大嘴的故事。因为工作，李大嘴的故事写得断断续续，写一阵停一阵，等到写完，已经过去两个多月了。因为写得不满意，小说就存在了草稿箱，差不多五个月的样子，我决定翻出李大嘴的故事修改，加进了后来从毛三那里得到的信息：李大嘴后来拿了全县优秀教师，受到了市里的报社的采访，中心小学想调动他，却被他拒绝了。问他理由，他说没有理由，村里待惯了……

稿子修改到一半时，接到我爸的来电。电话里，我爸焦急地说，你还是回来一趟。我说，你咋了？我爸说，我好好的，李老师不行了。李老师，我把文档调回第一页，点了一下保存，李老师？我爸说，李……李……就是李大嘴。我紧张起来，怎么不行了？我爸说，重病，快了，你还是回来看看吧。我说，我马上回。

挂了电话，我想起那次酒后和毛三分开时他说的那些话，心里没来由地感到很憋屈，马上给毛三去了电话。毛三似乎正在开会，声音很小。我说你早就知道李大嘴重病的事情吧。毛三在那边愣了一下，说，你等下。过了大约半分钟，他声音恢复正常，怎么了？我说，李大嘴——我突然说不出话来，嗓子哽得怪难受。

我和毛三一起赶回小镇上，毛三带领我轻车熟路地找到了李大嘴家。李大嘴家门口已经这里一桌那里一堆地来了一群人，人们都静静地站着，也不说话。我在人群中看到了肖全敏。我叫了声肖警官。肖全敏向我走过来，你们来了？我说，你怎么在这里？肖全敏说，我来看我的老师。我恍然懂得了什么，想说点儿啥，李大嘴的家人就把我们叫进了房内。

李大嘴躺在床上，一个中年男人正在床前伺候汤药。他艰难地喝一口，停一下，又喝一口。

我站在门边，突然觉得脚很重，抬不起来。旁边李大嘴的家人低声告诉我们，李大嘴半年前查出癌症，肝癌晚期，熬了半年，已经没法，时日不多了，现在已经到了说句顺畅话都很艰难的地步。我们不知道说什么，在门边杵了好一会儿，还是决定走过去。

李大嘴看到我们俩，使劲睁大眼睛，想说什么。他的家人凑在他的耳边，告诉他我们的名字和来意。他示意家人，把他扶起来，坐在床沿上，然后他指了指他面前的两张小凳子，我们就按照他的要求坐了下来。

我们谁也没说话。他坐在高的床沿上，我们俩并排坐在矮的凳子上，竟像当年坐在教室里一样。他没有说话，只是心满意足地微笑，我们也跟着笑。我们三个笑了，他的家人们也都笑了。

大家谁都没有说话,好像说话是多余的事情。他的家人从里屋拿了一本书出来,递给我,是我一年前出版的诗集。家人告诉我,李大嘴专门去县城的当地作家专柜买的,很认真地看过。我打开书,看到不少标注,红色的笔迹,其中有几处没校对到的地方,也被勾了出来。

后来李大嘴要休息了,我们也该走了。我们站起来。我怀里抱着那本李大嘴看过的诗集,和毛三一起向他鞠了一躬。那一刻,我心里很难受。我说,李大嘴。说完我就后悔了,赶紧改口,李老师,我给你背背书吧。他没表示拒绝,我就开始背了。

我背的是《爬山虎的脚》——

学校操场北边墙上满是爬山虎。我家也有爬山虎,从小院的西墙爬上去,在房顶上占了一大片地方。

爬山虎刚长出来的叶子是嫩红的,不几天叶子长大,就变成嫩绿的。爬山虎的嫩叶,不大引人注意,引人注意的是长大了的叶子。那些叶子绿得那么新鲜,看着非常舒服。叶尖一顺儿朝下,在墙上铺得那么均匀,没有重叠起来的,也不留一点儿空隙。一阵风拂过,一墙的叶子就漾起波纹,好看得很。

以前,我只知道这种植物叫爬山虎,可不知道它怎么能爬。今年,我注意了,原来爬山虎是有脚的。爬山虎的脚长在茎上。茎上长叶柄的地方,反面伸出枝状的六七根细丝,这些细丝……

我背到一半,记不得了,正艰难搜索记忆。李大嘴突然得意地笑了起来。因为长期服用葡萄糖,他的面部浮肿得厉害,但他的笑却清朗、干净。他笑着笑着,停下来,艰难地嚅动着嘴,记住……我……我是……李元生,不……不是李大嘴。

我喉咙一哽,酸楚难当,不知道该不该继续往下背。耳畔传来毛三吸鼻子的声音。

仁　心

一

赵有良医生来时，我们落水湾的天空是明亮的，风把消息从村头吹到村西，孩子们奔走相告，赵医生来了，赵医生来了……

孩子们就这样相互呼唤着，去看赵有良医生。看到孩子们，赵有良医生先是笑眯眯的，然后他身子稍微往前倾了倾，伸出右手食指，放在嘴巴前，嘘——

于是孩子们也学着赵有良医生的样子，把右手食指放在嘴唇上，嘘——眼睛死死地盯着赵有良医生，不自觉地靠近了他几步。

赵有良医生将听诊器贴在患者胸前，认真地听了会儿，一会儿皱眉，一会儿舒眉，然后拿出来，对孩子们说，往后退退，退退。于是孩子们就往后退退。等到赵有良医生用一只手分开患者的眼皮观察眼睛的时候，孩子们又围了上来。

赵有良医生看完诊，叮嘱患者，老人家，问题不大，好好休息，多喝热水，先给你开两天的药。孩子们附和，问题不大，好好休息，多喝热水。赵有良医生说，药要饭后温水吞服，油腻的、辛辣的是不能吃了。孩子们又附和，油腻的、辛辣的是不能吃了。赵有良医生面露愠色,说,退退,让远一点儿。孩子们就让远一点儿,个个龇牙咧嘴地笑着。

赵有良医生开完药,交给患者的家属,说,就给一块七角钱吧。

患者家属说,这不好,这不好,赵医生跑这么远来看病,还收这么低,不好,不好。家属硬要给赵有良医生塞皱巴巴的三块钱。赵有良医生推开他的手,说,我说一块七就一块七。孩子们说,多的给我们。赵有良医生冲孩子们半怒道,远远去,别吵耳朵。

孩子们吐着舌头,走得稍微远了一些,围在一起,七嘴八舌地讨论赵医生的药箱里会装些什么。

一定有很多的药,不然还能装石头?一个孩子说。

那可不一定,万一赵有良医生就喜欢石头呢?另一个孩子说。

听说他家里就有一个石人。

嘘——

孩子们安静了。赵有良医生家里住着一个石人的事情,可不能乱说。孩子们也是道听途说,没有谁真正见过那个石人。他是谁,长什么样,是赵有良医生的什么人,没人知道。

说不定,箱子里装着一些水果糖呢。安静了一会儿,有孩子说,最好是有很多很多的糖。

对对对,有糖最好,赵有良医生可从来不缺水果糖的。孩子们附和道。

然而这一次,赵有良医生拿出来的却是一盒夹心饼干。他把饼干拿出来,交给最大的孩子,让他给大家分。

孩子们吃完饼干,从家里带来新玉米棒子、猪油烙麦饼等吃的,赵有良医生挑了几样,对孩子们说,够了,够了,其他的,我下次来再给我吧。他说着就离开了我们落水湾。

二

你可能不知道,赵有良医生是个有趣的人,更是一个真正的大好人。

他跟孩子们的父亲一样大,或许还要年轻一点儿,又比他们白很多,清秀很多,一点儿落水湾人的特征都没有。他戴一架金色边框的眼镜,镜片已经磨成了浅灰色,边缘多处已经破损。他整个夏天喜欢穿一件白色的衬衫,松开靠脖子的那两颗纽扣,胸前的衣袋里插一支钢笔。他穿一条休闲裤,一双黑皮鞋,有时候也穿运动鞋,系一条棕色的变形的皮带。他总是背着一个药箱,那是他的标配。他无论走到哪里都是笑眯眯的,很招人喜欢。

他每次到我们落水湾,都会认真给老人们看病,看到不太对劲的孩子也抓起来检查检查,不管多辛苦,他都只收很少的钱。村民们到镇上去看病,随便开点儿药都要好几块钱,但赵有良医生开出来的药,高不过两三块钱,而且药效好,管用。如果遇到无儿无女的五保户,赵有良医生还免费给看病。他性格温和,待人和善,我们从来没听到他和谁吵架争执。乡里的女人们抱怨自家男人,就说,你要是有人家赵有良医生五分之一的温和,我就谢天谢地了。最重要的是,赵有良医生到我们落水湾时,会时不时带些吃食，比如糖和饼干，分给孩子们。孩子们非常喜欢赵有良医生。

孩子们都知道，小学旁边松林间的那栋平房，就是赵有良医生的诊所。房子是附近村民的，修建年代不详，但面容枯槁，色如死灰，想来已经老了。房子是进出的四间，乡里俗称它"田"字形或者两个出进。诊所没有名字，都是小门，其中一个房间的窗户搭了台面，八块竖立的木板就是窗门了。白天，把竖立的木板挨个拆下来，松垮垮地堆在旁边，路人便可从窗外的马路上看到窗内的景致，无非是摆满药品的架子、几个长条凳、一张病床、坐着的人和晃荡的点滴瓶之类的。这就是赵有良医生的诊室了。墙上贴满各种图片，多是些人体骨骼图。如果你走近，赵有良医生会笑眯眯地探出头来问，老乡，怎么了？是不是哪里不舒服？排在路边的另一间房平常也是半开着门，里面没多余的东西，只有几张简单的小床，算是病房了。病房后面的房间常年紧闭房门，住着传说中的那个石人。赵有良医生从不让人去看石人，他把石人安排在那个房间里，就是因为那里最为私密和隐蔽。

不看诊的时候，赵有良医生会搬一个小躺椅，放在门前的马路边，躺着晒太阳。过路的人喊一声，赵医生。赵有良医生就回一句，唉，干啥去？他也不抬头，也不侧身，就那么答着，好像每个人他都能从声音里听出来是谁。有时候，赵有良医生的妻子，一个瘦小的女人，会端着簸箕之类的东西坐在离他不远的地方，低着头拣着什么。他们几乎不说话，有时候像两个雕塑。

不仅我们落水湾，所有认识赵有良医生的人，见到赵有良医生都会恭恭敬敬地喊一声，赵医生。总之，我们都喜欢赵有良医生，因为赵有良医生是个大好人。这是把落水湾两座大山都削平也改变不了的事情，也是把两座大山之间的裸洁河拦腰堵住让它倒流也改变不了的事情。

三

就是赵有良医生这样一个温和、善良的大好人，竟然和我们落水湾的汪老三吵了一架。

汪老三在家中排行老三，得名老三。汪老三的爹死得早，爹死妈改嫁，丢下老三和两个姐姐傍着伯伯家过日子。两个姐姐不到十六岁就嫁去了远处。十八岁那年，伯伯也死了，伯母年岁大，加上又不是亲生的，就不怎么管老三。老三住在自家的老破房子里，种着自家的几块地，但因为好吃懒做，种庄稼三天打鱼，两天晒网，地里的庄稼还没野蒿高。总之，老三的日子过得紧巴巴的，二十六七岁，娶不上媳妇，常年蓬头垢面，看起来倒像个三十六七的人。他整日游手好闲，惹是生非，东挪西借，又爱干些偷鸡摸狗的事，很不受人喜欢。人们面上客客气气，心里都对他厌烦得不行。

那天赵有良医生又来看诊，正在一个老人家里闲聊，孩子们得到了糖，喜滋滋地在门前玩闹。汪老三走上院坝来，冲孩子们喊，欸，给老子来块糖。胆小的孩子跑开了，胆大的孩子冲他吐口水，哼，口水也不给你，还给你糖？汪老三作势要打人，斗嘴的孩子也不怕，挺着腰杆，你来呀。汪老三悻悻地收了手，赵有良在不在？没有人理他，他便往屋里去了。

主人家见到汪老三，起身招呼他，老三，来坐，便递了一个凳子给他。

汪老三不坐主人家递来的新凳子，非要跟赵有良医生挤一个长条凳。

赵有良医生往旁边挪了挪身子，笑眯眯地说，老三，媳妇可有着落了？

汪老三垂着头，没好气地说，咦，没着落。他又说，我来看病。

赵有良医生说，不舒服？

早不舒服了，托上学的娃娃喊你来看看，你硬是不来啊。

你年纪轻轻的好小伙，还走不了这点儿路？人家七八岁的小娃，天天上学都要走几趟。再说，我诊所也有病人需要照看呢。

那你就说看不看吧。

看，看，看，咋能不看呢？现在看也一样，你哪里不舒服？

哪里都不舒服，浑身不得劲儿，不想干事，睡又睡不着，醒来眼睛干干的，像塞了一把干草，难受，还头晕。

昨晚几点睡的？

哪知道几点，又没个表，有也看不懂，反正鸡叫二遍还睁着眼。

今早几点起的？

都说了没表，有也看不懂，反正我起来的时候，大娘割了一背篓草回来了。

赵有良医生把汪老三看了个遍说，你这不是病，是懒。

汪老三道，咦，你不要乱说，我勤快得很。

赵有良医生笑了。孩子们也跟着笑，你就是懒，懒猪。

汪老三冲孩子们嚷，滚，你们才是猪。

赵有良医生始终笑眯眯地看着汪老三，我是没检查出什么来。

汪老三说，我就是有病，你必须给我治，你是好医生，不能不救我。

赵有良医生还是笑眯眯的，那你觉得该怎么治？

汪老三说，你给我喝支葡萄糖。

赵有良医生说，嘿，还知道葡萄糖。

汪老三说，你就说给不给吧。

赵有良医生从药箱里找出一支葡萄糖，再向主人家要了一只碗，把玻璃瓶子敲开，将葡萄糖倒入碗中，端起来仔细打量了会儿，递给汪老三，对他说，用牙齿隔着，如果遇上玻璃碴儿，就吐出来。

汪老三接过碗，一口就喝完了，他咂着嘴说，玻璃碴儿我也能吞下去，不怕，我连刀子都吃过，啧啧啧，真甜。

赵有良医生问，好点儿了吗？

汪老三说，还真好点儿了。他丢下碗就要走。

赵有良医生赶紧把他拦住，一块钱，你忘了给我钱了。

什么？汪老三似乎没想到赵有良医生会跟他要钱，我没钱，我一个没爹没娘、没儿没女的人，哪里来的钱？再说你这值一块钱？不要唬我。

赵有良医生这回不再笑眯眯的了，正色道，看病给钱，天经地义，你必须给钱。

汪老三说，咦，你个赵有良，你看过多少人没收钱我还不知道？凭什么别人可以不给，我就必须给？

赵有良医生说，我愿意不收就不收，但现在我愿意收你的钱。

汪老三说，不给，没钱，赵有良，你不像人们说得那么善良。

他们就是这么吵起来的，主要是汪老三吵。即便后来赵有良医生无奈地表示不收钱了，汪老三还是一直骂骂咧咧，气得赵有良医生紧闭双眼，喘着粗气。

孩子们看见赵有良医生是阴沉着脸离开我们落水湾的，于是断定，赵有良医生恐怕不会再来我们村看病了，至少决不会再为汪老三看病了。大家都是这样认为的，不仅仅是眼巴巴望着赵有良医生带吃食来的孩子们。

四

赵有良医生没几日就又进了我们落水湾。他依然一副笑眯眯的样子，路过人家门口就对主人说话，在家啊。主人家呢，也客气地喊他来家坐坐。赵有良医生倒没时间串门，他径直去了托人请他来看病的人家，那家老人八十多了，常患些小病。

赵有良医生刚把病看完，正在给药，孩子们就来了。赵有良医生笑眯眯地说，娃们，今天可什么都没带，糖没有，饼干也是没有的。孩子们有些失望，但也没离去，有人说，赵有良医生，不是有葡萄糖吗？赵有良医生赶紧紧张地抱住自己的药箱，走开，走开，一群小鬼，那是药，不是糖。孩子们哈哈大笑，谁也没有离开。有孩子给赵有良医生递些树上刚采来的果子，他随意取一些，塞在嘴里。

赵有良医生看完病，照例在主人家歇会儿，聊聊天，叮嘱一些病患休养要注意的事情。走前，赵有良医生神神秘秘地对主人家说，唉，那个汪老三，情况复杂了，上次我回去，查了几十本医书，终于弄清楚，他是真患了大病了，如果不好好治疗，后果很严重。主人家说，怕不会哟，他看起来像条狗一样生猛。赵有良医生说，大病就是这样的，前面根本看不出来，你看你家老子，一年四季这小病那小病的，但也没什么大问题，是不是？但大病正好相反，前面根本看不出来，等到看出来了，人已经快玩完了。

赵有良医生再次离开了落水湾，关于汪老三患了大病的消息，被落水湾的风一吹，就从村子这头吹到那头，从木楼的房檐下吹到了深深的玉米地，从平坦的田野吹到了陡峭的山坡……

不久后，汪老三成了赵有良医生的病人。传说汪老三是跑到赵有良医生的诊所，给赵有良医生跪下了，赵有良医生才无奈答应医治他的。赵有良医生让他去外面看，最好马上去市里甚至省里，一刻也耽搁不得。但汪老三没钱，他是真没钱，就他那德行，哪里攒得下钱？赵有良医生看他实在可怜，才收治了他。

我给你治疗可以，但你必须给我钱，我是医生，你是病人，我愿意不收钱就不收钱，但是医治你，我就是要收钱的。赵有良医生说，你可得想好。

汪老三为难地说，可我是真没钱，现在命都快保不住了。

赵有良医生想了想，没钱也行，你就每天来我这里打工，正好我这里病人多，病人多时帮我照顾病人，闲时你可以干点儿自己的活儿，我不给你一分钱，因为你的工钱还不够你的医药费，但我可以供你一顿午饭，我吃什么你就吃什么，你的工钱充医药费，不够的先欠着。

汪老三想了想就答应了。不然，他还能怎样呢？

于是汪老三成了赵有良医生的病人和工人。每天早早地，孩子们出门去上学的时候，汪老三就得出门了，跟着孩子们走大约四十分钟到小学旁边赵有良医生的诊所上班。开始，汪老三老迟到，次次都被赵有良医生一顿批评。他想反水，却又怕赵有良医生一生气不给他治病，只好忍着。病人稍微少一点儿的时候，赵有良医生就为他看诊，主要是拿一个吹气的东西对着他的嘴巴吹上小半个小时，然后还给他吃一种土灰土灰的药丸。

赵有良医生的病人很多，每天四里八乡来看病的真不少。老人来了，汪老三要帮忙扶着，抬上床；孩子来了，汪老三要随时准备好煤灰，好清理孩子们摆摊似的拉在地上的大小便。要是没病人，就得拣中药、磨粉、装袋等。活儿是不重，但是磨人。汪老三忙得够呛，累了他就生气，吼病人。赵有良医生始终都是笑眯眯的，先安慰被吼的病人，再说汪老三，跟你说了多少次了，你这个病，不能生气，不能发火，不然吃再多药也是白瞎。

从夏天到秋天，又到了冬天，几个月过去了，汪老三像变了一个人，他也学会像赵有良医生那样笑眯眯的，向孩子们派发赵有良医生带来的小食品，不再动不动就骂人。最为关键的是，他每天和上学的孩子们一起起床出发，晚上要天黑才回家，有时候遇到特殊情况，还得加班到深夜，他竟没有一句怨言。有时候他到了，赵有良医生一家还没起床。他向人们炫耀，说自己的身体越来越棒，病正一点儿一点儿从自己身体里退去，要不了多久，他汪老三就可以做回一个正常的人了。

五

大雪下到落水湾的时候，赵有良医生的妻子不见了。那阵子很多货车开到学校旁收玉米，一来就停留三四天，车辆来来往往，很是热闹。传说，赵有良医生的妻子是跟一个货车师傅走的。她为什么要跑掉？没有人知道。赵有良医生身上有太多不为人知的事情了，他为什么来到这个穷地方？他家里的石人是怎么回事？他那么好的人为什么和他的妻子话很少？他的妻子为什么要偷偷跑掉？没有人知道为什么。

妻子走后没几天，赵有良医生把汪老三叫到跟前来，说，从今天起，你可以不用来上班了，你已经痊愈了，想干吗就干吗去吧。

汪老三心里很高兴，毕竟他的病好了，但他又一时没法接受，他已经起早贪黑了几个月，早就闲不下来了，这会儿不让他干了，他还真不知道该干吗去。

如果你实在不知该去干吗，我给你引个路，你去县城里打工吧，回来时把我的钱还了。这是赵有良医生接收汪老三后，第二次提到钱这个事。第一次就是正式答应治疗汪老三那次。

汪老三听愣了，我的工钱还是不够？

不够，赵有良医生很快就在算盘上算清楚了，你一共欠了我两百零四块六毛。

汪老三相信了。可他连毛毛钱都算清了，这让汪老三很难过，赵有良，我给你打了几个月的工，你给我治了几个月的病，我以为我们是有点儿瓜葛的，好歹同一口锅里吃午饭都吃了不下百来次，没想到你算得这么清。

赵有良医生一本正经地说，这事，一开始就说得很清楚的。

汪老三很生气，还就还，老子可不想被人戳骨头。但他很快又打了退堂鼓，毕竟他真的没钱。

为了他能还上钱，赵有良医生只好又给了他一些路费，写了个地址给他，叫他进城后按照地址去找活儿。

汪老三气冲冲地离开了赵有良医生的诊所，离开前还骂了一句，好你个赵有良，是真的一点儿人情都不讲了。赵有良医生都听到了，但他什么也没回，只是默默望着汪老三离开，然后一声不响地进了屋。

第二天，汪老三离开了落水湾。在他走后，关于赵有良医生家里石人的事，也就传开了，说是在赵有良医生诊所最私密的房间里，果真住着一个石人。石人躺着不动，不会说话，跟死了一样。石人是赵有良医生的爹。赵有良医生很害怕别人知道他有一个石人爹。

为什么他这么怕人知道？肯定是他们干了什么见不得人的事情。汪老三吐着酒气说出这些话的时候，听见的人都嗤之以鼻，你就吹吧，赵医生那么好的人，怎么会干坏事？你小子受了赵医生的恩惠，还到处乱编瞎话，小心舌头长蛆哟。汪老三振振有词，我亲自摸进去看过，一点儿也假不了，谁说谎谁烂舌头。再说了，汪老三犹豫了一下，说，他女人为什么跑掉？还不是跟他过不下去。不就是日子太难过了吗？为什么难过？因为他不赚钱。他为什么这么做？因为做了亏心事，心里愧疚。听者自然不信。他两口子吵架的时候，我听出来的，八九不离十的事，汪老三说得振振有词，好像他是天底下唯一一个知道赵有良医生秘密的人。

大家都不相信汪老三，但汪老三的话还是传开了。

赵有良医生再来看诊的时候，多嘴的孩子们边嚼着糖边问，赵医生，你家里的石人真的是你爹吗？你爹咋成了石人？汪老三说你——问话的孩子还算懂事，立马发现了赵有良医生的不对劲，赵有良医生的手抖了一下，差点儿将药品扔在地上。他默默地收拾好东西。这一次，他不是笑眯眯的了。他再一次阴沉着脸，离开了我们落水湾。

孩子们以为赵有良医生不出五天就会再次进入落水湾，会给他们带来糖或者饼干，会笑眯眯地喊，娃们。毕竟，汪老三那样的人他都能接受和原谅，他那样的大好人，对孩子们那么好，是不会因为孩子们的一句话赌多大气的。谁也没想到,那是赵有良医生最后一次到落水湾出诊。孩子们更没想到,那竟是他们最后一次看到赵有良医生,最后一次吃到赵有良医生给的糖。

直到有一天,赶场的人从外面带来消息,赵有良医生的诊所关门了。赵有良医生不知去向,他开诊所的房子转租给了一个铁匠,铁匠已经在房子旁边搭建偏房,要不了多久,那里就会传来呼啦啦抽风箱的声音和叮叮当当打铁的声音,四里八乡的人们将从那里买到锄头、镰刀、锤子、弯刀,再也没人能从那里买到一丁点儿药了。

对于赵有良医生的突然离去,我们落水湾的人是非常惋惜的。大人们说,唉,赵有良医生真是大好人,一定是因为我们看病没给钱或者给的钱太少了,让他保不了本,他只好另寻地方谋生去了。也有人说,是因为汪老三那狗日的胡说八道,狠狠伤了赵有良医生的心。

孩子们则盼望着赵有良医生再回来,他们觉得,赵有良医生一定会再回来的,那时候,他的药箱里可就不止能拿得出糖和饼干了。孩子们打赌说,赵有良医生一定会再回来的。

六

然而赵有良医生终究没再回来。

第二年夏天过了一半的时候,汪老三回到了落水湾。当他走到赵有良医生诊所前的时候,被眼前的景象惊呆了——他甚至以为赵有良医生改行做了铁匠，所以对着那个打铁的背影连喊了好几声赵医生，直到铁匠转过身来，瞪目看着他道，喊个鸡毛的赵医生，现在这里是我老铁匠的了。

汪老三确认了眼前的人并非赵有良医生，又向旁边的人打听清楚情况后，他蹲在马路上，开始时一句话不说，后来竟大声哭起来，嘴里喊着，赵医生，你给我回来，我还你钱，我一分也不欠你的了，不欠你的了……赵医生，你真的是一个好医生。

后来，汪老三把关于赵有良医生的事情补充给我们听。

汪老三到了县城，按照地址找到了赵有良医生的朋友，就在他那里干起活儿了。他每天努力工作，省吃俭用，只想早一点儿存到钱，把赵有良的钱还了。他说话很硬气，我汪老三欠谁的钱也坚决不欠他的钱。等到钱存够了，他准备回来，老板给了他一封信，他哪里认得字啊，就请老板读给他听了。

赵有良医生的信是这么写的：

汪老三：

得知你在我朋友那里干得不错，我很欣慰。我思来想去，决定给你写这封信，把一些事说给你听。

如你所说，我家里藏着一个石人，他确实是我的父亲。他是一个植物人，植物人是——算了，说来你也不懂的，反正就是相当于活死人。我的父亲曾经是医院的副院长，因为吃回扣，给医院进了一批假药，害死了好几个病人，他畏罪跳楼，结果楼层挑矮了，没把自己摔死，倒把自己摔成了活死人。

　　因为这事，我母亲重病复发，撒手去了。我心神也不得安宁，背上了沉重的枷锁。这么多年来，我一直努力救人，努力帮助人，我是真的想让自己解脱，因为这，我们夫妻俩吵了不少架……

　　你其实并没生病，你身子强壮，很好，但就是太懒了，好吃懒做，你所有感觉到的不舒服，都因你不规律的作息引起。我骗了你，我给你吹的气没放一点儿药，就跟你站在大山上被风灌进嘴是一样的，给你吃的药都是小麦粉和荞麦粉混合做的，当然也适当地加了些其他东西，添点儿味道，这样才能更好地糊弄你。我这么做，只是想改一改你的习性，因为，在我看来，你并不是坏人……对我来说，这也算是治好了一种病吧！

　　祝你过得开心。

医生赵有良

　　令人惊诧的是，汪老三竟然把信全部背下来了，顺溜得好像这些话本来就是他嘴巴里的唾沫，不费吹灰之力就能下雨般吹出来。

　　听了汪老三的复述，人们大都持怀疑态度。你就吹吧，他们说，赵有良医生这么好的人，会有那样缺德的爹？他们又说，还说你没病？莫不是，你想为自己没还钱东拉西扯，找借口？最后他们说，你既然这样讲，那你知道赵有良医生到底去了哪里吗？汪老三说，我不知道。他沉默了好久，说，我不知道，我要是知道，就——

他没有再说下去。他话少了起来。他看起来，并不想和问话的人多说一句话了。

现在，汪老三已经老了，老得几乎走不动路了。我们落水湾的人早已没人直呼他汪老三了。当年的孩子们已经长大，他们的孩子们见到汪老三，都叫他汪三爷。

赵有良医生曾经开诊所的小楼早已经被拆掉了。不过，在离得不远的地方，有人修起了一栋二层小楼，也开了一家诊所。诊所里的医生年龄跟当年的赵有良医生差不多，人们都叫他汪医生。

汪医生可就是老熟人啦，他是汪老三的儿子。

暖春将至

杨梦生又想回村里去了。

春节刚过去没多久,要是在村里,人们还在年里浸着,但眼下一片冷清,哪有什么年的样子。年一旦没有年的样子,它就不是年了,跟平常没什么两样,甚至比平常还显得落寞、冷清。早上出了太阳,天气不错,暖暖的,下午,天空又飘起了小雨。黔西北乌蒙山深处,到处是这样的天气,变天的速度好像那三岁小孩的脸。所以人们说,四季无寒暑,一雨便成冬。早就打了春,年也过完了,也有过几天小艳阳天,人们心想,春天是真的来了,但雨一下,一切就被打回了原形。这雨也真是怪,说是水雾,好像也说得过去,它近乎看不见,但头发和衣服上,莫名就湿润润的,时间一长,慢慢就湿透了,有时候还会结上薄薄的一层霜。

也不知怎的,就是心里憋得慌。天冷,杨梦生的心里更慌了。还是回去吧,他这么想。不如现在就走,趁早,他又想。晚是晚了点儿,但如果拦上一辆车,兴许能赶回去,生个火,做顿晚饭吃,对,他想,就这么着吧。

他是想一个人走的。一个人多清净,没个拖累,想怎么走怎么走,想快点儿就快点儿,想慢点儿就慢点儿,想这里坐坐就这里坐坐,想那里歇歇就那里歇歇,谁也管不着。想了想,还是要带上小山,小孙子一个人在这里,也挺无趣。小山趴在电视前看动画,听见开门声,呼哧一下翻身起来,爷爷回来啦!随即小山扑过去,抱他的大腿,差点儿推他一扑爬。老大从卫生间出来,嘟哝了句,也不知咋的,马桶按钮弹不回去,水流不停。卫生间果然传来水流声。他钻进卫生间,看见马桶上的按钮凹下去了,他使劲一按,顿了一下,快速松开,只听咔嗒一声,按钮弹了上来,水流渐小,而后停了。出了卫生间,老大正在换鞋,说,我迟早给它换掉。你说说你,好歹也是读过几年书的人,他说,一个马桶都对付不了。老大说,我可没那耐心,惹我给砸了。他说,砸了能怎样?老大回道,我不想和你斗,爸,你待着,我上班去。老大在附近的一家单位上班,保安,就是看大门的。按老大的脾气,真要有坏人来,要么对方跑,要么干一架。他叮嘱过老大,遇事别逞能,这是城里,不是村里,一喊一帮人,该跑则跑。老大可不听,那怎么行?人家开我钱,就让我保平安,哪能跑?五点多,老大匆匆出了门,他六点换班。去迟了,同事回家就晚了,回家晚,就要被同事老婆打,老大说着这些话,就走了。

　　杨梦生在沙发坐了会儿,只感觉家里更冷清,虽然电视叽叽喳喳放着动画片,但他就是觉着冷清,于是一把关了电视。小山哪能答应?跳将起来,你关我电视!你不能关我电视。关你电视怎的,还不行?就是不行,不行!小山过来抢遥控器,要哭,压在他腿上，他很快有些吃不消，毕竟小山已经5岁了，几十斤的一坨肉，任谁都吃不消，于是认输，将遥控器交还。带你玩去呗？他说。小山打开电视，鼓捣着遥控器。不去，小山说，我看电视。回老家去，他说，带你回老家去。老家？小山问，哪里是老家？他说，我们家，这里可不是我们家。孙子沉默。他说，带你去爬山，放牛，看羊。小山转动着的眼睛放出光来，那好吧。放下遥控器，两人就出了门。

穿过小区中心，小山停了一会儿，看人跳舞。那帮老头老太太对广场舞乐此不疲，晚上跳也就算了，下午也跳，有时候上午也有几个不甘寂寞的跳上一阵子。小山稚嫩的身子跟着学也就算了，还咋咋呼呼地喊，爷爷，你也跳呀，你看那些爷爷奶奶，跳得可起劲。杨梦生心里泛起些什么，要走，也是该道个别的。他斜着身子，前前后后看了阵，依然没寻到张薇薇。他其实并不喜欢那些舞蹈，摇来摆去的，像风中无力的荒草，看起来没劲。但他喜欢看张薇薇跳舞，不知道为什么，她跳起来就好看。别人跳呢，就刺眼无比，看着怪难受。她跳起来，有一种柔中带刚的感觉。张薇薇是领舞，据说是社区干事小王请来的，专门教搬迁点的老人们跳舞，活跃活跃文化生活。她叫张什么开始没人知道，大家都叫张姐，后来就延续了下来。当然这是杨梦生他们这一拨人叫的，叫张姐其实也不太对，毕竟她看起来还很年轻，如果是老大，就得叫张姨，小山呢，该叫张奶奶。他不跳舞，但他喜欢看张薇薇跳舞。张薇薇一般晚上来，所以晚饭后只要楼下响起音乐，他就会下楼，坐在小广场边上，欣赏张薇薇的舞姿。在他眼里，她的舞姿非常迷人，让他想起夏天在风中晃动的玉米秆。他对玉米地有着近乎痴狂的爱，想他年轻时，可是干庄稼的一把好手，抡起锄头山都怕，但好手归好手，地里确实种不出什么来，除了玉米，就是土豆，间或零零散散的小豆、苦荞之类的。现在像风中晃动着的玉米秆的张薇薇不见踪影，杨梦生心里有些失落，心里想，也是，人家可不会在下午来。于是他拉过孙子，走吧，我可不想走个天摸黑。

出了安置点，他们拐上了空旷的大道。其实天色已经开始变暗了，一大一小、一老一幼的身影离安置点越来越远。雨似乎更大了一些，杨梦生有些后悔，应该带把伞的，或者给小山拿上一件更厚的衣服。可他只是想了一想，立马就打消了这个念头，他们已经出来了，不宜再回去拿东西，要是叫社区的干事看见，非得给拦住，问个深浅，他哪能应付过去，三两句话分分钟露馅儿，干事很快就会给老大打电话。他上次想回去，就是背着大包，被发现了，几个干事把他拦住了，不让回去。如果老大赶回来，非得再发上一顿火，咋咋呼呼地吼上几句。

老大就那犟脾气，要不是这样，也不可能跟人打架。那时候儿媳已怀小山，肚子渐大，家里即将增加一张嘴，老大瞅着心里愁，于是进城打工，想着多挣点儿钱，亏什么，不能亏了媳妇肚子里的孩子。哪料孙子尚未出生，老大就在城里惹事了，跟人干了一架，捅了人几刀，跑回了老家，发誓再也不回城里。孩子满月几天，公安局上门，一副手铐带走了老大，判了几年。坐牢就算了，家也跟着散了，媳妇跑了。他本不想管，眼看小山可怜，还是一把屎一把尿把小山带大了。老大出了牢,小山都几岁了,坐牢的经历加上孩子拖累,硬是找不着个女子,就这么打光棍了。家里一下有了三个光棍,杨梦生一个,儿子杨老大一个,孙子杨小山一个,一门三光棍,都是大穷人。国家政策好,关心老百姓,先是精准扶贫,后来给了指标,他们得以搬进城来,过上新生活。新生活倒是挺新的,简直新得透透的,就是别扭。杨梦生说不上那股劲,但就是不想待下去。

  杨梦生确实是不想搬来的。他总说,农村多好呀,有地,种点儿小菜、粮食,啥也不用花钱买。这也就算了,重要的是,房前房后,村里村外,哪个不是几十年的老脸皮,熟门熟路的,话也好说。我可不去那城里,家家关门闭户,说是隔壁人家,其实名都不知道……驻村帮扶队的干事们上门走了十几趟,杨梦生每次都是叨叨半天,说着差不多的话,就是不答应搬进城。年轻时,杨梦生可是进过城的,他听说城里好赚钱,便去了,背大背篓。城里人下不得力,这里买点儿啥,那里送点儿啥,总需要这样的人。那时候年轻,刚结婚没多久,杨老大还在娘胎里,他干了一年多就不干了,不是受不得苦、受不得累,只是不愿被人呼来唤去。加上掐头去尾一算,赚的也和在家里种地养猪差不多,再加上生了儿子杨老大,他索性回了乡下。后来,媳妇一命呜呼,家里再没续上老二老三,杨梦生爹妈同当,别说进城打工了,山上种地都得将儿子绑在背上。他再没打过进城的主意。

  说是搬进城,其实只是搬到城郊,叫易地扶贫搬迁安置点,离城区不远不近,看得着,走起来又需要费些力气。安置点是政府统一修建的，一模一样的房子，一模一样的门，一模一样的窗，颜色都一模一样，不一样的只有楼栋号和门牌号。现在，城区的灯盏陆续亮起，已经近在眼前了，但脚下的路却不怎么能看清楚了。从老家搬出来，到安置点，住了一年了，除了几次私自跑回老家去，贸然问路进城去车站坐车，杨梦生并没怎么进过城。要是换在平日里，他是认得去车站的路的，可是现在虽然六点不到，但细雨迷蒙，视线模糊，路也就模糊了。他们经过小山的幼儿园，经过老大上班的单位大楼，经过一座大桥，就已经六点了，进了城，到处都亮了灯，抬眼望去，无比晃眼，再转几个弯，杨梦生就傻眼了。

不行，就打个车吧，小山提议，我走不动了。可不能花那冤枉钱，杨梦生蹲在地上，来，爷爷背。小山嘟哝了句什么，没上他的背，又继续往前走。黔西北小城的夜，细雨迷蒙中，灯火辉煌，加上身边车流喧响，让人仿若置身一片迷幻之中。

有一阵子，杨梦生有种幻觉，自己好像不是走在车水马龙的大街上，而是站在音乐声轰鸣的小区广场，周围是密集厚重的鼓点，刺耳的歌声，扭动的腰肢，放肆的大笑……在广场舞里跳动的一张张脸庞享受而颓废。杨梦生不喜欢这些脸庞，他搞不懂为什么这些人会沉迷于这样的活动，好像他们已经全然忘记，自己是来自边缘乡村的一枚石子。杨梦生就是一枚来自乡村的石子，一枚曾多次试图返回遥远大山之中的石子，一枚对城市生活充满警惕和不适的石子，也是一枚对乡村念念不忘的石子。现在，这枚石子的眼前突然又亮起了一束光，那是在广场舞的幻影里的一张张灰色脸谱中突然亮起来的面容，是有色彩的面容。他几乎忍不住叫出声来：张薇薇。杨梦生突然再一次意识到，以前叫张姐是不妥当的，所以他心里盘算着，如果还可能遇见，应该叫她什么呢？叫张薇薇，直呼其名当然不妥；叫薇薇呢，还没出口，自己先起了一层鸡皮疙瘩。叫小张。小张，小张，他暗忖，叫小张也是不错的。

他们聊过几次。也许是出于社区的安排，张薇薇在休息时来到了他的身边。老杨吧？她的身上散过来一阵热气，怎么不跳舞呢？杨梦生当时有些受宠若惊，一时答不上话来。张薇薇又问，不喜欢跳舞？杨梦生这次终于开口，胳膊和腿不行了，动不得。他不愿说自己不会跳，更不愿说自己不喜欢跳，只好说胳膊腿不行了。说的也不是假话，他大半生一人操持一整个家，尤其年轻时重活儿、累活儿都干，为了养家糊口起早贪黑，落下一身毛病。张薇薇笑了，我看你身子骨还硬朗，怎会不行？这话倒让杨梦生更加尴尬，没法接话，只是低着头。这样的场景不是没有过，几十年前，媒人带着他去说亲，和女方对坐几个小时，杨梦生只顾低着头，硬是没挤出半句话。后来，那姑娘成了老大的妈，她说看上杨梦生就是因为那一股害羞劲儿。现在这股害羞劲儿，在老大妈去世几十年后，再一次袭击了他，让他无所适从。看着杨梦生的反应，张薇薇乐了，也仅仅是乐了，她没再说话，就那么坐了会儿，然后站起来，拍拍手，按下了音箱上的播放键，又开始了她的舞蹈。

后来张薇薇常在休息时和杨梦生聊上几句，每次内容都很少，无非是些寒暄的话，劝说他加入广场舞队伍的话。内容多的有两次，一次是谈及了孩子。张薇薇问他孩子做啥呢，他老实说，当了个保安。张薇薇"哦"了一声，也算是个正当活儿。想来她是知道老大前面的那些事的。他鼓起勇气，也便问了句，您呢？"您"是进了城才学会的，要是在老家，应该是说，你家呢。张薇薇说，俩娃，老大是个小子，在省外，大学毕业了不愿回来，老二是女儿，在市医院当护士。她答得一五一十，倒也显得诚恳。老伴呢？杨梦生突然觉得自己疯了，但话已出口，没法再收回。张薇薇还是一五一十地回答，上前年，走了，肝癌，原来好那么一口，不听劝，查出来已经晚期。杨梦生是真后悔问这个问题，这不明摆着往人伤口上撒盐嘛，所以他不敢看她的眼睛，像个犯了错的小学生。张薇薇看出了他的愧疚，安慰道，也没事，都几年了，习惯了。你呢？她又问，就没想过找个伴？想来她也是知道杨梦生前面那些事的。杨梦生慌乱地答，走得早，那时求生难，拖着个儿子，也不好找，再说，也怕找了对孩子不好。喊，张薇薇说，这旧思想呀！她说完，立即起身，开始了新一轮的舞蹈。

有一次，他们谈到了杨梦生的老家，张薇薇对那里充满好奇。按她的说法，她从小生活在城市里，没在乡下住过一天。杨梦生告诉她，在老家，他有一栋两个出进的木房子，中间隔着一个宽大的堂屋，自己住一个出进，老大带孩子住一个出进，堂屋里放一些农具，粮食都晾在楼上。张薇薇对此一脸迷茫，什么是出进？什么是堂屋？她想象不到那个样子。你有照片吗？没有，我可捣鼓不来手机那玩意。她表示有些遗憾，可惜，可惜，要是我能去看上一眼就好了。她又说，是像电视上那样的吗？杨梦生想了想道，不一样，没电视上那么漂亮，还漏雨。张薇薇还是没法想象这栋两个出进加一个堂屋的会漏雨的木楼是什么样。杨梦生就说，什么时候我带你去看看，你就知道了。张薇薇说，那当然好。另外的一次，张薇薇对他的名字表现出了好奇，梦生，梦生，这名字挺有意思。杨梦生说他原本应该叫梦得，但因为母亲觉得叫起来不顺口，改成了梦生。张薇薇说看不出你们那里老一辈还能取这样的名字。杨梦生说他母亲生他的时候，正好做了个梦，梦到自己生娃了，醒来就生了，于是父亲给他取名梦得，后改为梦生。张薇薇恍然大悟，所以你老大就叫老大，如果再生一个呢，叫老二？对，杨梦生说他们那里大多这么取，也有叫大狗二狗的，从名字能一眼看出排行。

他们还谈到了老家门前的那片菜地，她说若是在菜地里种上点儿什么，浇着山泉水，施着农家肥，肯定健康又好吃。她似乎能想到这个场景，说话时甚至有些享受地点点头。就像我家阳台上那几筐，自己去郊外取的泥，种点儿葱蒜和小蔬菜，挺好。我就喜欢这种小日子，她强调。阳台上也能种菜？杨梦生没有见过阳台上种菜的，他知道城里人有的会在顶楼种点儿什么，辣椒、西红柿、大豆、玉米，甚至有的种上一棵树，但阳台上种菜，还真没见过。对，张薇薇说，就是阳台上，这么大。她抱了一下手，环成一个圈，就这么大。就这么大？杨梦生问道。就这么大，张薇薇说道。杨梦生说，那我的菜地可是你的几百倍了。张薇薇说，所以你是地主了。杨梦生说，我还真想我的菜地了，上次回去，我偷摸撒了些菜籽。张薇薇说那应该已经长得很大了。杨梦生说，那可是冬天，那么冷，哪里长得出来呢？不过，他又说，野菜肯定是少不了的，土地就是这么厉害，无论天气多冷，无论土质多瘦，也无论你待它怎么样，它总能给你长出点儿什么来。张薇薇说，那我一定要去看看，看看你的房子，看看你的菜地。杨梦生就说，那我一定得带你去看看，看看我的房子，看看我的菜地。

那时是过年前，现在已经过完年了。过年后张薇薇就没到安置点来了，但广场舞依然一如往常，无论天气多么冷，刚从乡下搬迁来的老头老太太们还是会按时开始扭动身躯。杨梦生去看过几次，都没见着张薇薇，广场舞就真的沦为嘈杂烦人的噪声。他猜想过，也许是张薇薇搬走了，不住在附近了；也许是她生病了，现在正住院；或者呢，去省外的儿子家过年还没回来。他想着要打上一个电话问问，但终究是没打，因为没有张薇薇的电话，再者说，也不知道打过去该说点儿什么。过了几天，他还是没见着张薇薇，日子本来就冷清无聊，如今更加冷清无聊了，所以他又忍不住，想要回去了。还是回去好，四下都是熟人，到处都是能说上话的，不至于像现在这样，能说上话的张薇薇不见了，日子就像被抽掉了什么，蔫巴了。

但回家的路已经找不到了。看着那些闪烁的灯盏，奔涌的车辆，杨梦生有些后悔这次贸然出行。他前几次都走得早，也都提前做好了谋划，找到那个老客车站轻而易举。这次他走得突然，天又晚，再转上几个弯，杨梦生终于确认，的确是找不到车站了。

小山早就累了，一屁股坐在公交车站冰冷的椅子上。走不动啦，走不动啦，不走啦。杨梦生也在旁边坐下来，看着小山侧脸，有些心疼，心里责怪起自己的任性来。离开老家已经快一年了，老大已经决定在安置点好好生活，他说要好好干活儿，供养小山上幼儿园，上小学，上中学，还要上大学哩。老大说起这些时，眼里满是光芒。我是没办法了，我的命已经定了，但小山的命才开始哩。老大说得没错，小山如果在安置点上幼儿园，将来上附近的小学，再上市里的中学，考大学就不像在老家那么难了，他的命是完全可以改变的。这也许才是老大死活也要留下来的原因。

我饿了，爷爷，小山眼巴巴地看着杨梦生。杨梦生站起来，搜寻了一遍，看到远处有人推着小车，看到那架小车，他仿佛闻到了烤红薯的味道。他走过去，买了一个烤红薯，回到小山身边时，嘟哝了一句，这么小的红薯，五块钱，这城里简直是抢人哟。他掰了一半红薯给小山，留一半暖手。小山可不在意这些，只顾着吃。杨梦生让他慢一点儿，小心烫，但小山已经将红薯塞进嘴里，很快就一口吐了出来。杨梦生又着急忙慌跑去买水，回来又是一句嘟哝，一瓶水，两块，哪有我们那大水井的水好喝？说是这么说，手还是快速拧开瓶盖，让小山喝一口。小山吃了那一半红薯，侧脸好奇地看着杨梦生，爷爷，你不吃吗？杨梦生那时怔怔的，闻言回过神来，你吃，你吃。小山又吃了剩下的一半。爷孙俩坐在公交车站的椅子上，看着眼前车来车往，车站的人时多时少，一辆辆公交车送来了人，也拉走了人。爷孙俩都各怀心事，沉默不语。

到底是孙子沉不住气，打开了话匣子。爷爷，你为什么一定要回老家呀？小山问这话时，看着杨梦生，眼睛滴溜溜地转。杨梦生一愣，这个问题老大也问过多次，他给出的答案只有一个，不习惯，不喜欢现在的生活。老大不认这个理由，有什么不习惯的？住久了都习惯了，再说城里多好呀，干什么都方便。方便方便，哪里方便了？他气急了，也冲老大吼，一棵白菜几块钱，几根葱也是块把钱，哪里方便了？老大也吼，那你总不能白吃白喝啊。家里有地，种什么不能吃？用得着花这冤枉钱？还不只是钱的事，我就跟你说吧，我就是不习惯，也不喜欢，咱村里多好，多热闹呀！老大一直没法理解，移民安置点不全都是从村里搬来的吗？对杨梦生来说，当然不一样，安置点的人来处很多，这个村几户，那个村几户，远的远去了几片山，谁认识谁呢？再说了，村里那点儿人知根知底，现在这堆人，谁好谁坏，谁深谁浅，你知道？老大更急了，你管人好坏深浅呢，你过好自己的日子不就行了？他愣住了，答不上来，老大说得不是没道理，饭是生米做的，日子也是从生往熟过的。他无力且苍白地呢喃着，问题是……问题是现在，就是过不好这个日子，怎么办嘛！

这些争吵发生在他偷偷跑回老家的老房子里后，也发生在老大和安置点的干事"胁迫"他回安置点的路上，同样也发生在他们安置点那个小小的家里。无论怎么吵，他心里一直埋着个问题不曾问出口，他知道那可能是老大心底的痛，所以他从不提及。不断重复的争吵内容，慢慢消解掉了他回归村子的意志，他甚至以为自己已经放弃了这个计划。现在，面对孙子小山的提问，他再一次犯难，要重复和老大争吵时的那些话吗？那些话真的就是自己不愿意离开村子的全部理由吗？他心里知道，是故土难离，是对城市生活天然的与生俱来的自卑和逃避，但又不仅仅是这样。他看着小山。小山眨巴着眼睛，等待他的回答。你和我爸都吵了好几次了，小山说，不要再吵了。我不想你们吵架，吵架的家庭不幸福，会影响孩子的成长。谁说的？他问。小山说，我的老师说的。小山说，我们可不可以不回去了？小山说，我喜欢这里，喜欢我的老师，也喜欢我的幼儿园，喜欢这里的小朋友，小山自顾自地说着，杨梦生静静地听着。因为车流声大，他便慢慢地把身子侧过来，耳朵靠近小山的脸。小山，他说，以后你想干什么呀？小山突然来了兴致，我要当警察，不，消防员也行，飞行员也好，我要开飞机，小山说着，弹起来，跳到椅子上，我要像奥特曼那样厉害。奥特曼也是你的老师？爷爷，你怎么这么笨，奥特曼是一个大大大大大英雄。看着小山沉迷在自己的幻想里，杨梦生露出了一丝无奈的笑。

然后，杨梦生把小山抱下来，放在自己腿上，紧紧地抱着。小山稚嫩的心跳，像一股山泉，喷涌着细微但无穷无尽的力量；他小小的脸，热热的，贴着他的颈部，像一团火焰，炙烤着他。我的乖孙孙，良久，他开口说话，你知道我为什么总想回到老家去吗？小山仰起头看他，因为被抱得太紧，只看得到他的下巴，为什么呀？他顿了一下，因为老家不仅有房子，有土地，有熟人，还有奶奶。奶奶？奶奶是谁呀？小山好奇地问。奶奶呀，就是你爸的妈妈。小山"哦"了一声，没说话。他说，奶奶走之前，叮嘱我，一定要把孩子看管好，就是你爸，但是我没看好你爸，他犯事了，我就看管你。现在我老了，你爸也走上正轨了，你也越长越大了，我得回去看管你奶奶了。他说着，眼泪开始在眼眶里打转，终于忍不住，滴落一滴，滴在小山的头上。小山挣扎着，想要看看怎么回事，又被他用力抱住。我们一家人都进了城，谁在村子里陪你奶奶呀！他抽动着身子，使劲把眼泪忍住，眼泪还是止不住地掉了下来。然后他擦干眼泪，松开小山，小山倒也没追问，只是怔怔地看着他。对于爷爷的突然落泪，年幼的小山实在是不知道该怎么办，只能怔怔地看着。我跟你说这些干什么呢？杨梦生说，我真是多嘴。小山还是怔怔地看着他，伸手去摸他的脸，手背碰到下巴时，不禁说出一句，好扎手啊，爷爷。我说这些干什么呢？杨梦生呢喃道。

这些话跟小山讲，小山当然是不懂的。但说出来，杨梦生竟觉得心里舒畅了许多。面对老大，他断然是不可能说的。而对小山说了，像把郁积心底的苦闷一把抛了出去，心里敞亮了，好像天也没那么冷了，雨也不知什么时候停了，城市夜晚的声音清晰起来，他看到了远处楼上的巨型广告牌：一个漂亮的女人拿着一瓶洗发水，长发飘逸，很是漂亮。他想起来了，走到那个广告牌下，往右手边转过去，没多远就是老客车站了。

说不上什么原因，他想说点儿话。说点儿啥呢？不知道。跟

201

谁说呢？也不知道。他拿出老旧的手机，想着要是当时留下了张薇薇的电话，那该多好，就可以给她打电话，说点儿啥，说点儿啥呢？他也不知道。

　　电话倒是真的响了。杨梦生第一反应是老大打来的，社区里一定有人发现他带着小山走了，前几次就是这样的。他做好了像往常一样听儿子不耐烦地问他去了哪里的准备。但电话那边传来的却是另一个男声。社区干事小王急切地问，老杨叔，你上哪去了？他一愣，难道小王也发现了？嘴上说，在外面呢。小王说，不会已经到老家了吧？他说，没，在外面呢。小王松了口气说，那个，老杨叔，你等下，张姨跟你通会儿话。那边就传来了一道女声，杨哥，你去哪里了？怎不见你呢？那声音挺熟悉，但他一时想不起来是谁，你是？那边说，我是张薇薇啊。哦，哦，薇薇，哦，小张啊，你这几天上哪里去了？啊？那边顿了一下，啊，哈哈，这几天患了个重感冒，天天卧床呢，所以就没去教舞。他"哦"了一声，我以为——你以为啥？张薇薇问。他说，我以为你不去教舞了呢。教，教，张薇薇说，直到把你带会为止，哈哈哈。没等他说话，那边又说，老田去了。去了？嗯，去了，下午的事儿，我跳半天舞没见着，就问了一下，人家告诉我的，去了。哪个老田？就是跟我一起跳舞的，那个高高瘦瘦的老头，唉，说了你也不认识，你就是太封闭了。怎么去的？年老了吧，身子骨弱，这两天天气不好，或者有什么病，没挺住，所以我寻你不着，就问了下，人家说你家里也没人，我就——张薇薇没有说出后面的话，转而说，能听到你声音，我就放心了。唉，你说这死在了城里，可怎么办？能怎么办呢？家里放两天，然后送殡仪馆，埋公墓。这算个什么事，落叶还归根呢。以为个个都跟你一样老古董啊，我听说了，人家老田走之前，可是留了话的，去了就按城里规矩葬了，人常说人往高处走，鬼魂也是。人吧，一代代的，只能是越走越好，从村里到镇上，从镇上到县里，从县里到市里，从市里到省里，这才是良性发展，你也该学学，别动不动就犟着要回去。再说了，张薇薇顿了顿，你回去哪有房子给你住？

杨梦生生气极了，他哆嗦着手，给老大打电话。电话响了一会儿才接通。喂，老大说，爸，你干吗呢？他咬着牙问，你为什么要把我的房子拆了？那边一愣，你知道了？你为什么把我的房子拆了？这不想断了你的念想嘛。断得了吗？断得了吗？那是祖上一砖一瓦给我留下的，你拆了，你这是忤逆，是不孝！可别，爸，哪里都在拆，为啥你的拆不得？不拆你天天想着回去，放着城里干净卫生的楼房不住，非要去住那破房子。我就不明白了，城里到底哪里不好？我好不容易干了个正当活儿，虽然工资不高，但我干得心安理得，小山也算在幼儿园交上了新朋友，你这是要拆你儿子和孙子的台吗？杨梦生说，你光说我，你倒是说说你自己，当年你砍了人，跑回家，像个孙子，发誓再也不回城里了，你怎么就能做到吐出去的口水又吃回来的？他说完心里又有些后悔，这个事在父子俩心里埋了很多年了，老大出狱后谁都没提起过，吵过那么多次都没提，为啥现在就提了呢？老大沉默了。杨梦生寻思着该说点儿什么，老大说话了，爸，时代变了，人也变了，我在城里砍了人，那是我的错，不是城里的错啊。我们要过上好日子，往城里走，有什么错呢？杨梦生忍不住蹲在地上，眼泪又开始不争气地淌下来，可是你拆拆拆，你只想着拆，拆了房子，过年过节的，你妈去哪呀？她回去看到一堆乱石、木头，没有一个活人，她得多伤心呀？

老大愣住了，一句话也说不出来。两人杵在电话两头，只有粗粗的呼吸声，从这边传过去，又从那边传过来。小山也被杨梦生的反应吓坏了，一声不响地拉着他的衣角，抬眼怯怯地看着他。半响，那边从电波里塞过来一句，爸，我知道你不容易。看着小山的眼睛，他的心情慢慢平和下来，我跟你说这干吗？挂了。那边想再说什么，终究是没说出口。

杨梦生再度坐回椅子上，愣愣的，一时不知该怎么办。小山靠过来，默默地坐在旁边。远处，巨型广告牌上，手拿洗发水的美丽女子还一脸灿烂地笑着。他确信，走到那个广告牌下，往右手边转过去，没多远就是老客车站了。可是他觉得那里好远，好远。耳边，响起了小山的声音，爷爷，我不想走了，我想留在这里。等放假了，我陪你回去看奶奶，好不好？他将目光从巨型广告牌那里收回来，吸了口气。回去的路上，他们打了车。让我们也享受一下，这城里的出租车，杨梦生说。

上了车，电话又响了，这次不是小王的声音，张薇薇用自己的电话打了过来。杨哥，没跟儿子吵架吧？哪能不吵呢？太气人了。我刚听小王说起，也觉得不可思议。不过呢，你就应该想开点儿，放宽心住下来，对孩子好，对你也好，就算不习惯，你想想下一代的未来,不就值得了?他没有说话。对了,张薇薇说,你回来了吗?他说,带着孙子在外面,这就回去了。张薇薇说,你糊涂啊,这天气不好,少带孩子在外面吹风。是啊,别说我这身上,都润了一片。不过,天气预报说,寒流马上就过去了,张薇薇说,缓几天,再缓一缓,天晴了,春天也就来了,是不是?

背着小山进入安置点小区大门时,杨梦生决定,以后要学一学广场舞。

晚　课

一

　　如果不是实在太无聊，我不会注意到那个叫老路的陌生男人，也不可能特意去看他一次。

　　那年夏天的硫黄厂反常地热。深藏在黔西北大山里的这个小小的矿区，空气中弥漫着一股沉甸甸、热烘烘的尘土味。矗立在半山上的烟囱一日日吐纳灰色烟雾，阳光艰难穿过暗沉沉的气流层，无声地砸在地上，气温不降反升。不知道从什么时候起，也不知道从什么人的嘴巴里，传出了一个让人恐慌的小道消息。像病毒一样，小道消息迅速地悄无声息地蔓延开来。

　　暑假刚开始没多久，放假的兴奋劲流水一样溜走后，日子就变得平淡无奇了，无趣到我把家里存了几年的碟片看了两遍。实在没的看了，我就去镇上租片，白天黑夜地看。或者去找芋头和戴菲菲玩，去镇上打游戏、吃烙锅，去厂区附近光秃秃的山上瞎溜达。硫黄厂这地方吧，虽然小，但异常繁荣。它处在贵州黔西北大山深处，村庄与集镇之间，赶集的人们要经过这里；贯穿两县的县道从此经过，来来回回的货车、汽车总要在这里歇歇脚；

且这里开设硫黄厂和水泥厂，驻扎武警、劳改队，繁荣程度甚于两公里外的集镇，每天早上还有附近的农民沿着硫黄大道摆摊卖菜。街上人来人往的，有差不多一半是生面孔。因此，硫黄厂的常住居民要注意到一个陌生人，实在是有些难。

老路对硫黄厂的人来说，几乎是个谜。大约是春天快结束的时候，某天午后，一个五十多岁的陌生男人穿着一身破旧的衣服，顶着污糟糟的头发，拖着一个布满灰尘的行李箱，一副灰扑扑、破烂烂的样子，沿着硫黄大道，操着一口外地口音问，请问监狱在哪里？有人指着山洼处，这不在那里吗？他抬起手，也指着山洼处，就在那里？这时候，答他话的人发现他的左手的一根手指齐根断了，心里吃了一惊，面上却波澜不惊地说，就那呢。他从衣兜里掏出一张照片，对那人说，你看看，见过这人吗？那人仔细辨认了一会儿，非常认真地辨认了，告诉他，没见过。他说，没见过？那人确定地说，没见过。他客气地道了谢，往监狱走去。

他刚走，关于他的消息，就在硫黄厂传开了——一个陌生的外地男人，一个陌生的外地的断了一根手指的男人，一个陌生的外地的断了一根手指的拿着照片寻人的男人，就这样来到了硫黄厂，就这样来到了硫黄厂人茶余饭后的闲言碎语里。

老路在硫黄厂住了下来。他在离监狱不远处的路边，用石头、塑料布、废木材等搭了一个半人高的小棚屋，作为自己的家。这种小棚屋在硫黄厂比比皆是。从西边进入硫黄厂的山垭口开始，一直到监狱后面，沿着赶集的人们走出来的弯弯曲曲的小路，布满了类似的小棚屋，居住着刑满释放后无家可归的人，好像他们在硫黄厂服刑、劳改，已经习惯了这里的生活，舍不得离开似的。但他们又深知自己不是硫黄厂的人，所以从没有一个人，把房子建在居民区。他们沿着山路建房，从没有一所小棚屋到建出一个居住区。在硫黄厂，就这样形成了两个生活区，一个是沿着硫黄大道排布开来、再向两边扩散的居民区；一个是沿着山路排布，蜿蜒到监狱后面的棚屋区。山上早已经因烧硫黄变得光秃秃的了，只剩下他们的房子和一座座无人认领的坟墓错落排布。老路是第一个把棚屋建到生活区的人，也是第一个在硫黄厂建棚屋的非刑满释放人员。他家离监狱大门不远，背后就是硫黄厂大鱼塘，那里长着一排排的柳树，地上长满草，周围生活着几户人家，风景不错，和山上宛如两个世界。

安定下来后，老路依靠捡废品为生。他大多时候趴在鱼塘旁边的巨大的垃圾堆里面扒拉着，挑出对自己有用的废品，分类整理后，堆在他的棚屋周围。不工作的时候，他会沿着硫黄大道，拿着照片，问路过的人有没有见过照片上的人。从来没有一个人说见过照片上的人。他不停问，不停收到否定的回答。没多久，人们便知道他姓路，都叫他老路。至于他来自哪里，要干什么，在找谁，没有人知道。

二

去看老路时，我爸刚刚离开硫黄厂。暑假差不多过去一半的时候，我爸突然回来了，彻底打乱了我丰富多彩的暑假生活。从我懂事起，我爸就很少落家，我哥带着人家姑娘私奔到贵阳，被抓回来赔钱时他没回来，只寄了八百块钱来；我上初中那年开学的时候他没回来，只托人带回了三套衣服；我妈生病在卫生院动手术的时候他倒是回来过，付了医药费，匆匆走了……我一直不知道我爸到底在忙什么。我只知道他有时候在县里，有时候在市里；我只知道他脾气暴，声音大，手粗糙，打人力气大。每次他回家，都看我不顺眼，稍有不慎，我就会遭到拳头问候。好像我们之间沟通和交流的方式，就是拳头。我曾试图反抗他，但每一次都在他的拳头下以失败告终。我有"铁头"这个名号，多半与他对我的暴打有关系。以前我哥在家，先遭殃的必是我哥，后来我哥跑去了深圳，我被打的频率就远远高于以前了。我对他充满抱怨，有时候我甚至想，等我长大了，他要再打我，我非得打回去不可。我爸回家的第一件事，就是检查我的暑假作业，在得到只字未写的结果后，暴跳如雷，恨不得把我揍扁。他把我锁在房间里，不让看碟，不让出门玩耍。我唯一能做的事情，就是百无聊赖地在床上滚来滚去和在暑假作业上写写画画。这期间，芋头来找过我一次，被我爸赶走了，戴菲菲听芋头说我爸回来了，门都不敢上。我爸在家待了不到两个星期，又收拾东西走人了。

离开之前，我和我爸吵了一架。那天早上，我妈早早去厂里上班了，我爸一早就起来收拾行李，边收拾边嘟哝，又是叫我做暑假作业，又是安排我打扫卫生，又是让我听我妈的话。我听得烦了，就说你要走快走别吵吵。说来奇怪，我对我爸的拳头一向是惧怕的，但从来不示弱。从某种意义上说，我们骨子里的狠劲真是一样的。我爸说，不要让我临走还揍你一顿。我说你倒是打啊，谁不打谁是孙子！我爸不想当孙子，他出门去找棍子。原本家里就备了一根的，我趁他不备时丢了。我没跑。逃跑一般不是我的风格。他找了一根棍子来，不知道想到了什么，又突然发了善心，把棍子丢在地上，让我滚开。我说你让我滚我就滚啊。他忍无可忍，扬起手就给了我一个大耳光。我发誓，那是我挨的最疼的一耳光。我爸打完我，就拖着他那个布满灰尘的行李箱走了。我趴在窗户上，冲他的背影喊，你最好死在外面，永远别回来！他头也不回。我看着他的身影消失在去往集镇的路上，心里的小火苗又慢慢熄灭了，随之弥漫的是无尽的悲伤和难过。打心眼里，我是不希望他走的，即便他在家时很容易对我大打出手。上学时，那些同龄的人嘲笑我没有爸爸时，我嘴上笑着说我爸爸死了，心里想的却是他要是能待在家里该多好呀。

我第一次跟人打架是在小学四年级，就是因为开家长会时我爸没去，那阵子厂里忙得紧，我妈也没去。我就代表自己的家长参了会。会后班上几个混混就取笑我，然后我就跟他们打了一架。说是打架，实际上是挨打，我双拳难敌四手，被打得鼻青脸肿。回到家，我又被我妈抽了一阵条子，她坚信我是因为调皮捣蛋才被人打的。第二天，我找到一个机会，袭击了群殴我的那帮人中的一个。第三天，他们又再次群殴了我。来来回回打了一个多星期，直到我有了芋头这个朋友。说起来，我和芋头原本也不算特别要好，我们都在硫黄厂长大，一直都是认得的，但仅仅是认得。有一天，我发现我的"敌人"正在欺负他，把他打得直流鼻血，我一只手抓起一块断砖头冲上去帮忙，把敌人都打散了，救了芋头。那时候我想的是，敌人的敌人就是朋友，想要战胜敌人，就要团结一切被敌人欺负的人。这是碟片里说的，我妈就常拿碟片里的人教育我。芋头对我满心感激，他对我说，铁头，以后我们就联盟了，有架一起打。后来我们又团结了其他一些人，势力渐渐大了起来，再也没人敢轻易欺负我。我爸对我恨铁不成钢，但他并不懂如何管我，他以为只要扬起拳头就可以威慑我，但他没想到扬起拳头反倒让我更不听话。他常说，你再打，再打就得被送监狱。他指了指对面的烟囱说，像那些烧硫黄的劳改犯一样，天天为政府卖苦力。他说的话我一句都未曾听进去。

我爸走后，我感觉自由自在，无比轻松，在家里待了会儿，迫不及待地思考起该干点儿什么去。我决定出去找点儿乐子。去找戴菲菲吧，我告诉自己。戴菲菲住在两公里外的集镇上。很早以前，我注意到戴菲菲，是因为她那一头黄头发，非常扎眼。她常逃课，我也是。快要期末考的时候，我逃课从学校围墙翻出来，不小心摔在了墙下。那是一个我经常翻墙而出的地方，从来没有失手过，不知道为什么那天我就是失手了。疼痛让我一时不想动，瘫坐在地上，揉着膝盖，等疼痛感消失。当我准备起身的时候，戴菲菲从围墙上跳下来，骑在了我身上。后来戴菲菲常常约我翻墙逃课，我们逃了课，却不知道该去干吗，就结伴去山上玩，或者去游戏厅玩。戴菲菲的父母都去了广州，听说那里是个到处都是钱的地方，弯腰就能捡到钱。戴菲菲的父母就是去捡钱了。她问我，你爸妈呢？我说我爸也不落家，我妈在硫黄厂上班，我有个哥哥，在深圳。那我们都是没人管的孩子了，戴菲菲说着，伸手揽住了我的肩膀。在我爸回家前的我的暑假生活里，戴菲菲来找过我好几次。我无聊的时候，也去镇上找她。一想到戴菲菲，我就兴奋起来。

我下了楼，正锁门时，芋头突然向我跑来，一脸着急的样子。看到芋头我很高兴，我说，芋头，是不是又要打架了？对于打架，我一向是充满激情的。芋头喘着气，铁头，老路又在路边打听人了。我说，我爸刚走了。我竟不知道为何要告诉芋头我爸刚走了这个事。芋头不以为意地说，我知道，不然我敢来找你？我没有说话。芋头说，走。我说，上哪里去？芋头说，看老路。我说，有什么可看的？芋头说，你就不想看看他的断手？我对这个来了兴趣，断了一根手指，要是放在碟片里，一定肩负了许多的英雄故事。我甚至忘记了要去找戴菲菲的事情，跟着芋头走了。我边走边说，走，带我去会会老路。那时候，我觉得用"会会"这两个字，显得特别有气势，尤其是去跟人打架的时候，"去会会他们"显得特别酷、特别江湖。

那天不远处的镇上有集市，从村里去镇上赶集的人们，络绎不绝地在硫黄大道上走着。我们一前一后地走，有时候还需要侧身让一让。一辆拉硫黄的大车开过去，路面的灰尘腾起来，宛若一场大雾。远处传来喧闹声，两个少年喘着气朝我们跑过来，拐进了旁边的小路，随后五六个少年提着棍子追了过来，骂骂咧咧的。赶集的人们自顾自地走着。尘雾散了，追打的喧闹声消失了，身边都是脚步声。我们走到硫黄大道和会场路的交叉口，那里是一个丁字路口，人流会合，有些拥挤。

芋头指着路对面说，你看，在那呢。远远地，我看见一个老人站在路边，拿着一张照片，逐个问着什么。每个人都冲他摇头。他不断挥舞着手，艰难地说着话。他衣着破烂，头发乱而脏，身形佝偻，看起来很老。芋头兴奋地晃着我的身体，铁头，快看，他只有四根手指。我仔细看去，果然看到他挥舞的左手中，少了一指。少掉的是中指。我们穿过马路，走到他身边，他突然凑过来拉住我，神色充满希望，见过这个人吗？他把照片递到我面前。我有些措手不及。那是我第一次近距离看老路，他的脸上布满褶皱，眼球深陷，眼睛像两口快干枯的水井。我竟然有些害怕，不敢继续看他的眼睛，只好把目光移到照片上。照片上是一个穿着校服的少年，微笑着，露出一排整齐的牙齿，看年纪，也就跟我差不多大。我说没有。他的脸上闪过一丝失落，立马又充满希望地去问另一个路人。我们走到远处，坐在树荫下的石头上。芋头说，这是个疯子，经常在路上问来问去，还去垃圾堆里捡东西。我说，他叫什么名字？芋头说，不知道，都叫他老路。

三

老路到底在找谁，硫黄厂谁也没有个标准答案。流传最广的，也最被人相信的，是说他疯了，其实他自己也不知道自己在找谁，又为什么要找。有人问过他，却什么答案也没得到。我其实一点儿也不在乎老路是谁。芋头带我去看过老路的家，那家实在是寒酸。怎么说呢，只有我们家对面公共厕所的四分之一大，也可能四分之一都不到，我走进去都要撞着头。站在外面，可以清晰地看见里面的陈设：一张矮矮的窄窄的床，床上放着破旧的军大衣，可以确认是武警队丢弃的衣服；一张从垃圾堆里捡来的被当作餐桌的破茶几，上面摆着少得可怜的锅瓢碗盏，其余似乎也没有什么了。这样的家，在硫黄厂比比皆是，我们也早就看惯了——那些刑满释放的人的家，没有一个比老路家好。有时候我们去鱼塘或者去会堂玩，都会经过老路的家。有时候会看到他躺在床上发呆，似乎睡着了；有时候他佝偻着身子在鱼塘边巨大的垃圾堆里面翻找东西，垃圾堆很大，显得他尤其小，小得如果你不仔细看，或者他不动，你将以为那是一个什么黑乎乎的垃圾。

对硫黄厂而言，老路是一个可有可无的人，他本来就不属于硫黄厂，人们有时候会送他一些不需要的物件，从地里回来时也偶尔会给他一些玉米土豆之类的东西，但人们很快就会忘记他。他和那些无家可归的刑满释放的劳改犯看起来并没有什么区别。没过多久，硫黄厂的人们便不再八卦老路。他是谁、他来自哪里、他在找谁，这些问题，很快就没有人关心了。

我可从来没想过会和老路产生联系。我第二次去找老路，是和戴菲菲一起。每次戴菲菲来找我，我们都喜欢窝在我的房间里玩。反正我妈在厂里忙得不可开交，家里只有我一个人，我们爱怎样就怎样。我和戴菲菲来来往往，厮混了好几天了。

那天我爸大清早给家里来了个电话。他们在电话里嘀嘀咕咕地说着啥，好像说到了搬家之类的事情。挂了电话，我妈就悄悄对我说，我爸在县城弄了个房子。我大大咧咧地说，弄了房子我又住不上。我妈恨不得捂住我的嘴，让我小声点儿，生怕被人听了去似的。我想起流传的那个小道消息，便问我妈，以后我们去县城吗？我妈这次真的捂住了我的嘴。不要多嘴，她小心地再三叮嘱我，厂里领导最近在查谁传的谣言呢。我妈上班后我迫不及待地去找戴菲菲，想把我爸弄了个房子的事情告诉她，毕竟万一我们搬走了，就再也不能和她玩耍了。不料戴菲菲却找上门来了，不知道为什么，我到嘴边的话又咽了下去，终究没有说出这件事。

我们躺在床上，天奇热无比，我们身上像长满了泉眼，不停地往外沁水。如果我们一动不动，汗水几乎要将我们粘在一起。她无比烦躁地翻来滚去，真像一条黄鳝。她说，好无聊，好无聊啊。我突然想起老路，我说，我带你去找点儿乐子。戴菲菲来了兴趣。

那是一天中最热的时候了。我们沿着硫黄大道寻了个遍，没看到老路，就去了老路家。老路正躺在他那张矮矮的床上睡觉，发出很大的呼噜声。我指着屋里，对戴菲菲说，看，就是他，是一个怪人，是个疯子，整天拿着照片在路上问这问那。戴菲菲说，这么脏，有什么看的？我说你看他的手，他只有四根手指呢。戴菲菲好奇地问，真的假的？我见过有小耳朵的人和六根手指的人，但我还没见过四根手指的人呢。我说，真的啊，不信你去看。戴菲菲猫着腰就进了老路的家，打量着躺着的老路，然后她回头冲我使劲点头，好像在说，真的真的。

就在那时候,老路醒了过来,他一把抓住戴菲菲,定睛一看,似乎确认了什么,又松开了她。戴菲菲赶紧从老路的家里跳了出来,大声骂道,死老头,你想干什么?她一向如此泼辣。老路也不生气,他在床上翻了会儿,找到那张照片,把人像那一面对着我们,问,看看,见过吗?戴菲菲立马又好奇起来,她凑过去,看着那张照片,别说,还挺好看,有女朋友吗?她问。老路问,见过吗?戴菲菲回头看我,狡黠地笑了一下,见过……吧。她顿了一下,才说出那个"吧"字。我看见老路的脸上闪过一道光,是的,一道光,原本无精打采的他突然来了精神,激动地抓住戴菲菲的手臂问,在哪里?在哪里?戴菲菲被吓住了,想挣脱,却挣脱不了,忙说,我……我没见过,我认错人了。老路一听,又一下子垂下头,松开了戴菲菲。戴菲菲像虎口脱险,躲到我身后,探出来一个头,死老头,你来抓我呀。老路一句话也不说,重新躺回床上,继续睡觉去了。任我们再挑衅,他也不理了。

四

时间过得很快,转眼又要开学了。流传在硫黄厂的小道消息突然没了,无论是路边的麻将摊,鱼塘边的钓鱼帮,还是杂货店的大妈群,再也没人讨论,好像瘟疫一样,无人愿意触碰。那阵子戴菲菲尤其烦躁,我也是,越是接近开学,我们越是烦躁。一想到又要回到学校去,整天读那无聊的破书,我们就感到恐惧。

还没等到开学，我们又打架了。有天下午，戴菲菲哭着急匆匆来找我，说被人欺负了。我当时暴跳如雷，叫上芋头，带着戴菲菲，三人咋咋呼呼去了镇上，找欺负她的人。对方总共有五个人，正在街边打台球。他们看到戴菲菲，笑着围住我们，冲戴菲菲说，怎么样，考虑好做我女朋友了？趁着他说话的空当，我提起脚，踢向了那人的裤裆，那人痛苦不堪地蹲了下去。其他人见状，知道来者不善，纷纷挥舞着拳头打过来。虽然我们人少，但下手狠，以三敌五，竟然稍胜一筹。打完架，我们又去街上吃了顿烙锅才散去。

两天后，我和戴菲菲正在我家里玩，突然听到芋头在楼下叫我。我将头伸出窗户，看到芋头鼻青脸肿地站在楼下。芋头告诉我，那天他爸使唤他去镇上买东西，刚买好，准备往回走呢，几下就被放倒了，被打了不说，买好的东西还被抢走了。他斩钉截铁地说，就是他们，我看得清清楚楚。他说的他们，就是欺负戴菲菲的那些人。戴菲菲一听，跳起来，走，报仇去！我拉住她，等等，我说，这样打来打去也不是个办法，我们得下狠招，一次就教乖他们。戴菲菲和芋头盯着我，狠招？

只花了两天，我们就把那些人的基本情况摸清楚了。这帮人来自山里一个叫狗岩的地方，到镇上读书，租住在学校附近。这让我暗自庆幸，当时没有草率地去报仇。狗岩这个地方是出了名的偏远和贫穷，狗岩的人也是出了名的能打架，人野蛮，还团结。据说从很久之前起，狗岩的人就和镇上的人打过不知道多少架，镇上的人几乎就没有占过什么大的便宜。我有些犯难，这架打吧，肯定是没个结束的时候；不打吧，又掉面子，心里咽不下那口气。见我犯难，戴菲菲诧异地看着我，因为这不是我一贯的风格，难道你怕了，难道你他妈的怕了？戴菲菲很生气，你竟然怕了！芋头也不可理喻地看着我。

我犹豫了很久，最后决定，和狗岩人的这场架还是得打，而且要完胜。不然，往后我们还不常叫人欺负和看不起了？我们摸清楚狗岩人的租房处，计划等他们回到镇上后，趁他们半夜睡着时摸到各自的房里挨个修理，而且要狠，要让他们都知道我们的厉害和狠毒。戴菲菲和芋头对我的计划深为赞同。芋头说，必须得见点儿红。戴菲菲附和道，对，见红，见红了才能教训到人。我说，见红？我诧异地看着他俩。我们打过那么多次架，除了流鼻血，还没见过其他的红。他们俩异口同声地说，对，见红。戴菲菲同时还做了一个刺人的动作，好像她的手里真的有一把锋利的匕首之类的。

开学前一天下午，芋头激动地跑来找我们。那时候我和戴菲菲正在家里玩耍。那是暑假的最后一天，过了这一天，我们这样在家里想干吗就干吗的机会就不多了。芋头带来一个消息，狗岩人都回来了。回来了？我问他，你确定？芋头很确定地回答我，都回来了，我可守了大半天呢，错不了。我们都变得激动起来，预谋很久的一场仗，今夜就得打响，这让我和戴菲菲都一下子忘掉了芋头突然闯进来的不爽。我说，那就今晚行动。说这话时，我中气十足，声音铿锵。戴菲菲和芋头异口同声地回答，好。

那天晚饭我吃得心不在焉，边吃边瞅我们家剁猪腿的那把砍刀。吃着吃着,我和我妈吵了起来。起因也很简单,我妈嫌我吃饭不认真,批评我,我顶了两句。我妈说怕是你爸不在家我就真的管不了你了,我说你别跟我说他,他连自己都管不了。原本只是小火苗,扯到我爸身上就成了大火,灭不下去。我妈要打我,我躲,我妈气急败坏地摔了一只碗过来,也是不巧,那只碗就在我头上碎了,我只感到一阵疼痛,血就冒了出来。我妈吓坏了,忘记了吵架,拉着我要去卫生院,我把手一甩,上了楼摔门进了屋,自己用卫生纸擦着流下来的血,又撕开一小包头痛粉,照着镜子往伤口上撒。伤口倒也不大,血轻易就止住了,我心里的火却止不住地往上冒。我反锁着门,我妈在门外喊我,我也不理。我怕我一开门,我们母子俩又要干起来。我妈没辙,自己去睡了。

晚上十点,我按计划下了楼,走进厨房,拿起那把剁猪脚的砍刀,掂了掂,感觉沉沉的。我想了想,换成了那把切菜用的菜刀,拿在手里比画两下,打开大门走出去。开门时我妈在房里问我去哪里,我没好气地说,上厕所你也管啊。我真的去对面的公共厕所撒了一泡尿,尿完的时候浑身打了个战,然后迫不及待地赶到鱼塘边,戴菲菲、芋头已经按约定在那里等着我了。我们坐在冰凉的水泥台阶上,清点从家里偷出来的"武器"。我带了菜刀;戴菲菲带了匕首、水瓶和辣椒面,她用水瓶和了一点儿辣椒水,说万一对方突然醒来就先给洒一脸的辣椒水;芋头背了个书包,从书包里掏出了一把锤子。

五

时间尚早，我们坐在鱼塘边上等夜深。鱼塘宽阔，几近于圆形，有高墙围住，大门是铁门，但多处墙体已塌，门形同虚设，也便不锁了。我的右边是一排四层高的楼，楼下是大大的垃圾堆，楼那边是硫黄大道；正前方是会堂路，路对面是老旧的大会堂；左边是草地，草地边上的两层高的小楼，居住着厂里的干部；背后则是一个斜坡，长着杂草。我们百无聊赖地坐在台阶上，有风吹来，夹杂着丝丝热气，混合着腥味。无处不在的蚊子总是偷偷地咬上我们几口。寂静的鱼塘边，时不时地发出一阵拍蚊子的声音。

夜越来越深，我们的腿上，留下了不少蚊子叮咬的痕迹。突然，左边的两层楼里传来刺耳的争吵声，一男一女吵了起来，声音很大，附近的人纷纷开门出来看，又很快回家关上了门。争吵声变成了哭泣声，哭泣声又变成了咆哮声，最后又变成了哭泣声，哭泣声渐渐变小，终于没了。一切又静下来。我们把心思收回来，发现在出神听吵架的时候，又被蚊子咬了几口。

没来由地，我想起了我爸，想起了他在家时门外嘶吼般的争吵，心里非常难过。芋头在身边黯然地来了句，原来我爸妈也吵，现在听都听不到了。我们都陷入沉默，各有各的悲伤。芋头的爸妈离婚后，他妈不知道去了哪里。现在，他爸天天喝酒，除了骂人，似乎已经不会说其他话了。终究是戴菲菲忍不住，说别他妈伤感，一点儿也不酷。瞬间，大家有种收拾旧山河的意思，马上调整了情绪。

然后,我们将武器装进芋头的包里,起身出发去镇上。那时,硫黄厂已经很安静了,除了半山上的风机口发出的呜呜呜的声音,几乎就没了其他声音。山上的烟囱上,闪着星星点点的火光。我们跃过倾塌得只剩一半的鱼塘围墙,像三只野猫似的踩着草地往前走。突然,近处传来一声吼,嘿,三个小娃,大晚上的去干啥?声音来自老路。老路正坐在那几乎不能叫作家的家门前,用矿泉水瓶往嘴里灌着什么。

心里有鬼,所以被吓得不轻,我们心生不爽,齐齐走了过去,决定耍一耍这老头。嘿,老头,戴菲菲率先开了口,吓人啊。老路又咕咚咕咚喝了一口,把瓶盖盖上,我以为强盗呢。你才强盗,芋头说。老路说,大晚上不睡觉,三个小娃是要干什么?玩,我说。戴菲菲却说,准备打架去。老路愣了一下,随后一脸怀疑,就你们仨?仨小孩?我有些不高兴,就我们仨,不够?老路说,你们呀,还太嫩。戴菲菲来了气,要去和他理论,被我拉住。别理他,我说,我们走。我们走了几步,身后传来老路的笑声,哈哈,三个小毛孩,你们能干啥?

杀人,见过吗?芋头气势汹汹地冲到老路面前,比画了个夸张的动作。我想要去阻止,已经来不及,芋头打开包说,看,刀,看,锤子。一时间,我和戴菲菲、老路都有点儿傻,只剩下芋头在那里夸张地叫嚣着,看看,能不能杀人?能不能杀人?怕了吧。等我反应过来,老路已经拿起身边的瓶子,盯着我们三人问,敢不敢喝点儿?谁怕谁,芋头转头看着我和戴菲菲,喝点儿就喝点儿。戴菲菲看了我一眼,喝啊,我怕你?我赶紧拉住她。她甩开我,你怕什么?老路从家里搬了三把破塑料凳子,让我们坐下。他给我们一人一个杯子,往里面倒酒,说,尝尝。我尝了一口,又苦又辣,像一把火从舌头烧到喉咙里。我想叫戴菲菲不要喝,却发现戴菲菲已经一口喝掉了差不多一半。这让我和老路同时都有点儿吃惊。再看芋头,芋头也正埋头抿着,我只得再喝了一口。

我穿得少,感觉凉飕飕的,手脚冰凉,喝了几口,暖和了些,竟然也有些想喝起来。我感觉酒这东西,辣是辣了点儿,但是刺激,喝的时候难受,但回味起来却有种怪怪的享受感。换个说法,就是很酷。我们都喜欢酷酷的感觉。

老路喝了一口,看着我说,你是头?我说,我叫铁头。老路说,不是,我是说,你是不是头?这回我听懂了,我看了看戴菲菲和芋头,发现他们俩也看着我,我有些难为情,算……算是吧。芋头突然跳起来,我……我才是头。戴菲菲也跟着说,我才是,你们俩,都得听我的。我们三人吵了一阵,老路看不下去了,他说,要不,喝口酒再争到底谁是头?

慢慢地,我感觉头开始痛起来,感觉老路、戴菲菲、芋头的脸在我面前晃来晃去的,我心想他们都喝醉了。老路问我,醉了吧?我说,你才醉呢,你们都醉了。老路哈哈大笑,还去打架?老路这一问,我们突然想起要去打架的事情来,都艰难地站起来,大声说,打,必须打!老路说,万一打不过呢?我说,必须打得过。老路说,那万一打出事呢?我大声说,出事就出事,不怕，谁怕谁孙子。我说走呀，打架去，却没有一个人回应我。我使劲摇晃脑袋，想让自己清醒些，却发现戴菲菲和芋头各躺在一边，傻傻笑着，胡乱说着什么。没出息，这点儿酒就给干趴下了，我埋怨着他俩，跟跟跄跄地准备上路了。

砍掉的——我还没走远，身后突然传来这么一声。我回过身，什么？砍掉什么？我看见老路一如既往地坐在那里，伸出左手，晃来晃去，他动得快，我只感到模模糊糊的，看不清楚。你们所有人都好奇，我这手怎么了，我来这硫黄厂拾荒干什么，我来告诉你为什么。我莫名来了兴致，转过身来，坐在凳子上。怎么回事？老路好一会儿没说话。他似笑非笑地看着我，喝一口酒，看一会儿，又喝一口酒。

六

老路的家在四川靠近贵州的一个县城边上，年轻时，他娶了媳妇，生了儿子，家里穷，日子过得紧巴巴的。儿子长到快十岁，媳妇撇下父子俩跟外来的一个小生意人跑了。

我说，真狠。

老路说，怪不得她，家里实在太穷了。媳妇走后，他一心想赚钱，贷款跟朋友做起了生意，把儿子丢在了爷爷奶奶那里。爷爷奶奶爱小孙子呀，对小孙子好得不得了，但毕竟年纪大了，管也管不了。他十天半月回趟家，有时候两三个月才回一次，每次回去儿子变化都很大。

我说，跟我爸一样。

老路说，你爸怎样？

我说，也是在外面跑，我也不知道他在干吗。不落家，一年也就回家两三次，还每次回来都揍我。唉，你接着说，别问我。

老路说，就是了，我每次回家，也都揍儿子，因为儿子太不听话了，捣蛋顽皮都不说，主要是隔个两三天就闯一次祸，尽给二老惹麻烦。那时生意做得不温不火，压力大，在外受尽了气，回到家还得处理儿子的破事，常常情绪失控。

我说，这就是你当爹的不是了，平时自己不在家看管儿子，只知道揍。

老路说，当时哪里想得到那么多，没想到事情越来越严重。有一年，夏天风大，儿子自己趴门框上，一阵风吹来，开着的门被吹回来，把小拇指给砸断了。他当时忙啊，急着去外地拉货，看到儿子在病床上痛苦不已，却说，哪有那么疼。他自己小时候没少磕这磕那的，没上过医院，也没觉得多疼。他交了住院费，就走了。

我说，敢情砸断手指的不是你。

老路喝了一口酒，长长地叹了口气，他从外地拉货回来，又忙着到各个乡镇去发货，再回到家的时候，儿子已经出院了。打那以后，儿子就不愿意跟他说话了。

我说，要我我也不理。

老路说，后来儿子就彻底不理他了，见到他跟见仇人似的，除非需要用钱，否则决不和他说话。儿子越来越叛逆，打架、逃课、进游戏厅，还收保护费。有一次一个同学进教室的时候撞了他一下，他就暴打了人家一顿。打一顿就算了，他还用水果刀把人家小指指尖给削了。

我心里一紧，感觉身上起了一层鸡皮疙瘩。我说，你这儿子也真够狠的。

老路说，可不是嘛。那时候他儿子十五岁，他找了个关系，花了七八千块钱，把事情给平了。事后他又把儿子打了一顿，狠狠地打，儿子倒是不还手，不出声，就忍着给他打。

老路说到这里，使劲喝了一大口酒。他喝得太快了，以至于呛了出来，喷了我一身。我擦了擦脸上的酒水，看到老路满脸潮湿，说不清楚是酒，还是什么。我突然感觉自己有些晕。我喝得有些多了，早该醉了。

我说，然后呢？

老路顿了好一会儿，才说，十八岁刚满，儿子跟一群小混混过完生日，从卡拉OK出来，和一个过路的学生发生口角，用一块砖头，没轻没重地，把人家的脑袋砸得稀巴烂，差点儿要了命。

我感到一阵眩晕，眼前浮现出那个血淋淋的场景，胃里突然翻江倒海起来，我感觉自己忍不住了，转身呕吐起来。吐爽了，我接着问，然后呢？

老路埋着头，庭审的那天，儿子指着他咆哮，说这一切都是因为他。如果儿子手指被砸断的时候他当回事，一切就不会这样。老路说着，使劲喝了一口酒，这次一点儿也没喷出来，全部都缓慢地咽下去了。我看到他的喉结使劲地上下摆动了一下，然后老路倒在地上,像一条鱼那样,使劲地摆动了一下身子,再也不动了,变成了一条死鱼。

我吓了一跳,晃着身子,伸手去探老路的鼻息,感觉他还有气,心想应该是醉倒了。我站起身,踢了一脚芋头,像在踢一头死猪。我又去拉戴菲菲,却一阵天旋地转,浑身无力地砸在了地上。

七

闭上眼睛,我的眼前浮现出我爸离开的那个场景,他提着大包,沿着硫黄大道走着,身影越来越小,在几乎看不清楚的地方,他回了一下头,看了眼窗户内的我。我使劲睁开眼,想爬起来,眼皮子却越来越重,竟慢慢地合上了。

我做了个梦,梦到有一天半夜,外面传来剧烈的响声,房子使劲地震了几下。我爬起来,推开窗一看,对面山上一片火光。烟囱塌了,四下传来一阵阵尖叫声。接着又是一阵震动和轰然巨响,硫黄厂所有的烟囱都塌了。人们从厂里惨叫着跑出来,硫黄大道上到处都是人,人们一浪一浪地往镇上的方向逃。我想起我妈,我大声喊着,妈,妈。喊了几声才想起来,那天我妈上的是夜班。人群中,我看见我爸艰难地逆着人流,向我们家的方向跑来……

我是被冷醒的。天边已经露出了鱼肚白。我发现身上盖着一层薄薄的毯子,应该是老路给我盖上的。我的衣服被露水打得湿润润的,头很疼。我艰难地爬起来,看见戴菲菲和芋头还躺在地上,他们身上的毯子看起来像床单,又有点儿像窗帘。老路坐在棚屋里,干咳了一声,醒了?

我晃了晃戴菲菲,戴菲菲揉揉眼睛,干吗?我说天亮了,起来吧。戴菲菲爬起来,跳过去踢了芋头一脚,芋头立马爬起来,谁?谁?戴菲菲哈哈大笑。芋头清醒了些,自言自语道,睡过去了。他过来拉我,走,干架去。我晃了晃身子,头一阵剧烈疼痛,到底没有被拉走。芋头不可置信地看着我。戴菲菲说,算了吧,打来打去,多没意思。我点了点头。

我看了下周围,发现周围很干净,破凳子没了,酒瓶有序地堆在了墙角,芋头的包瘪瘪地躺在一旁。我问老路,包里的东西呢?老路又举起瓶子喝了一口,指了指房间角落说,我给没收了,卖废铁。我说你还能喝啊,我现在头痛得不行。老路说,我这是水。我吃了一惊,想起来昨夜他可是一直拿着这个瓶子和我们干。我再一次感觉头痛欲裂,我说,竟然都在地上睡着了,得回家去了。老路说,去吧。

我、戴菲菲和芋头相互搀扶着,离开了老路家。走出去好远,我才想起什么。我说你们先走。我又跑回老路家。老路依然坐在床上,似乎知道我会回来,问我还想问什么。我问,后来呢?老路摊开自己的手,后来嘛,我……我就剁了它,作为对自己的惩罚。我说,那你疼吗?老路说,心比肉疼。这些年,我荒废了生意,到处打听儿子的下落,知道他到了这里服刑。老路说完,躺倒在床上,闭上了眼睛。

我想起来一件事，我说，你知道吗？几个月前，春天的时候，烟囱上掉下来一个劳改犯，化成了灰。我指了指对面半山上在微光中闪着火光的烟囱说，就是那里。老路没有说话，只是摆摆手，示意我快走。

我心里涌起一阵悲哀，说不上来什么原因，好像有一口气堵在嗓子眼里，说不出话来，怪难受。我顿了一下，说，大家都在说，这地下的硫黄矿快挖完了，硫黄厂开不了多久了，到那时候，武警队和劳改队都要迁走，你怎么办？老路没有回答我，他还是一动不动地躺着。我又问他，到那时候，你怎么办？他依旧没有回答。我想他是睡着了。

天真的快要亮了。走在回家的路上，风一吹，我竟打了两个冷摆子。天要变凉了。风吹来硫黄刺鼻的味道，一排排烧硫黄的炉子在灰暗天幕下默默地闪着微光，高处的烟囱不厌其烦地冒着灰烟。一切都没有变。我还穿着头天穿的短袖、马裤、拖鞋，顶着跟昨天一样乱糟糟的头发，像一场梦。我越走越快。我莫名紧张起来，不由得加快了脚步。

大河东流去

一

叔叔回来的那年夏天，一场突如其来的大雨下在了落水湾。

倾盆大雨从白天下到黑夜，又从黑夜下到了白天，从未停歇。人们呼天抢地，传言说天漏了，河水就要朝天，他们纷纷拿出锄头、镰刀、耙子、背篼等农具，摆放在庭院里，冲着倒灌一般的雨水对天祈求：苍天啊，不要再下了，可怜可怜我们庄稼人吧。大雨淹没了村民们的声音，苍天一个字也听不到，只顾玩命地下着雨。

有人透过狭小的窗户，看到雨幕中有一个黑影，从村口移来，于是好奇地睁大眼睛，把头伸出窗户，看着那个黑影走进村。直到他走近，好奇的人才依稀辨认出来，来人正是离开落水湾多年的叔叔。叔叔脚踩一双结实的高帮皮鞋，披着一件部队上发的厚实大雨衣，脑袋窝在雨衣的大帽子里，目不斜视地冒着大雨走着，发出"吧嗒吧嗒"的声音。

那时候，二爷爷正坐在地火边唉声叹气，这大雨是没完没了了，要是把天下破了，地里的庄稼可怎么办？二奶奶说，由它下着,老天不要我们吃饭,谁也没办法。门"吱呀"一声开了,叔叔高大的身影站在门外。二爷爷和二奶奶都一下子惊住了,他们差点儿没认出叔叔来,叔叔也没有提前告诉他们要回来。爸,妈,我回来了。叔叔走进屋,站在地火边,摘下雨衣帽子,脱掉雨衣,露出一身有些湿润的军装,很神气。整个过程中,二爷爷和二奶奶都死死地盯着他的左手,眼里充满疑问,儿啊,你的手……

雨再大,叔叔回来的消息也还是像个爆炸性新闻,第一时间传遍了落水湾。

叔叔是全落水湾第一个当兵的,但走的时候一点儿也没有去当兵的样子。别人家孩子去当兵,都是被村里人簇拥着戴着大红花送出村。但叔叔走的时候,悄无声息,只有二爷爷陪着,二人一前一后一言不发地出了落水湾,几乎可以用逃来形容。在那之前,叔叔偷了别人家一只鸡,拿到镇上去卖了,被查了出来,二爷爷很生气。叔叔从小就有些不听话,闯祸结怨就算了,偷东西可容不得,于是二爷爷赔了人家一些钱,又把叔叔暴打了一顿,说,送你去当兵吧,我管不了你了。

叔叔走后,村里人都说,他这回更是惹不得了,以前就不服管教,当了兵学了本领,回来还不得称王称霸?叔叔去了好几年,一次也没回来,家里为他准备好了娶媳妇的钱和房子,他还是没有回来。人们就说,他不会回来了,谁会念着落水湾这种落后贫穷的地方呢?又有人说,就算回来,也肯定是飞黄腾达、衣锦还乡。

谁也没有想到，叔叔会以这般模样回来。他的左手从齐手腕处断了。

第五天清晨，大雨终于停了，人们收回庭院里的锄头、镰刀、耙子、背篼等，伸着懒腰，迫不及待、不约而同地怀着好奇心来到了二爷爷家，围住叔叔。

你的手是怎么了？他们对叔叔的断手很好奇。

是被人砍的吧？有人抓起叔叔的手，打量着他光秃秃的手腕，你看，齐刷刷的，一丁点儿凸起都没有，是被敌人砍的吗？那人说完，又赶紧放下叔叔的手，稍微往后退了退。

其他人来了兴致，七嘴八舌地追问，是哪个国家的坏蛋？有没有被消灭？……对了，断下来的那一截手呢？

不知道是谁冒了一句，不会是部队上又偷东西了，被抓住打断的吧？

叔叔原本笑着的脸突然僵住了，面容有一些扭曲，眼神里仿佛含着一些难言之隐。围观的人都吓得不敢说话，他们在叔叔当兵前就已经领教了叔叔的厉害。但很快叔叔脸上就恢复了自然，动了动嘴，有了要说话的意思。大家都很期待，以为他要说自己的故事了，都眼巴巴地看着他。结果他说，乡亲们，口干了吧，我给大家倒杯水喝。二爷爷用半人高的旱烟杆敲了敲又矮又圆又大的土地火，咳嗽了起来，大家便安静下来。二爷爷咳了五声，喃喃地说，大伙儿说，这样，可怎么办啊？

没人给二爷爷出主意，他们你看看我我看看你，都没辙。落水湾可从来没有出过断手的人，叔叔是第一个。良久，有人说，这手是当兵时断的,应该国家负责。大家眼前一亮,哦,对,国家负责,该国家负责。

这时候,叔叔站起来,跳到一张板凳上,举起断了的左手,像举起一根壮壮的秃秃的木材。他说,大家就别为我这手操心了,看看,虽然断了,但我不一样活得好好的吗?吃饭、睡觉、干活和揍人,可没有一样事是干不了的。

有人说,胡说,锄头把你都握不住了,地也就刨不了了。

叔叔说,活儿又不只有刨地。

……

正在大家为叔叔该怎么活下去争论不休的时候,有人从村外往村里跑来,边跑边喊,不好了,大河涨水了!大河涨水了!人们听到喊声,都不以为意。村外的大河是千里乌江的一个支流,浩浩长江的一部分。一路流淌而来,到落水湾,深陷在群山底部。峡谷像一道深深的伤口,把河水死死地捏成一道长长的绿带,再汹涌、再狂野的水也挣脱不出它的手掌心。

每年雨季,大河都少不了要涨水,人们世世代代生活于此,早就习以为常了。但奔跑回来的那人,依然疯了似的大喊,不行了,不行了,大河涨水了!他恐惧的神情,颤抖的声音,让人们慢慢紧张起来,面面相觑,不知如何是好。叔叔从板凳上跳下来说,走,看看去。他在前面开了道,往村外跑去,人们便跟在后面。

大河涨水了,涨得很高,几乎就要翻过山垭口了。大河年年涨水,但从来没有涨过这么高,至少活着的人都没见到过。人们被吓坏了,有人语无伦次地说,河水真的是要朝天了。河水朝天,是落水湾祖祖辈辈口耳相传的一个传说。传说很久很久以前发生过一次河水朝天,有一对兄妹,坐在一只大木瓜里,在水面上漂荡,侥幸存活下来。等到大水退去,兄妹俩从大木瓜里面爬出来,发现除了他们二人外其他人都淹死了,他们成了幸存者。在熬过七七四十九天之后,哥哥对妹妹说,现在只剩下我们两个人了,只有我们结合在一起,才能繁衍后代,不然我们一死,人类就真的灭绝了。妹妹很为难地说,可是我们是兄妹,我们不能结合,否则会遭天谴的。哥哥也怕遭天谴。于是他们想了很久,决定问问上天的意思,兄妹俩一人背着一块圆石,爬到落水湾边大云和羊山两座相邻的大山顶上,将石头滚下来,结果两块石头滚到一起,紧紧结合在一起;兄妹俩又站在山顶上,各点燃了一把大火,火烟盘旋而上,又扭成圆圆的一股……这是上天的意思,所以他们结合在一起,才有了后来的人类。这传说一代人讲给一代人听,可从来没有人当过真。

大河浩浩荡荡,雄浑凶猛,奔突着向东涌去,很是恐怖。人们被吓坏了,边往回跑边喊,是真的,要朝天了!要朝天了!叔叔跑到众人前面,张开双手想要拦住大家,大家别胡说,哪有什么河水朝天?我们这里是云贵高原,就算大水要淹,也得从平原淹起,大家不要怕。没有人听叔叔的,他们一溜烟跑回村里去了。

当村民们忙着拿出家里最好的食物,找出最宝贵的物品,拿出珍藏的钱款,准备趁河水朝天之前消耗掉时,叔叔面向大河,一个猛子扎了进去。

二

　　有人远远地看见叔叔扛着一个红色的东西回来，那东西软塌塌地挂在叔叔的肩上，看起来不重，因为叔叔步履很稳，一点儿费劲的样子也看不出来。等到走近，那人才看清，叔叔扛回来一具穿着红衣服的尸体。那时，人们已经把家里值钱的东西清点完了，有的人已经准备步行三小时出发去镇上。但当他们看到叔叔扛回来一具尸体时，又都纷纷围了过来。

　　他们把叔叔拦在村口问，咦？这是怎么回事？

　　叔叔头发和衣服都是湿漉漉的，他擦着汗，说，河里捞的。

　　大河里？那么大的水，你跳进去？你不怕死？

　　叔叔喘着气说，就是大河里捞的，不怕死，我在部队上学过游泳，还拿过冠军呢，我不怕。他又轻声补充说，现在是有一点儿怕，但跳的时候没想。

　　他们让叔叔把人放下来，对他说，死人不可随便送进村。再说了，不明不白的一个人，人家家里人来找，你脱不了干系的，人家会说谁知道自己家人是淹死的还是被人怎么整死的。

　　叔叔不屑地说，怎么会，人没那么坏的。话是这么说，他还是把尸体放了下来。人们这才看清，叔叔捞回来的是一具女尸。大红上衣和蓝色裤子上尽是污垢，但偏偏脸部很干净，看起来眉清目秀，年纪二十多岁，长相很是好看，就是脸白得不行。叔叔说，脸是他洗干净的，人都已经死了，把脸洗干净，算是做一件善事，这样好看的姑娘，哪里容得下自己脸上有半点儿尘土？

人们纷纷猜测起来。出过远门的人说，从落水湾往上，是纳雍县维新镇，再往上是毕节。从装束上，他们断定躺在地上的这个已经死去的姑娘，不是维新镇上的，就是毕节城的，不管是哪里的，一定是有钱人家的姑娘。

他们对叔叔说，好好守着，等人家家人来找吧，少不了给你一笔钱。

叔叔说，我把人捞上来，可不是为了钱。

一具被大水冲来又被叔叔捞起的女尸并不能影响村民们的任何决定，他们依旧忙着各自的事情，毕竟河水这就要朝天了。村民走后，叔叔就地搭起了一个小窝棚。那几天，落水湾笼罩在一片难以名状的恐惧和悲伤中，人们都闲了下来，吃着最好的食物，穿着平时舍不得穿的新衣服，日子过得很好，却依然充满绝望。只有叔叔忙着，他在窝棚里用米草和竹子架了一张简易的床供自己睡觉，白天黑夜地守在那里，旁边的地上铺了一张席子，上面躺着那具女尸。偶尔有人想着去找叔叔聊聊天，他们对叔叔在部队上的经历尤其是他的那只断手充满好奇，但他们只要走到窝棚附近，就不敢往前了。他们怕。

有一天，二爷爷终于忍无可忍，依旧挂着他半人高的旱烟杆，来到村口，远远地站在窝棚外，大声喊，儿啊！我的儿！叔叔走出来问，爸，你叫我什么事？二爷爷说，你到底还要守多少天？那点儿捞尸钱不要了行不行？叔叔用断了的左手靠在窝棚摇晃的柱子上，右手揉着眼屎，冲二爷爷说，爸，跟你说多少次了，我不是为了钱。二爷爷说，你看你回来多少天了，可在家里睡了几天？你寻点儿正经事情干可好？手断了，也有手断了的活儿啊，你这么守着个尸体算怎么回事儿？叔叔说，爸，你回去吧，说了你也不懂。二爷爷有些生气地回了家。

叔叔在村口守了好几天，都没有人来寻尸。尸体已经开始发臭了。村民们不高兴了，督促叔叔赶紧处理掉。无奈的叔叔便来到河边，在坡地上寻了一块向阳的荒地，请人挖了个坑，把那不知道叫什么名字的年轻姑娘给埋了。

埋完人时，河水已经退了一半儿，人们站在坡地上，看着依旧混沌不清的大河，陷入沉默。他们的心里五味杂陈，河水朝天的谣言不攻自破，天下灭绝不了，但他们感觉不到开心，因为能吃的食物已经吃得差不多了，能花的钱也都花得差不多了，接下来该怎么办，这是他们面临着的新的绝望。但这毕竟只是一时的事情，他们回到村里，打了素炭，消了身上的晦气，就重新拿起锄头走进田地，把大风吹倒的玉米扶起来，把大水冲垮的土坎砌起来。那些倒地的玉米和垮掉的土坎也没关系，早一点儿晚一点儿，只要记得去扶、去砌，它们就还是能差不多回到原来的样子。

等所有人都忙起来时，叔叔却闲了下来。他的手真的抡不起锄头把了，挖地已经成了不可能做到的事情，连一根倒地的玉米秆都难以扶正固稳。在落水湾，一个被锄头抛弃的人也意味着同时被生活抛弃了。人们都说，他真的是废了。闲下来的叔叔，这里看看，那里走走。有时他会穿上一身军装，一个人来到大河边，面对大河久久沉默，思考着什么。看牛的孩子喊他，那个断手的,你在想什么?他不应。干活儿的人远远看着他说,你可别想不开,手断了没事,气还没断呢。有时候,叔叔早早地去跑步,把"一二一、一二一"的口号,送到村民们的耳朵中。像疯了一样,这话是一些村民说的。

大河重新回到原来清澈的样子,差不多用了一个月。叔叔的脸上也慢慢有了一丝奇异的光。有一天,他早早起了床,穿上军装,出了门,径直往大河边走去。中午回来后,叔叔顾不上吃饭,张罗着,雇了几个年轻力壮的人,围住了二爷爷的一棵大树。

兔崽子,你要干什么?赶来的二爷爷用旱烟杆指着叔叔,大声呵斥。

造船,爸,我要造一艘船,渡河用。二爷爷站在大树下,大声说,你你你,儿啊,你到底还要折腾什么?!二爷爷恨铁不成钢的样子,你就给我好好在家待着,行不行?

叔叔把绳子递给一个人,安排他爬上大树捆绳子。爸,我还没废呢,你不要管我,你的树,我会折成钱给你的。

二爷爷说不过,眼不见心不烦,拧身走了。

我的断手叔叔决定成为一名船夫,在村外开设一个渡口。说开设也不合适,村外原本是有渡口的。大河是大方县和纳雍县的交界,渡口就是附近几个村庄连接纳雍的最便捷的通道,后来老船夫死了,再没人干渡船的活儿,人们去往纳雍便只能绕道而行了。没几年,老船夫的船破了,被水冲走了,渡口荒废了,小路也被野草淹没了。

船造好了，二爷爷的气也早消了，关心地问，你一只手怎么撑船？

叔叔一乐，很自信地说，渡船不要力气大，只要四两拨千斤。

木船下水时，叔叔挂了红布头，杀了红公鸡，点燃一串鞭炮。鞭炮声很大，在峡谷间隆隆作响，人们都捂住了耳朵，只有叔叔没有。他站在船头，看着天空，等鞭炮响完，才说，这声音和打子弹的声音还真有点儿像。

人们来了兴致，又想问他部队上的事情，他却话锋一转，来，烫鸡、喝酒、吃肉。

三

成了船夫后，叔叔就忙了起来。他在渡口不远处的山崖下，寻了个安全的地方，搬来石头和树干，搭建了一个窝棚，里面砌了火台，置一些简单的锅瓢碗盏，铺一张简单的小床，作为自己的休息之处。夏天，他时常在那里过夜，冬天则只用来供白天休息。

有人要过河，走到山垭口处，打上一两个哦嚯，一路哼些山歌，到了叔叔的窝棚下，叔叔就从窝棚里钻出来，跳到狭窄的路上，来到渡口，把人渡到对岸去。夏天里落水湾的孩子们喜欢到大河里去游泳，常常给叔叔吓一跳，他把他们赶走，虽然常被孩子们记恨，但反倒受了村民的喜欢，因为村民反复嘱托他看到孩子下河就赶紧赶走他们。冬天里他每天早早出门，傍晚回来，有时候半夜还要去开一趟船，因为过河的人多。他跳上船，右手抓住竹竿，左边腋窝紧紧夹住竹竿，往河底一用力，船就漂了出去。他看起来，一点儿也不费力，真有点儿四两拨千斤的意思。

叔叔渡船不收钱，每年每家会给他交一斗玉米，落水湾的人都是自己送上门，但外村的往往需要叔叔上门去收。这样下来，一年倒也存下不少粮食，加上从部队回来时带了一些钱，叔叔的日子过得还不差。唯一的不足是，他没有媳妇。二爷爷和二奶奶张罗着去远一些的村庄说了几个，姑娘家一听叔叔是当兵回来的，都很乐意，但一看到他的手，脸色就变了，谁也不愿意嫁给一个断了手的人。叔叔倒也不急，就那么一日日地过着。

有一年冬天，天快黑时，叔叔从外村收粮回到家门口，一下子栽倒在地上，晕了过去。醒来时，他已经被人抬到床上躺了好久。据他说，天黑时他走进院门，感觉很黑，这时候有一只大手，冲他挥了过来，他躲闪不及，被一巴掌打倒在地。

二爷爷说，哪里来的人？这落水湾能有人一巴掌把你打倒？谁不知道你当过兵，体格好？

人们附和着，就是，就是。

叔叔说，怎么就没人信我呢？

人们说，你说得太假了，鬼才信你。

叔叔爬起来，发现自己并无异样，只是很饿，赶紧给二奶奶说，妈，我饿。

看着叔叔吃完一大碗面条，大家很放心，纷纷说，知道饿，

239

还想吃东西，证明没事了。

那次晕倒，叔叔把原因归结为收粮背的东西多，加上又饿又累，低血糖才晕倒的。但那之后，叔叔的身体就越来越不好了，人瘦了下来，常常感到头晕、没力气，精神也有些不太正常了。去镇上检查，没问题。来年春天快结束时，人们又把叔叔送去县里检查，结果还是一样。医生说，无大碍，多注意休息，按时饮食就行了。

从县城回村的路上，叔叔睡着了，再醒来已经到家。他感到口干舌燥，想喝水，二爷爷就赶紧给他打了水。喝了水的叔叔说，爸，我做了个梦，梦到一个红衣服姑娘一直在追我，我一直在跑，爸，你说我为什么要跑？

二爷爷、二奶奶和村民们都愣住了，谁也没有说话。有人想起了叔叔刚回到落水湾那年他从大河里捞起的那具红衣服女尸。

晚上叔叔睡着了，村民们还聚集在二爷爷家里，低声商量着什么，一直到深夜。第二天天刚蒙蒙亮，二爷爷就差了人，急匆匆出了村，晌午时分，那人领着一个白胡子的算命先生，到了叔叔家。

叔叔正坐在院子里晒太阳。自从身体不好后，家里人便不让他渡船了，他一天天闲得无聊，就睡觉和晒太阳。他半靠着，把玩着手里的一枚勋章，很痴迷，直到听到脚步声，才回过神来。

老先生点了三炷香，围着叔叔转了三圈儿，口中念念有词，一会儿拍手，一会儿跺脚，突然一声"呔"，把叔叔和围观的人都吓了一跳。"呔"完之后，老先生失魂落魄地坐在地上，半天才爬起来，着急地找水喝。所有人都好奇地盯着他的喉结一上一下地动着。老先生喝了水，道出其中原委，叔叔是被鬼缠了魂。

二爷爷便把老先生拉到一边，将叔叔刚从部队回来那年从河里捞出红衣女尸的事情，慢慢道给老先生听。老先生掐着指头沉默半响，一拍手说，对，就是她了。原来那被大河冲来的女子心中诸多不甘散不去，人便没有投生，魂魄兜兜转转于世间，缠上了叔叔。末了，老先生叹气道，唉，这是一段孽缘呀！

就没有什么可解的法子？二爷爷急了。

老先生又掐指一算，有倒是有，就是有点儿……唉，我们还是屋里说吧。二爷爷领着老先生进了屋，好奇的人们跟了去，一帮人把叔叔晾在院子里。

不行，这是迷信，什么鬼缠身，我看你才是鬼缠身，你个老不死的。听说要给自己办法事、驱女鬼，叔叔很生气地说，大家能不能相信点儿科学，这世界上哪里有什么鬼？都是骗子，骗子。

但没有人听叔叔的，大家依旧忙开了。

两天后，法事就开坛了，院子里挂满了撕成条的红布，烟香弥漫，四周悬挂着很多画着奇怪图案的破旧布卷。老先生带领一干弟子，身着奇怪的衣服，敲着锣鼓，唱起了含糊不清的唱词。鞭炮响过三轮后，一群人簇拥进家里，把叔叔架到院子里。叔叔边骂骗子，边挣扎。见叔叔反抗，老先生一声令下，捆住他！叔叔很快就被捆在了一架准备好的木梯子上，除了嘴能动，身体其他的部位都不能动了。

在老先生的敲打唱跳中，叔叔不停地破口大骂，老不死的，你放我下来，放我下来……

老先生倒也不气，面不改色地唱着，好像根本听不进去什么。

唱得差不多了，四个人抬起叔叔，跟着老先生的锣鼓声，往大河边走去。到了大河边，又做了会儿法事，老先生才对众人说，下水时间到。这时候，叔叔才明白，他们是要把自己放到河里去。

叔叔慌了，他像一只困兽，身子不断挣扎扭动，却丝毫无用。他歇斯底里地大声呼喊，你们这是杀人！杀人！什么鬼缠身，你们才是鬼缠身，你们是杀人鬼！杀人鬼！放我下来……救命啊……

空气很安静。春日大河默默流淌，群山静静，叔叔的声音在山间回荡。谁都没有说话，只有锣鼓声和叔叔的声音彼此针锋相对。人们迟疑了一下，虽有不忍，但还是把他放进了大河里。

老先生依旧敲着锣鼓，唱着歌，所有人都死死地盯着河面。谁都没有说话。按照老先生的说法，把叔叔淹入河水，如果唱完那段唱词，叔叔还没死，证明女鬼已经放手了；如果叔叔死了，一切都是天命。

那段唱词长极了，唱了许久。每个人都很紧张，都恨不得老先生赶紧唱完。当老先生唱完最后一个音，人们几乎闪电一般把叔叔连同梯子拉出了大河。湿漉漉的叔叔软塌塌地挂在梯子上，垂着头，看不出来是死是活。人们你看看我，我看看你，谁也不敢去试探。

最后，二爷爷走了过去，儿啊，你是死是活？突然，叔叔一个激灵，甩了二爷爷一身水。他突然声音更加洪亮，冲老先生喊，老子宰了你，你个杀人犯！

看到叔叔气急败坏的样子，人们开心地笑了，相互说，好了，这下好了。

四

人们放倒梯子，解开叔叔。叔叔突然爬起来，冲过去，照着老先生的脸，啪地就是一拳，老先生的鼻孔很快就流出了鲜血。人们惊呆了，二爷爷也傻眼了，在落水湾，这种事还是头一遭。

说来也奇怪，那之后，叔叔的身子竟然渐渐好了起来，他也就又开始忙了起来。到夏天时，叔叔回到了河边，打理自己的窝棚，清理牛羊的粪便，割掉渡口边的杂草，重新撑起了船。

好了的叔叔并没有宰了那个差点儿淹死自己的老先生，但他坚信那是迷信，至于身体为什么好了，他也说不上来。他依旧如同往日，日日穿行在大河上，把附近的村民从此岸渡到彼岸；依旧在雨季时从河里捞起一两具尸体，有男有女，有老有少，最终都被沿河寻来的人们领走了。叔叔没有收过他们一分钱，他说这种钱不能收的，但家属一定要给，把钱直往他怀里塞。叔叔收下了不少的香烟、白酒，香烟多是几块钱一包的劣质烟，酒也多是二三十元一瓶的劣质白酒。叔叔本来不想收，但是他说，不多少收点儿，人家心里也过不去，毕竟人情大比天呢。

有一些年，人们几乎丧失了对有关叔叔当兵或是断手的故事的兴趣。落水湾的人大多已经失去了对他最初的兴趣——叔叔在部队上到底经历了什么，生病时到底有没有感觉到女鬼的存在，人们甚至对他的断手习以为常或者说忽略了那只断手，只有在需要过河的时候，看着他撑船的样子，才会多少注意起他的那只断手来。

大河边上，除了陡峭的悬崖，还有一大片倾斜的松软的淤泥地。泥沙每年涨水时都要被大河冲刷一遍，冲走一些。大水消退后，从远处冲来的泥沙又落在了河岸。淤泥地松软肥沃，但因为每年都被大水淹没，无人肯播种，叔叔就撒上了油菜种子。每年开春，油菜花都开得很好，沿着渡口一线，像一床黄色的毯子，斜斜地铺在河岸上。叔叔很喜欢油菜花，没人过河时，他便来到花丛中，这里看看，那里嗅嗅，人们说，他一看到油菜花，就像个大姑娘一样。

那几年，落水湾突然时兴种油菜，大抵便是从叔叔开始的。家家户户都种，来年打菜油吃。大片大片的油菜花铺满了山坡，像一层黄色的绸缎，煞是好看，吸引了周边很多人进村来观赏，村民们便摆了小摊儿，卖起了一些地里产的东西。没几年，落水湾成了一个旅游村，每年春天都有人慕名来看油菜花，很是热闹。

有一年春天，一个女人进村时就被人注意到了，并不是因为她的长相。这两年油菜花开时来村里的人太多了，大家已经习以为常。人们注意她，是因为她怀里抱着一个像是灰布包裹的东西,小心翼翼地抱着,好像抱着什么宝贝。那女人三十几岁的样子,一副城里人打扮,长得高高挑挑的,长脸、大眼、细腰、细腿,头发很长,听话地披在后背上。

女人一进村,村口的村民就围了上去,叫卖手中的货物,更贴近地打量她。

女人摆摆手,见大家没有离去的意思,便操着普通话,脆声说道,老乡们,我真不买东西,我只是想找大家打听点儿事。

大家一听,失落地走远了。

女人移步到路边一个洋芋摊前,问卖油炸洋芋的大妈,大妈,我能不能找您打听点儿事?

大妈答非所问,洋芋五块钱一碗。

女人无奈,说,来一碗,少放辣椒。

大妈边往一次性饭盒里装洋芋,边斜眼打量女人,你说,什么事?

女人说,我想打听一个人。

大妈问,打听人?

女人嗯着点了一下头。

大妈问,谁?

女人说,我不知道他叫什么名字,我只知道他断了一只手,当兵的。

大妈说,当兵的?断手?哦,你找断手的。

女人来到大河边时,叔叔正把一拨人渡到对岸。

那几日,看花的人尤其多。因为都是外乡人,需要过河时,叔叔便每人收取两元费用，人多的时候，一天也能收下不少钱。叔叔把一拨人送到对岸，返回的时候，他撑着竿，唱起了山歌。

叔叔嗓子好，中气足，唱得也好听。一首歌唱完，渡口上的人说，船家，再唱一个。叔叔打着哈哈，却不唱了。

到河心时，叔叔看见半坡上有一个人站在油菜花丛里，一动不动地看着自己。油菜花地很宽阔，那人很小，不仔细看，几乎看不出来。随后，那人跌跌撞撞地向渡口走下来。

女人来到渡口时，叔叔正好撑着船靠了岸。

叔叔放下竿，走到船头，跳下来，右手抓住船头，使劲一拉，船就更紧地靠在了河岸的泥沙上。他用力的时候，断了的左手像另一只手的啦啦队一样，使劲摇着，却没能帮上什么忙。

叔叔看到女人奇怪的眼神，问道，要过去吗？

女人跑过来，抓住叔叔的断手，"扑通"一声跪在地上，喊道，恩人啊！

叔叔愣住了，赶紧去扶女人，你……你起来，这是怎么回事？

女人仰起脸，眼已经湿润了，恩人，我可算找到你了。

叔叔依然如丈二和尚——摸不着头脑。

女人打开怀里的包裹，露出一个透明的玻璃器皿，器皿内的黄色液体里，赫然泡着一只残破的断手。

叔叔呆了，突然也跪在地上，号啕大哭。

女人在叔叔家住了下来，虽然没有什么仪式，但大家都知道，女人和叔叔结婚了。我们叫她婶婶。婶婶重新打理起叔叔丢荒的土地，照顾起二爷爷和二奶奶，叔叔一家的生活很让人羡慕。他们家衣柜的上面就放着婶婶带来的那个玻璃器皿。

婶婶的突然到来，让叔叔那只几乎被人们忽略掉的断手，再一次被落水湾的人们关注起来。叔叔的手是怎么断的？叔叔和女人之间有什么故事？这些问题成了大家茶余饭后的主要话题。大家充分发挥想象力，纷纷猜测，假想出了很多个版本，在乡民之间流传。

其中一个版本，很受人信服。有人是这么告诉我们的。

叔叔在部队上的时候，有一次山里发生泥石流，叔叔所在的部队奉命救援，叔叔冲在了最前面。在救那个女人（后来的婶婶）的时候，一块锋利的大石头掉下来砸断了他的手，叔叔受了重伤。因为山里交通不便、医疗条件不好，没赶上最佳治疗时机，人虽然脱离了生命危险，但叔叔的手再没能接上去。在医院治疗时，是婶婶一直照顾他、陪伴他，相处时间长了，也就慢慢产生了感情。后来叔叔慢慢康复，看到自己的断手，对未来心灰意冷，既绝望又自卑，便趁婶婶出去时，偷偷跑出了医院。

那人说完，神秘一笑，你知道为什么他喜欢油菜花吗？我们齐齐摇头。那人乐了，得意地说，我知道，因为那女人很喜欢油菜花。你吹牛，吹牛的，我们对讲话那人说。我们跑去向婶婶求证，婶婶沉浸在回忆中，一脸陶醉，喃喃道，在我的家乡，每年春天，大片的油菜花会把房子包围，像海一样……

我们气馁地离开婶婶，又去问那人，为什么他自己没把断了的手带回来呢？还有，还有，为什么叔叔一开始没有认出婶婶？

247

那人犯难地摇摇头,看着我们说,这你们得去问他。

　　我们来到渡口边找叔叔,看到叔叔正撑着船从对岸返回。叔叔已经老了,头上已经有了一些白发,他撑船的身子不像以前那么强壮了,撑起船来也不像以前那么轻松了,看起来已经很吃力了。大河在他身下平静无波,默默流淌,我们眼前的这一刻似乎是大河最温柔的时候。

　　叔叔靠了岸,冲我们说,是不是又想划船?但我偏不给,太危险了,等你们长大了再划吧,到时候给你们划个够。我们说,我们不划船,我们就想知道……叔叔好奇地看着我们,想知道什么?

　　大河流去哪里了?

　　我也搞不清楚,但一定是向东流的。

　　它还会流回来吗?

　　不会了,流走的,就没必要回头了。

　　我们终于没有问出口,默默地离开了汹涌的大河,离开了叔叔和他的渡口。

回煞记

农历腊月二十七，快过年了。按照之前的消息，父亲今晚就要回家。

出门时，她看到对面村口有衣着光鲜的年轻人扛着大包走进村里，一些老人和孩子赶去迎接，是打工的人们回家了。每年这个时候，村里都是这番景象，很是热闹。但她感觉不到热闹，只觉得很安静。她回头看了一眼老房子，冷冷清清的，心里很难过。

门"嘎吱"一声，母亲瘦弱的身躯移了出来，远远地说，要砍最青的青松，天黑前一定得回来。母亲的声音里有一种干涩感，说话的时候，声音像是挤出来的。知道了，妈，你快回去，外面冷。她提着一把弯刀向外走去，离老房子越来越远。家里那只黑猫跟了一路，被她挥舞弯刀赶了回去。此时是下午三四点光景，冷风一吹，她打了个寒噤。

青松到处都是，密密麻麻，遍布在村外的道路两旁，但她还是决定去一趟更远的老鹰山。老鹰山这地名的由来，一说是那山形似老鹰，一说是山岩上有老鹰聚居。但打她记事起，就从未在老鹰山看见过老鹰，至今也从未觉得那山形有半点儿老鹰状。她有几年没有去老鹰山了。这些年，青壮年外出打工，村里劳动力锐减，稍远一些的土地都种上了树，或直接抛了荒。世界上就算路再多，走的人少了，也就渐渐没有了，所以她得细细辨认，还时不时需要借助手中的弯刀，砍掉道旁的荆棘，慢慢向老鹰山走去。

草已经枯黄了，软塌塌地铺在地上，但青松依然常青着。她站在山垭上，天色一如既往灰暗，冷风一如既往冰冷。她搓了搓手，戴上手套，从路上跳到坎下。这一片土地都是父母几十年前开垦出来的，在她的记忆里，种过玉米、黄豆、洋芋、高粱，年年有收成，直到前几年，才密密麻麻地种上树。那时候父亲说家里地多，自己年纪也大了，种不了那么多。于是趁着春节，他砍掉野枝野草，挖坑，植苗，填土，花了小半个月，种满了青松苗。青松长得快，没几年就封林了，她一走进去，就被围住了，风吹不着，似乎也没那么冷了。父亲种树的时候，她来过几天，给父亲植苗，父亲说，等我和你妈真的老了，靠着卖树，就可以衣食无忧，也算为你减轻负担了。那年父亲五十几岁，因为膝盖骨质增生，已然不能卖大力，但他精神还很好，说话的时候，语气铿锵，眼里充满对未来的幻想。她说，爸，你想什么呢？你姑娘那么没出息啊？就算你们什么也不做，我也要把你们养得好好的。她没有说多余的煽情话，因为再煽情，也无法说出她心中的想法。父母结婚后多年没有生育，一直到三十多岁才艰难地生下她，村里的人说父亲无后，母亲又不能再生了，劝父亲离婚再娶一个，好歹要把香火续下去。父亲拒绝了。只要你懂事，一个女儿也足够了，父亲对她说，所以你要好好学习，成为有本事的人。小学、初中、高中、大学，村里其他孩子早就辍学打工去了，虽然艰难，但父母始终维持着对她的供给，原本以为自己参加工作后，父母就可以好好休息了，但他们依然闲不下来，悉心地打理着家里的土地。

如果父亲还在，看到这片树林，一定会很开心的，她想着，挥动弯刀，砍向一棵青松的枝丫。她不是干农活儿的料，力气不够，又不懂技巧，一刀下去，手一阵麻痛。枝丫没断，倒是弯刀被夹在了树干里。她使劲往出拔，那树干却紧紧地咬着弯刀不放。父亲在自己这般年纪的时候，挥刀如舞剑，"唰唰唰"砍掉一片，开垦了这片土地，而她却没有遗传到父亲的这些本事。有时候她是恨自己的，她会想，为什么我不是一个男孩呢？那样的话，父亲就有后了，还能帮家里干很多事。当她费劲地拔出被树干咬住的弯刀时，惯性使她向后摔了去，倒在了另一棵青松上。她感到难过、无助，甚至绝望，父亲不在了，很多事情做起来都极为艰难。这感觉并不是第一次出现，父亲走后的第二天面对一堆事一筹莫展时有过，父亲下葬那晚上所有人都走了，她看着母亲佝偻着身子收拾桌椅时也有过。她蹲坐在地上，止不住地哭了。青松林很深，风在外围呼呼作响，她的哭声就只被自己和一棵棵父亲种下的青松听见。

那几年，父亲的身体越来越差。他从小劳苦，旧病多，加上骨质增生折磨，农活儿就干得越来越少了。她对父亲说，你什么也不用干，我养你们。她毕业后在大公司工作，收入不错，足够养好自己和父母，计划着过些年攒个首付钱，买个房，把二老请去城里住，一来可以让父母见见世面，二来也便于照顾。父亲说，我们不用你照顾，你照顾好自己就行，我们好着呢。父亲说这话的时候，有些倔强地挺了挺胸，你看我精神多好！然而父亲并没有看起来那么好，年初的时候，他开始头晕，家里的堂哥来电话告诉她了。她给父亲打电话，父亲说，没事呢，没事呢，就是有时候饿了会有点儿晕，吃点儿东西就好了。常识告诉她父亲这是低血糖，她放心不下，赶回家，带父亲去市里检查，医生大大咧咧地说，这情况很明显就是低血糖嘛，平常多准备点儿糖啊什么的，别饿着，晕了就吃糖，没问题的。她和父亲都信了。送父亲回去时，她买了很多糖和巧克力，那些糖父母见都没见过。三个月后，父亲的头晕越来越严重，她请了假，把父亲送到省医院，拍了B超，当天就出了结果，肝癌晚期。她脑子"轰"的一声，整个人瘫在了诊室里。从诊室出来时，她看到父亲坐在外面的椅子上，饶有兴趣地逗旁边的一个小孩玩，笑得很开心。她再一次差一点儿就哭出来。父亲看她出来，问她，姑娘，怎么样？不会要住院吧？她看着父亲说，爸，你还真猜中了，得住院呢。父亲说，这么个小病，也要住院，这医院抢钱的吧？父亲说着要去和医生理论。她赶紧拉住父亲说，爸，你看你，你先听我说。你现在的情况呢，是低血糖反复发作，医生也没找出到底哪里有问题，所以我们需要住院观察，找出你低血糖的原因，这样就可以对症治疗了。父亲说，我不住，这个低血糖，我多吃点儿糖不就好了吗？何必在这里浪费钱？姑娘，我们走，现在还能赶上班车。她拉住父亲，不让父亲走，你听我的，爸，现在国家医保政策多好，花不了几个钱，再说你愿意回家去不停地吃糖啊？父亲说，那倒是，吃糖都把我胃口败没了。那不就对了，她领着父亲去办理住院手续，心里想的却是，如何给父亲找一个他听不懂又能让他安心住院的病名。在医院住了两个月，父亲天天输液，做了很多检查，依然没有查清楚。医生没有查清楚父亲肝癌的病源，而她告诉父亲的是低血糖的原因还没找到。父亲生气了，不就是个低血糖嘛，能那么难？他挣扎着拔掉输液管，查不了就不查了，我们出院，这医院天天折磨人啊。安抚好父亲，她跑到楼梯间，号啕大哭，擦干眼泪，她做了个决定，领父亲回家。父亲的病早就定性了，时日已然不多，且住院以来一项项的大检查也消磨着父亲的精神，让他状态越来越差，出院也许并不是坏的打算。回到病房，父亲已经睡去，她坐在病床前，看着父亲褶皱层叠的脸，给领导发了一条短信。短信里，她向领导请假，说要陪父亲最后一程，时间不定，如果不能，那就辞职。领导回复让她先照顾家里，具体的事情以后再说。看完领导的短信，父亲就醒了过来，姑娘，你眼睛怎么肿了？是不是因为没有休息好？应该是吧，她说，爸，我们回家。父亲突然像个开心的孩子，真的吗？我这就起床。她伸手把父亲按回去，爸，你看，这都几点了，这时候出院赶不上车了，我们明早再出院，你就再熬一晚。父亲说，好，好，再熬一晚上，我们就回家。

　　回家的路尤为艰难。去时不负重，回时却要扛着一捆很重的青松枝，皮肤一碰到那些尖锐的枝叶就发出一阵阵刺痛。这种痛已经近于麻木了，在青松林里她就已经习惯了这种感觉，因为砍树、规整、捆绑，每一个环节都要被刺上很多次，等到捆好时，手背上已经留下密密麻麻的血点了。比青松枝的刺痛更为艰难的是，当她扛起一捆青松，她突然发现自己不会走路了。她不是没有扛过东西，也不是没有扛着东西走过路，但扛这么重的是第一次，扛这么重的走这种路更是第一次。刚扛起来时，她想，应该有三十斤吧。走了两步，一个趔趄，摔了，膝盖和手肘疼得厉害。她歇了会儿，再扛起来，感觉不止四十斤了。摔到第四次时，她笃定地想，这捆青松枝一定少不了七十斤。走进村时，她遇见放牛归来的村民，要帮她扛一段路。她拒绝道，没事，都快到家了。父亲教育过她，能自己做的事情，决不能让别人做。

他们去做检查，要从外科大楼二十一楼到门诊大楼负二楼，父亲坚持自己走。有一次他有些不高兴，对着要去借轮椅的她吼了句，我能走，又不是腿断了。她不敢再说话，只得用力地扶着父亲。医院人多拥挤，电梯里面站满了人，父亲昂着头，父亲高，她便看不清父亲的眼睛，也就不再看，在人群中低着头，泪滴落在前面的人的衣服上。有一次父亲终于犟不过她了，那天他们做彩超回来，父亲饿了，他一旦饿了就头晕，晕得厉害，偏偏上午九点多等电梯的人特别多，好不容易排到他们，等挤进去，超员了，电梯警报"嘀嘀嘀"地叫。她环顾四周，有病人、家属、医务人员、外卖小哥，没有一个人愿意动。她哀求他们，对不起，我爸头晕严重，实在是等不了，麻烦你们哪位不忙的先让我们走。没人理她，他们木然地看着她，有人说，反正我不是最后进来的。她想要再请求，此时父亲站不住了，身体一歪，倒在她的身上。拥挤的电梯里还是没有一个人动。她心里委屈，眼泪在眼眶里打转，父亲却哭了。她一直相信世界美好，但那一次，她是真的对电梯里那一张张脸充满了恨。她扶着父亲出了电梯，父亲已无法支撑自己，一整个高大的身躯压在她小小的肩上，含糊不清地说，不求人，姑娘，我们不求人。他渐渐不清醒了，喃喃自语，我觉得自己就像个疯子，真丢脸，真丢脸。她的眼泪终于忍不住，流了下来。那次之后，父亲再没拒绝过她去借轮椅，他开始听她的话，好像她才是大人，而自己是小孩。

离开省城的时候，她带父亲去理发。父亲很不习惯那些花花绿绿的发廊，说找个街边剃头的就可以了，她说去吧，发廊剪得好，服务也好。父亲看了她一眼，说，好。父亲像个拘谨的小孩，走到店外，又不想进去了，是她拖着他进去的。洗头时父亲躺下来，对身边的她说，别扭。她说，你就当是我给你洗就好了。父亲不说话，她便想着寻个地方坐着等，刚转身迈步，父亲说，你去哪？她说，我去坐会儿。你坐这里，父亲指着另一张洗头床，看着，我哪知道人家有没有乱洗。她尴尬地对理发小哥笑，好好好，我帮你看着。理发小哥话很多，左一个伯父右一个伯父的，很热情。小哥说，伯父，您头发白了，可以在我们店里护理，中药护理，一个疗程一千八百八十八，顶多三个疗程，一定让您的头发全部黑回来。父亲头一偏，这么贵，你抢钱啊？理发小哥丝毫不受影响，满脸堆笑，伯父，别乱动，我们这不是抢钱，这是为了您好，把头发护理好，多精神，多好看啊。父亲不说话，理发小哥不歇嘴。父亲实在听不下去了，使劲转过头，看着理发小哥，你到底能不能不说话？我就是来理个发，其他什么都不要。理发小哥一脸尴尬，杵在那里。她赶紧说，爸，别生气，别生气啊，他说他的，你不理就行。父亲看了她一眼，顺从地扭过头。理发花了六十九元，结账的时候父亲脸都绿了，出了理发店，就抱怨她乱花钱。贵，还话多，下次再也不来了，父亲说，你也真是，带我来这种地方理发。好好好，爸，我们再也不来这种地方洗头了。父亲说，你也少来，你看这些人，穿个衣服破破烂烂的，头发染得红的红、绿的绿，准不是好人。她把父亲扶上车，爸，我听你的，以后我们都不来，看在头发理得还不错的分上，我们就饶了他们吧。那天父亲很精神，也许是理了发的原因，也许是因为在医院住得太久终于回到了家里。鞭炮声中，父亲说，我感觉自己都好了大半。她扶着父亲坐下说，你这是开心的。说完她转身去招呼前来看望父亲的乡邻和亲友。来客很多，她和母亲忙前忙后不得闲。待忙完一阵子，去看父亲，发现父亲并没有和来客聊天，他蹲在房檐下，在和黑猫玩。父亲养的小动物有狗、猫、画眉鸟，唯独对猫最为喜欢。黑猫看见父亲回来，也很兴奋，左跳右跳，又是打滚又是招手的，玩得不亦乐乎。她静静地站在旁边，看到父亲的脸上露出开心的笑容，竟看得有些呆了。父亲不知道自己的病情，他要是知道，还能这么开心地陪猫玩吗？她不敢想。父亲发现她，站起身来，他腿许是有一些酸了，站起来时差点儿没站稳，她赶紧顺势扶住。这么久没在家，猫都瘦了，父亲说，给它多喂点儿肉。她仔细看那只黑猫，没瘦啊，爸，跟以前一样的啊。父亲反复说，瘦了，瘦了。

瘦了的，是父亲，一直在瘦。回到家后，父亲的身体也是一天不如一天了，晕倒的频率越来越高，也渐渐有了痛感。夏天结束了，秋天来了，父亲要下地去帮母亲收庄稼，她不许。两人吵了一架。她说，爸，你怎么不听话呢？父亲跟跟跄跄地推开门往外走，她使劲拦着，父亲将拐棍一丢，大声说，你们都当我是废物啊，什么也不让我干！她不敢回话，只是眼泪止不住地往下流。父亲反反复复说，我是废人了，我是废人了。父亲说着说着，突然就晕了过去。再醒来时，父亲似乎忘了吵架的事情了，他说，姑娘，人还真是要服老，也要服病。她说，爸，你可别乱想，你很快会好起来的。父亲突然问，姑娘，你告诉我，我这到底是什么病？她一怔，这是父亲从住院到出院到回到家，第一次问这个问题，他难道猜到了什么？她说，医生不是说了吗？低血糖反复发作，就是低血糖嘛。父亲没再追问，他神色失落，你给我敲三支葡萄糖吧，我喝了睡会儿。

秋天结束了，冬天就来了。每天晚上，她至少要按时起床四次，每次都为父亲敲三支葡萄糖，因为用量固定，家里得随时备上一箱葡萄糖。闹钟响时，她一下子惊坐起来，麻利地穿上厚衣服，走到父亲房间，边叫"爸"边打开装葡萄糖的纸箱，她敲到第二支葡萄糖的时候，传来父亲的声音，到时间了？嗯，到了，她敲了最后一支，爸，你饿不？不饿，父亲艰难地翻了一下身。她小心翼翼地拿起碗，慢慢将葡萄糖液缓缓倒入另一个碗，又端起装了葡萄糖液的碗，仔细看了又看，确保没有玻璃碴儿，才放心地走到父亲床边。父亲正艰难地坐起来，她赶紧放下碗，去扶父亲，从背后撑住他，腾出一只手，将装葡萄糖液的碗递给父亲，爸，快喝。父亲接过碗，放到嘴边，却没有张嘴。她知道父亲不想喝，因为喝得太多了，每天要喝几十支，说父亲看到葡萄糖就想吐，一点儿也不为过。她说，爸，不要看，闭着眼睛，一口就喝了。父亲犹豫了好一会儿，才张开嘴，含住碗。她听见父亲吞咽的声音，极为缓慢。喝到一半，父亲又停下来，差一点儿吐了。等父亲缓了一会儿，她又催父亲接着喝，三支葡萄糖兑水，父亲喝了四次，终于见了底。她照顾父亲重新躺下，去屋外洗碗，父亲在屋里喊她，姑娘，用热水洗，冷水冰。她没有回去倒热水，自来水管里的冷水很冰，淋在手上，很快就有了一丝丝痛感。不冷的，爸，她说。回到屋里，她放下碗，准备收拾一下继续睡觉，父亲突然说，姑娘，你坐会儿。怎么了，爸？她坐在床沿上，你是不是哪里不舒服？父亲侧过身子，看着她，姑娘，你老实告诉我，我这到底是什么病？她看得出，父亲在很认真地问她。她说，不就是低血糖吗，爸？我自己的身体什么样我能不知道？父亲说，怎么可能是简单的低血糖？她紧紧咬着牙，很紧张，她不知道如何和父亲说。父亲从被子里伸出手，握住她的手。父亲的手因为经常扎针输葡萄糖，已经肿了有些日子了。她心里一酸，叫出声来，爸。父亲语气平稳地说，姑娘，你爸我这把年纪了，很多跟我一起玩大的都死了，我早就不怕了，也早就想过很多了，你就告诉我吧。她泣不成声，决定不再瞒父亲，爸，你这是肝癌，晚期。父亲久久没有说话，和电视里演的一点儿也不像，他看起来很平静，静静地看着楼板。楼是父亲修的，最初盖茅草，后来盖水泥瓦，前些年国家危房改造补贴了些钱就重新翻修了，但房梁还是以前的房梁，楼板还是以前的楼板，有一些尘垢已经续成长长的一条，吊在楼板上，微微晃动，摇摇欲坠。良久，父亲说，我就知道，低血糖哪能这么严重？她握紧父亲的手，爸，对不起。她不知道为什么要对父亲说对不起，是因为没有让父亲继续住院吗？不是，也许只是单纯的无能为力。没事，姑娘，父亲说，你长大了，你妈也还健康，我心放得下。父亲催她去睡，她不走，担心父亲。父亲也就不再催，父女俩就那么静静坐着。冬天深夜的乡下，夜里静悄悄的，偶尔传来一两声狗叫。然后鸡叫了，然后东方露了白。父亲说，姑娘，天亮后，你去看哪家有斗，借一个，还要地炮，过两天赶场，也去买点儿香和纸，这些都用得着，老衣（人去世后入殓穿的衣服）也得准备好。你妈以前从不赶场，你带她一遍，以后都要她自己去赶场了。父亲顿了一下，她赶紧拿手机记录。父亲说，去堂叔家把情况说一下，他为人稳重，办事的时候，内管就请他；村东的张大能管事，外管请他，才能把客人招呼好，把事情办好，其他事情交给家族里的人办。你是家里主心骨，要有条有理地处理事情，不能倒了。父亲交代完，天亮了。

父亲说要带她去趟老鹰山，那里的土地她不了解，要指给她好好认认，免得被人占了。父亲终究没有带她去。回来的路上，她心里一直都在想老鹰山的土地，上抵哪里，下达哪里，东邻哪里，西触哪里，和以前记忆里的老鹰山对了一遍，越对越乱。这么想着，她就快到家了。

寒冬白昼短，天黑得快。她走在路上时，觉得尚有一些光亮，等到她迫不及待地将肩上的青松枝甩在地上时，天一下子就黑了。屋子里黑黑的，母亲坐在门前，说，都说了天黑前一定得回来。她擦了把汗，太累了，走得慢，妈，你怎么不开灯？母亲站起来，去解她捆青松枝的绳子，说，反正都没人，开着灯多浪费呀。她要去帮忙，母亲说，饭还热，你快去随便吃点儿，我们得抓紧，时间快到了。她看了一下表，才六点多，还有五六个小时。母亲又说，快到了。她只好去吃饭。母亲已经把煤火封死了，连火眼都没留，家里冷冰冰的，但饭菜果真还热着，看来母亲刚放下碗不久。她扒拉了几口，感觉没什么胃口，又放下了碗。母亲已经将青松枝抱到门前，草绳也已经准备好了。母亲说，来，我们把门绑了。母亲比父亲稍大几岁，人很瘦，加上家里近来发生的事情，看起来憔悴不堪，也很虚弱，搬凳子的时候，佝偻着背，她赶紧把凳子抢过来，放在门槛前。她站上凳子，接过母亲递来的草绳，将一头绑在门上，又陆续接过母亲递来的青松枝，依次绑着，等她感到腰部酸痛不已时，整个木门已绑满了青松枝，绿油油的。她从凳子上跳下来，妈，老鹰山的土地我可能是认不得了，年初一初二的，你带我去认一遍。母亲说，好。母亲没多话，她推开绑满青松枝的门，又折身去院子里端着一撮箕煤灰进了家门。她跟着进门，妈，用煤灰看得清吗？母亲把撮箕抬到灯光下，你看，我筛了三遍，很细很细，不管什么，只要从上面过，就一定能看得出来。母亲让她把房门门槛前后、父亲病重时睡的床的床前和堂屋神龛前仔细扫干净，再在她扫干净的地方小心翼翼地撒上一层细细的煤灰。要关门时，母亲想起什么似的，又回到吃饭的地方，说，把剩饭剩菜都收起来，把这些拿到其他地方去，或者干脆倒给猪吃。她没有说话，照办了。回来时母亲已经在家里的床上、橱柜等地方，都放下些青松枝，然后才放心地说，可以了。突然黑猫"喵"的一声，从窗户跳了进来。这只猫整个下午都出去玩了，一直没露面，想来是饿了。母亲冲猫吼了一声，滚出去。黑猫便识趣地从原路跑出去了。她们关了灯，带上门，离开家。走出去好远，她回头看见老房子在黑夜中黑乎乎的，没有一点儿人烟气。母亲催她快走，说希望父亲不要惦记这个家，下辈子能有个好命。

她以前是不信什么下辈子的，但现在信了。以前不相信的很多事情，现在她都相信了。或者说，她愿意信了。老人们说，人死了是要投生的，如果不投生，就是阴魂不散，死后也很痛苦。母亲就笃信自己和父亲上辈子一定是很懒的，很可能是猪，或者是懒汉、坏人，这辈子才落得劳苦命。母亲说，但是下辈子应该会好了，因为我们这辈子已经很辛苦了。而她呢，母亲说，你上辈子可能是牛，或者是个大好人，才换来这辈子的好日子。她不信，你们就骗我吧。但现在，她和母亲一样，希望父亲能够有个好的投生，就算不能投生成人，投生个享福的动物也行。

父亲是凌晨走的，父亲走的时候，她感觉到一阵奇怪的凉风，吹过她的耳朵，她正想着是不是墙壁哪里漏风了，就感觉父亲不行了。她赶紧将父亲的头抱在臂弯里，同时招呼一起守夜的族人们，很快，父亲头一歪，断了气。她相信那一阵冷风，是某种预示，提醒她父亲的大限到了。丧事期间，她严格按照先生们的要求，烧香点灯，磕头跪拜，非常虔诚，她相信所做的一切能帮助父亲的灵魂有个善终。父亲这一生太苦了，不能死后魂魄不散、痛苦不堪，决不能。

父亲上山的前一夜，所有的事情都忙完了，主事的老先生把她和母亲叫到一间没人的屋子里，严肃地说，腊月二十七晚上，他回煞之日，你们要准备好。

回煞是老家的一种传说，人死后魂魄会回家一次，这时候家里不能有人，要在门上插满树枝，火要灭掉，总之不能留下活物存在的痕迹，魂魄一看这家里已经没人了，就毫不留恋地走了，顺利转世去了；如果发现还有活物，会放心不下，流连不去，无法转世。回煞之时，在死者生前常活动的地方和神龛下撒上细面，魂魄经过时，会留下足迹，这样后人就可以知道死者投生成了什么。父亲会投生成什么呢？走在路上，她心里止不住地想。母亲希望父亲下辈子好命，投生为人最好，再不济，也要投生为猫，不被杀吃肉，还经常有肉吃。但是老人们说，人死后是不能投生为人的，因为村里从来没有人投生成人过，大多数人死后投生成猫啊、狗啊、鸡啊、老鼠啊，甚至有人投生为一条蛇，一些人没有投生，没有转世。她心里祈祷，不求父亲来世为人，就让他做一只猫吧，最好是有钱人家的宠物猫。她这么想着，就到了约定好的亲戚家。亲戚家早就等着了，很严肃地等着，招呼她们进屋，也没有多话，一群人就那么干坐着看电视，偶尔说上一两句话。她不停地看时间，总觉得时间过得非常慢。亲戚让她去睡，她不去，睡不着，心里止不住紧张起来。父亲走的时间，她是记得很清楚的——凌晨零点十三分。她几乎是从十分数到十三分的，秒针跳完时，她站了起来，对母亲说，到时间了。母亲叫住她说，再等半个小时。

她们是接近一点钟才回到家的，老房子依然冷漠地站在黑夜中，门还是老样子。在门外，她很紧张，有种想开门却又怕开门的感觉。正犹豫着，"嘎吱"一声，母亲把门推开了，屋子里漆黑一片，了无声音。谁都没去开灯，母亲拿着手电筒，她开着手机上的手电筒，蹲在地上看之前撒好的煤灰。那层煤灰上，什么也没有，很平整。她们又去看床前的煤灰，还是没有任何收获。母亲有些绝望，蹲在地上，不说话。妈，她叫了一声。母亲没动。她起身开了灯，想到堂屋神龛前还有煤灰，便快步去了堂屋，蹲在地上仔细辨认，但是那片煤灰上依然没有任何足迹。她心里有种说不上来的难过，不知如何是好。

突然，旁边发出轻微的响声，她手机一照，看见两只亮晶晶的眼睛，黑猫正蹲在堂屋角落，盯着她。她怔怔地和黑猫对视，有一阵子大脑一片空白。隔壁传来母亲压抑的哭泣声，在寂静的房子里尤为清晰。她叹了口气，站起身来，退到大门边，冲黑猫使劲甩了一下手。黑猫被吓得使劲缩了一下头，愣了两秒，跳起来，飞快地顺着墙壁跑过，跳上窗户，一声不吭地出了堂屋。她三步并作两步，跑到神龛前，蹲下去，盯着煤灰，大声喊，妈，妈，猫！快来看，是一只猫！

她情不自禁地哭了出来。

夏日的回响

一

有一年暑假，硫黄厂特别热，老天爷像故意似的，天天烈日高照，树木和庄稼都被晒得晕乎乎软塌塌的，硫黄大道上尤其干燥，车辆跑过时，带起一条灰龙，灰尘来不及落定，又被另一辆车带起来。远处硫黄厂的烟囱，日日冒着白烟。风吹过来，含着炙热的硫黄味道。人们无精打采地上班下班，吃饭睡觉，一点儿生机也没有。

暑假已经过了一半。我每天的任务，就是做暑假作业。可是暑假作业上的字，看起来就像蚂蚁，看着看着，就动了起来，让人直犯晕。下午两三点的光景，我感到奇困无比，便躺在凉席上睡觉。躺了一会儿，感觉后背潮湿，汗水几乎要将我和凉席粘在一起。我感觉自己就要睡过去，突然听到急促的脚步声，芋头冲进门，一脸汗水地出现在我家里。他竟然一身精神。芋头将我从凉席上拖起来，拉着我往门外跑。

我不知道发生什么事了，但看芋头的样子，一定不是小事。我问，我们要去干什么？芋头说，带你看好看的。我说，电影院又有新电影了？芋头说，比电影还好看。我们沿着硫黄大道跑了一阵，转入会堂路，经过鱼塘，又沿着监狱的围墙跑了一段，终于在第二职工小区的一栋楼后面停了下来。

我很累，坐在光秃秃的地上。累死老子了，我说，到底要看什么？芋头上气不接下气，指着楼上说，你看。我抬头看去，太阳明晃晃地闪过来，让我眼睛一阵难受，什么也没看到。芋头说，三楼，三楼啊，阳台。我再次努力睁开眼睛，眯着眼，按照芋头所指，朝三楼的阳台挨个搜寻。然后，我看到其中一个阳台上，挂着两个红苹果。

我好奇地盯着那俩红苹果，咦，为什么要晒啊？芋头说，洗了当然要晒啊。我说，老师说没洗的苹果不能吃，但没说过洗了必须晒干啊。芋头看着我，铁头，你傻子吧？那不是苹果。我说，那是什么？长得太像苹果了。芋头说，那是内衣。我说，不是，那看着就是苹果，也不对，苹果没那么大，也不会连在一起啊。芋头说，傻子，那就是内衣。就在我和芋头争论不休的时候，林诗音出现在阳台上。

林诗音是硫黄厂最特别的女孩，属于万众瞩目的那种人。她成绩好，长得漂亮、高挑，常常被老师夸奖，课堂作文每次都被当成范文，她还会画画、朗诵、拉手风琴。据说最近又开始学跳舞了，总之老师们喜欢她，家长们羡慕她。林诗音刚参加完中考，据说成绩不错，已经被市一中录取，那可是全市最好的高中。我们都讨厌林诗音，因为大人们批评我们时总会说，你看看人家林诗音，你学学人家林诗音，你要有人家林诗音哪怕一半好就可以了。我们硫黄厂的孩子们最喜欢嘲笑人，唯一没法嘲笑的，只有林诗音，因为她太完美了，简直不是人，是神。如果我们要嘲笑她，只能嘲笑她瘦——她长得实在是瘦，像一个光溜溜的晾衣架，风一吹，浑身的衣服都能飘起来。

所以我们私下也叫林诗音为晾衣架。哈哈，晾衣架出现在阳台上，实在是再合适不过。但林诗音的突然出现，还是让我有些意外。为了避免被林诗音发现，我和芋头都低着头，假装在地上寻找什么。我说，晾衣架怎么在这里？芋头说，这就是她家。林诗音很快就发现了楼下的我们，她在阳台上犹豫了一下，转身进了家。芋头说，那衣服就是晾衣架的。我说不可能，她那么瘦。芋头肯定地说，就是她的，我亲眼看见她挂上去的。

我和芋头打赌，如果那对苹果是林诗音的，我就请他吃冰棍，反之则是他请我。我们躲到一棵树下，等了好一会儿，看到林诗音再一次来到阳台上，她向下张望了好一会儿，才踮起脚，好不容易才够到晾衣绳，取下那两个红苹果，飞快地跑回家里去了。我只好去小卖部，买了两根冰棍，把其中一根给了芋头。芋头咂着嘴说，那内衣看起来不小啊。芋头嘿嘿一笑，要不，哪天摸一把试试？我也立马来了兴趣，你敢啊？我们俩哈哈笑着。

我们蹲在路边吃冰棍，一辆车开过来，卷起一阵尘土，眼前一瞬便灰蒙蒙的。我突然想起林诗音。几个月前，春天的时候，有一天放学路上，一辆车卷起硫黄大道上厚厚的泥尘，泥沙飞进我眼里，使我满眼迷蒙，正在我揉眼睛的时候，林诗音不知道从哪里冒出来，撞了我一下，什么话也没说就跑了。一直以来，我们对林诗音都是远远地观望，背地里说些闲言碎语，这是我俩唯一一次"亲密接触"。关于这事，小伙伴们还起哄了一阵，说我们俩那个了一下。至于那个是什么意思，我也不懂。但大家说那个的时候，我还是脸红得不得了，好像我们真的那个了一下。想起我们那个了一下的事情，我心里突然有些奇怪的感觉，对她一点儿也讨厌不起来。

我咬碎最后一截冰棍，吞下去，对芋头说，芋头，你不要乱说话，今天看到的不许和任何人说。芋头好奇地看着我，你傻子啊，这么好玩的事情，为什么不说？我说你听我的就行。芋头说，你管我啊，我爱说就说。我扬起拳头，你说一个试试。芋头不说话了。芋头打不过我，这就是为何他是芋头，而我是铁头。芋头站起来，拍拍屁股，早知道不带你看了。说完他自顾自地走了。

我回到家，我哥正在镜子前摆弄他的头发。我出门前家里没人，父母上班去了，我哥早上去了镇上，去干什么我也不知道，他可从不报告自己的行踪。前阵子，他刚从深圳回来，买了不少好东西，尖嘴的皮鞋、裤腿宽大的喇叭裤、好多奇怪的玩具，不过我最喜欢的还是他当作宝贝的那瓶发胶（发胶这个名字也是他告诉我的）。我曾偷偷玩过他的发胶，轻轻一按，喷出来一些白色泡沫在手心上，黏糊糊的，说不上来什么感觉，倒是有一些香喷喷的味道扑进鼻子里。我坐在进门的凳子上，看到他右手拿着发胶，大拇指在顶上轻轻一按，喷出一些白沫在左手上，然后左手在头发上抹了一会儿，再用梳子梳弄，头发立马光亮起来。他弄完头发，才发现我，问道，跑去哪里玩了？我说，哪里也没去。他扬起手作势要打我,哪里也没去?门没锁,半天不见回来,还说哪里也没去?我说,我就在楼下。他说,我要出去,你跟妈说,晚上我不在家吃饭了。

我哥走后,我继续睡觉。天没有正午那么热了,正是睡觉的好时候。可我躺在凉席上,却怎么也睡不着。我脑子里不断闪回着林诗音在阳台上收内衣的场景。难道那真的是她的内衣?可是她那么瘦。我百思不得其解,翻来覆去睡不着。

晚上我妈问我,暑假作业做得怎么样?我说,差不多快做完了。我妈要我拿来给她检查,我支支吾吾,拿不出来,因为我连一半都还没做完。我说,不……不知道放到哪里了。我妈翻了一会儿,给我找到了,这不在这里吗?她很快发现我撒谎了,支使我爸把我暴打了一顿,然后出去了好一阵子,回来说,给你找了个老师,你不懂的就去问老师,老师也负责监督你完成暑假作业。我很惊讶,毕竟我爸妈之前都没管过我学习。我说,我不要老师,我自己能做。我妈轻蔑地笑着,你做,就你那点儿脑子,你还是学学人家林诗音。好好好,我打断我妈。

二

林诗音就这么成了我的老师。

这让我有点儿不爽。林诗音只比我高一级,凭什么就可以当我老师?可我妈说,人家林诗音刚考上全市最好的高中,很多人家抢着请她去辅导孩子呢。要不是她亲自出马,怎么能说动林诗音的妈妈安排林诗音来帮我补习？我妈说这些时并不提她宝贝般藏着的那块丝巾不知去向的事情。其实，我是有那么一点儿愿意林诗音辅导我的，毕竟她长得很好看，比硫黄厂所有的女孩都好看。我只是不习惯把她当老师，在我心中，她其实还是晾衣架。她要不是晾衣架就好了，那样的话，我会考虑娶她做老婆。我就是这么想的，我的小伙伴芋头肯定也这么想，不仅我俩，全硫黄厂的男孩们一定都是这么想的。

几天后的一天上午，又是一个大热天，我站在阳台上，看着远处，心里极为烦躁。因为我又不知道这一天该找点儿什么玩乐了。远处的山都是光秃秃的，因为烧硫黄，硫黄厂附近的山上就跟和尚的脑袋一样，又黄又秃又亮。有人住的地方倒是有一些绿色，都是厂里栽种的景观树，大约是因为烟囱很高，烟很少吹到居民区来，所以那些树倒也长得像模像样。我决定去找芋头，约他去鱼塘玩一阵子。这时候，林诗音出现在我家楼下，她喊我，铁头，铁头，快给我开门。我下楼开了门，说，晾衣架，你找我什么事？林诗音一脸狐疑，什么？我反应过来，说，我……刚才晾衣服呢，你找我什么事？林诗音说，来检查你暑假作业啊。

林诗音果真有两下子，她只是随便翻了一下，就说，铁头，你这个情况，有点儿恼火啊。那样子很像我的数学老师。我的数学老师是一个大胖子，走起路来，浑身的肉晃来晃去，远一点儿看，不像个人，倒像个肉球在地上滚。想到那个肉球，我就想笑，于是我就笑了。林诗音没好气地说，你还笑？我赶紧收住笑。林诗音说，你搬个凳子来，我挨个给你讲讲。

林诗音讲得头头是道，我却听不进去。窗外传来车流声，卖冰棍的小贩的叫卖声，知了不厌其烦的叫声，街尾武警训练的口号声，我都听得清清楚楚，唯独林诗音说话的声音，听得迷迷糊糊，像一只大蚊子在耳边飞来飞去，"嗡嗡嗡"。林诗音发现我心不在焉，用暑假作业本使劲打我的肩膀。我回过神来，大蚊子。林诗音说，你不认真，我只得给你妈说了。我说我妈都不管我。林诗音说，不管你会让我给你补课？我没法回答。我说，你去鱼塘钓过鱼吗？林诗音无奈地看着我，学习呢，你说什么鱼塘？你是不是想去鱼塘玩？我说，我原本要约芋头去的。林诗音说，你认真听完这一节，我陪你去鱼塘玩。我说好。好是好，可其实我还是听不进去。林诗音也没陪我去鱼塘玩，因为等她讲完，已经是一天中最热的时候了。一天中最热的时候，傻子才到外面去玩呢。而且，林诗音好像有什么急事一样，小跑着离开了我们家。她边跑边说，你继续做啊，明天我再来检查。

　　林诗音走后，我便迫不及待地将凉席从床上取下来，铺在地上。这样我睡觉时，水泥地的温度能让我凉快许多。我刚躺下没多久，我哥就回来了。他推开卧室门，和一个姑娘站在门外。他问我，就你在家？我说，哪天不只有我在家？我哥说，嘿，你会好好说话不？是不是欠打？那姑娘拉住他，你弟弟啊？我哥说，别理他。说完他们进了我哥的房间。我准备继续睡去的时候，敲门声想起，门锁发出扭动的声音，我哥带回来的姑娘打开门，问我，你要吃糖吗？我揉着眼睛，什么糖？她说，你吃了就知道了。说罢她丢了几颗糖给我。我剥开其中一颗，含在嘴里，很甜。一会儿我就睡着了。

我梦见聒噪的知了在耳边叫个不停，不耐烦地睁开眼睛，发现自己躺在一大片树林里。树林幽深，很凉快，大部分阳光都被密布的厚厚的树叶挡在了外面，只有一小部分东一块西一块地落在地上。我好奇地爬起来，不知道自己身在何处。这是我从来没有见过的景象。我从小在硫黄厂生活，硫黄厂没有大树林。炼硫黄产生的浓烟和不远处水泥厂的浓烟长年不断地制造着一个乌黑的幕布，遮住我们的天空，也导致方圆几公里的山上几乎寸草不生，别说树林了，树都没一棵。处于低洼处的生活区的街道边上倒是有树，东一棵西一棵的，长势不好，好在也能给人们带来一丝亮色。所以我不知道身在何处，我在树林里走来走去，走来走去，走来走去，直到我看到林诗音。林诗音站在一棵大树的树根上，垂着头拉手风琴，我听不到任何琴声，但我确定她就是在拉手风琴。我向她跑去。我边跑边喊，晾衣架，晾衣架，晾衣架。一不小心，我摔了一跤，醒了过来。

我感到头晕目眩，像真的摔了一跤，站起来的时候差一点儿没站稳，差一点儿就真的摔了一跤。我听见窗外依旧传来车流声、叫卖声、口号声。墙壁上的挂钟告诉我即将五点，我出房间的时候特意看了一眼我哥的房间，房门紧闭，一点儿声音也没有，他们应该走了吧。我哥就是这样，常常悄无声息的，刚你还看到他在那里，一转眼，不见了，去哪里也不说一声。我妈倒是批评过他几次，但批评一点儿作用也没有。他大了，我妈和我爸都管不了了，他们只管得了我。

我开门下了楼，小跑着过了马路，到对面的厕所里面小解。厕所是公共厕所，全硫黄大道沿路有三分之一的人都在这里解决大小便的问题，每天上午像赶集一样拥挤不堪，此时倒是安静得很。撒尿回来时，我隔着马路看到芋头站在我家门前。以前我家开了一个杂货店，开了不到一年，生意不好就被迫关门了，后来我爸做主把门面租给了一对河南老夫妻弹棉花。在相当长的一段成长经历里，我每天早上是被弹棉花那"嘣嘣嘣"的声音吵醒的，尤其夏日午睡的时候，那声音像打雷一样从一楼传来，让人感觉楼板随时都会垮掉。后来，弹棉花的夫妻俩走了，门面再也没有出租。红漆木门上的招牌至今没有撤去，虽然灰尘密布，但"弹棉花"三个大字依然清晰可见。

芋头就站在那个"棉"字下面，一手挠着光头，一手叉着腰，眯着眼睛瞅我。我穿过马路，在路边的水龙头洗了手，甩着湿漉漉的手，问他，芋头，你什么时候来的？芋头放下挠头的手，你去的时候，我看你跑得急，怕尿把你憋死，就没叫你。芋头说他的头上长了个东西，让我看。那是一个红色的斑点，也不能说是斑点，因为它比其他地方高一点儿，圆形的，有中指尖那么大。我用中指比了一下，确实差不多一样大。我使劲看了半天，看不出所以然来，我说你这是被打的吧。芋头说不是，睡一觉醒来就感觉很痒，挠起来有点儿疼，不挠又痒，很难受。他让我帮他想想办法，我进了厨房，找到一头大蒜，剥开来一瓣，掰开，使劲往那个红点上涂，他疼得哇哇叫。我停下来，他问，有用吗？我说，我也不知道，但是被蚊子咬了后，用这个涂一涂管用。我们坐在路边百无聊赖,不知道该干什么去。车一辆一辆地过去,没有人看我们一眼。芋头说,铁头,要不我们去——他突然眉开眼笑,一脸神秘。我产生极大兴趣,去干吗?铁头伸出两手,比画着。我问,你干吗?芋头说,晾衣架啊。我瞬间明白过来,我说不去,我妈要下班了。芋头不屑地说,说得好像你妈管你一样。我说管啊,最近我妈还给我找了个家教。芋头来了兴趣,谁呀?学校的老师吗?我想告诉他我的老师就是林诗音,但我还是没说,如果大家知道晾衣架林诗音成了我的老师,一定会嘲笑我的。不,也不一定是嘲笑,可能是羡慕,但不管是嘲笑还是羡慕,他们一定会起哄。

三

一连几天,林诗音都来我家给我辅导暑假作业。说是辅导暑假作业,其实是以暑假作业为线索,重新复习一遍书本内容。林诗音还真是厉害,她讲起课来,跟老师讲起来没差,不,她讲起课比老师讲起来还好,毕竟我多少还能听进去,而老师讲课时我只想睡觉。当我做题的时候,林诗音就在边上看着,哎,对了,就这么来的,继续。我转身给她找糖吃,就是我哥带回来的那个我不认识的姑娘给我的糖,我记得丢了一颗在抽屉里的。我弯着腰在地柜抽屉里翻,林诗音好奇地伸长脖子看我,你到底在找什么?你是不是又想偷懒?我终于找到那颗无意间丢在抽屉里的糖,给你,这是我留给你的。我感觉我在她面前已经能够自如地撒谎了。林诗音有些感动，或者说看起来有些感动，她接过糖，撕开糖衣，把乳白色的糖果塞进嘴里。我看见她嘴巴微微动着，偶尔开合，露出洁白的牙齿和红色的舌头，我竟然有些激动。她吃着糖说，甜，但你还得做作业，赶紧的，别以为给我一颗糖我就会放过你。我求她，反正你又不是真的是我老师，你马上就要去读高中了，我们都休息休息不行吗？林诗音说，你想得美，既然我妈安排我来给你补课，我就会盯死你，直到我去读书的时候。我盯着她，真的盯着她，来呀，盯死我啊。林诗音无奈地看着我，铁头，你能不能正经点儿？

　　林诗音都是上午来，有时候早一些，有时候晚一些，午饭之前走，她说她每天中午都要练一个小时手风琴。有一次我们正在学习，我哥回来了，似笑非笑地看着我们，哟，林诗音啊，你给我好好收拾他。我哥说的就是我。他好像一直都挺想收拾我，但他从来不自己动手，他会让我的班主任好好收拾我，也会让我的其他老师收拾我，偏偏不自己动手，我一度怀疑他是不敢揍我。我冲我哥吐舌头，你还知道回家啊？我哥不理我，他掏出钱包，拿出十块钱，给林诗音，累了买点儿零食。林诗音恐慌地站起来，拘谨地站在床边，哥……哥哥，我不要，我不能要。我一把夺过那十块钱，傻子才不要呢。我哥表示很无奈，叮嘱我，别乱花啊。他说完就回房间了，鼓捣了好一阵子，又照例弄了会儿头发，就又出门了。我趴在窗户上，冲楼下的他喊，你又要去逗小姑娘了？我哥转身看着我，滚回去。我赶紧把头收回来，坐到书桌前，拿着笔却不知道要干吗。我说，我哥前几天带了一个姑娘回家来。林诗音没回答我。我说,一个大姑娘。我说,他们会结婚吗?她还是没回我。我回过头,原来林诗音在我床上睡着了。

我只好独自一个人做作业,感觉不少题都是懂得的。不得不说,这是林诗音的功劳,以前我可是什么也不懂,字倒是都认得,放在一起成一句话加上问号,就不知道怎么回答了。也有几个不懂的,想问林诗音,可她睡得呼呼的,脸紧紧贴在凉席上,睡姿像个字母"C"。

我不知道做了多久,感觉实在是无趣,便偷偷猫着腰,出了房间,下楼,出门去买冰棍。整个炎热的夏天,能让我感到凉爽的,只有冰棍了。卖冰棍的地方离我家有好几百米远,我一路小跑过去,出了一身汗。我买了两支冰棍,又要了一瓶水,特意要那种冻住的水。我撕开一支冰棍,边舔着边呼啦啦往回跑。跑到楼下,一抬头,就看到林诗音将头从窗户伸出来,一脸迷糊的样子。我上了楼,她问我,你又偷懒?我把一支冰棍给她,我说我是给你买冰棍去了。林诗音好像还没完全睡醒,不断地揉着眼睛。我说你快吃,不然化了。林诗音问我,我睡了多久?我说,好久,我都做了好几页作业了。林诗音问,现在几点?我指着墙壁上的挂钟,这不,十……十二点十分嘛。林诗音这回终于清醒了,她面色一下子变了,拔腿就往门外跑,我追着她,冰棍,你的冰棍。林诗音说,不行,我得回家练琴了,你吃吧。我站在窗前看着林诗音惊慌失措的影子消失在硫黄大道拐弯的地方。我吃着原本买给林诗音的冰棍,得意地想,原来这么厉害的人,怕起来也会这样啊。

我吃完冰棍,却又有个奇怪的想法:林诗音为什么怕呢?

我把这个奇怪的想法告诉我妈。我妈敲着我的脑袋,说你傻呢,你不信,人家林诗音为什么那么优秀?还不是因为守时、自律,有学习的自觉性,要都像你这样只知道睡觉和玩耍,还上什么重点高中?我对我妈动不动就敲我脑袋深感不满,但对她的这番话我深以为然。不然,还能怎么解释呢?

我哥补充说,你要跟她那样学习,不说上县重点高中,至少二中没问题。二中是全县仅次于重点高中一中的学校。我吐着舌头,说得好像你很爱学习似的。我哥隔着餐桌,扬手作势要打我。我说,你要爱学习,也不至于去打工吧。我哥这下怒了,放下碗筷,窜过来,一把揪住我的衣领,将我提起来悬在半空。他愤怒起来还真是有点儿让人害怕,要不是我马上就要走了,我非揍你一顿不可。我从他手里滑落下来,再也不敢说话,只顾着低头吃饭。

我哥也不是省油的灯。他读初中的时候,我上小学,对他的事情不甚了解。据我妈说,我哥原本成绩很好的,尤其数、理、化,经常考满分,到了初三那年上的还是"火箭班"。火箭班是什么意思呢?就是全班只有不到四十个人,全都是初二年级期末考试名列前茅的学生,只要进了这个班,百分之八十的人最次也能上县重点高中,我哥当时的成绩,上个市重点,希望也是很大的。但偏偏他喜欢上了一个姑娘,据说是离镇上很远的山里的,成绩一落千丈,后来实在学不进去,便远走深圳打工去了。

我哥脾气挺暴躁的,他常对我大声喊叫、发火,但真的揍我，却不多。他边吃饭边说，不是我说你，你也确实应该好好学习，不然以后能干吗？跟你哥我一样去打工吗？还是让妈妈托人在厂里给你找个活儿？告诉你，厂里的活儿大多是劳改犯干的，还轮不到你，你想干，得先犯个什么事。再说了，这硫黄厂，迟早得关停，劳改犯都要拉走，硫黄厂这地方迟早成为空城。我妈赶紧制止他，别胡说八道，让人听了去，非得让你妈去上课。那阵子，厂里流传一个消息，说地下的硫黄要挖完了，厂子就要停了，居民们一度很恐慌，他们不知道一旦厂子停了以后该去哪里谋生。为这事，上面下来揪了几个传谣言的人去上思想政治课，接受批评教育。

晚饭后，我爬上屋顶，坐在楼顶上。远处的硫黄厂烟囱在夏夜中依然吐着白烟，山下连排的大炉子，有的还闪着火光。近处灯火辉煌，有人在不远处唱卡拉OK："夏天夏天悄悄过去留下小秘密，压心底压心底不能告诉你，晚风吹过温暖我心底我又想起你，多甜蜜多甜蜜怎能忘记，不能忘记你，把你写在日记里，不能忘记你，心里想的还是你，浪漫的夏季还有浪漫的一个你，给我一个粉红的回忆……"

我突然出神地想，眼前的这些景象还能维持多久呢？看起来繁华的硫黄厂地下其实早就被挖空了，很多房屋都已经出现了裂痕，人们也早已经习以为常。但是总有一天，地下再也挖不出硫黄矿，烟囱会停止吐白烟，所有的炉子都会熄灭，人们呢？也一样会搬走吧？我们会去往哪里？而林诗音又会去往哪里？我突然非常想念林诗音。

四

　　林诗音好像没有睡好。她给我讲了会儿课，画出了几道题，吩咐我先做，做了再给她看。她安排好这一切，便又在我的床上睡着了。这一回，她睡得像一个"大"字。一连两天，她看起来状态都不太好。眼睛有些红肿，人看起来无精打采。我以为她是生病了。我有零花钱，可以给你买药，我对她说，不要你还的。林诗音说，不要吵我睡觉就行。

　　我把林诗音安排的题目都做完了，从头检查了一遍，确认无误了，回头去看林诗音，发现她还在沉沉睡着。她穿着一件蓝白相间的小裙子，裙子及膝长，露出嫩白的小腿来，非常好看。她睡得沉，发出轻微的呼吸声，面色平静，很是安详。看着床上躺着的林诗音，我突然想起挂在她家阳台上那对在风中摇曳的红苹果。

　　我的心里突然冒出一个奇怪的想法。我蹑手蹑脚地走到床边，轻轻弯下身。她看起来一如既往，胸部平缓，随着呼吸有节奏地起伏。有一刻，我甚至想看看她身上是不是穿着那对红苹果。她突然翻了一下身，由平躺翻成了侧躺。我的目光很快就被她脊背上的两道红印子吸引住了。那确实是两道醒目的红印子，血色从肌肤里向外扩散。是伤痕，被人抽打后的伤痕。我心里突然有些难过，继而有些愤怒。我想伸手去抚摸那两道伤痕。我只看得到它们的一部分，它们往下延伸，被林诗音的衣服遮住，我不知道它们有多长，但我知道它们一定让林诗音很疼。我伸出手，即将要触碰到它们的时候，林诗音醒了。

林诗音吓了一跳，你干吗？

我也吓了一跳，没干吗。

林诗音说，那你这样，是要干吗？

我说，你背上的红印子，被谁打的？

林诗音敏感地跳起来，拉紧衣服，哪里有，你看错了吧？

我说，我没看错，就是有，两道血印子。

林诗音说，摔的，不小心摔的。

我说，告诉我是谁打的，我帮你报仇。

林诗音说，都说了是摔的，摔的啊。

她几乎要哭出来，我不知道她为什么这么激动。她激动地盯着我，看了好几秒，然后跑出门。我在她身后喊，你还没给我检查呢。可是她头也不回地走了，没有回答我的话。

自从被我无意间发现她脊背上的血痕后，林诗音已经两天没来给我补课了。虽然林诗音不来给我补课了，但我依然做题，这一段时间，我似乎已经在林诗音的带领下对学习有了一些兴趣。题是做完了，却不知道对不对，我就攒起来，等林诗音来时再给她看。我要攒很多很多的题，把她吓一跳。想到这个计划，我竟然有些得意。

无聊的时候，我就去找芋头玩。我有一阵子没和芋头玩了，芋头也有一阵子没有主动找我了。芋头家在硫黄大道的另一端，快接近街尾的地方。我在炎热的夏日午后踩着人字拖沿着硫黄大道往前走，过往的车辆带起一阵阵灰尘，迷住了我的双眼。我没有去躲。我从小在硫黄大道旁长大，所有夏天都是同样的景象，我早已习惯了。我穿过硫黄厂卫生院，看见有一群人正往卫生院里面赶，为首的人背着一个人，很着急。我认出来被背着的那人是芋头的爷爷。我走到芋头家的小卖部，看到小卖部关门了，我站在街上喊，芋头，芋头，芋头。没有人回答我。

　　我在鱼塘边上找到芋头。当时芋头正与人比赛，他们往鱼塘中丢石头，比谁丢得远。另一边钓鱼的人们大声喊着，滚开，滚开，几个憨包。他们不理会，不停地丢着石头。看到我，芋头喊我，铁头，你来帮我。我走过去，捡起一块石头，使劲往鱼塘中丢，石头掉入水中，溅起一阵水花，水波向我荡漾过来。我说，芋头，我看到有人背着你爷爷去了卫生院。芋头说，他早就这样了，有时候是早上，有时候是下午，有时候是半夜，去了医院，却又没事。我们正说着，有人在围墙外喊，芋头，芋头，你爷爷死了。

　　小小的硫黄厂又多了几分喧闹。哀乐声一阵一阵的，鞭炮声一阵一阵的，道士先生的敲打和吟唱也一阵一阵的。芋头爷爷的死让硫黄厂的人们都放下了手上的事情，郑重其事地聚集在一起，他们打牌、打麻将，或者一堆一堆地坐在一起发呆。丧堂里披麻戴孝的人们时站时跪，时而说话时而沉默，树上的喇叭里不时传来敲锣打鼓的声音和先生们的唱词。

　　芋头爷爷堂祭那天，我看到了林诗音。林诗音刚从席上下来，咂着嘴，去水缸边喝水。她一回头，我就跳出来，吓得她一怔。我问她，你怎么不来给我补课了？林诗音说，我最近有点儿不舒服。我说，我可做了不少题呢。林诗音说，就做着吧，慢慢就会了。我说，你什么时候给我检查？林诗音说，下一次吧。我说，好吧。对了，你那个……那个……血印子，好了吗？她背对我，好啦。急匆匆地走了。我想追过去，正好一支祭奠队伍抬着猪，扛着花圈，端着祭品走过来，一串鞭炮掉在我面前，爆个不停，鞭炮声让我一阵耳鸣。等鞭炮燃尽，耳朵恢复知觉，灰尘消散而去，林诗音已经不见了。我心里说不上来地失落。

芋头的爷爷去世后，芋头很消沉。我去找他玩，他都毫无兴致。我说我们去鱼塘那里玩吧，我说我们去水泥厂玩吧，我说我们去看武警队拉练吧，我说我请你吃冰棍，芋头都一副不想理我的样子，你自己去吧。他傻乎乎地坐在他们家小卖部前，让我一度想起他爷爷，生前他爷爷也常常这样傻乎乎地坐在那里。我心想完了，芋头受刺激了，以后可能就是个傻子了。我只得回到家，看书、做题或者睡觉。

我一直在等林诗音。我已经快把一本数学暑假作业做完了，林诗音这时候如果来，一定会被吓一跳，一定会想不到我已经做了这么多。我想到这些，心里就很开心。开心之后，我又有点儿难过。我不知道自己为什么难过。难过起来，我又开始做题，只有做题能让我不那么难过。

知道林诗音已经有一段时间没来给我补课后，我妈表现得尤其激动，她不分青红皂白就批评我，是不是你调皮捣蛋，得罪人家了？我说我没有。她反复问了我，就差暴打一顿，最后确认了确实不是因为我才导致林诗音没来补课，她气愤地说，我得找个时间和她妈说道说道,我这是给了钱的,她不能拿了钱不干事呀?我说,妈,你就消停消停吧,她说一有空就来给我补课,还给我安排作业呢,她安排的作业我都还没做完。我妈说,真的?我说,是啊,人家说不定今天就来呢。我妈听后,满意地上班去了。

五

我做了一个奇怪的梦,梦见林诗音来到我家,站在我床前叫我,铁头,铁头。我睁开眼,看到林诗音的大腿下半部分和膝盖,看到她的裙子、腰部、平缓的胸部、下巴、嘴巴、鼻梁、眼睛。她眼珠子滴溜溜地转动,起床学习呀,铁头。我揉着眼睛爬起来,我都做了好多题了,你怎么才来?林诗音说,我这不已经来了吗?我慌忙去找暑假作业。我的书桌太乱了,暑假作业不知去向。我心慌极了,越是心慌越是毫无头绪。然后,我听到身后传来哭泣声,我回过头,看见林诗音一脸湿漉漉地坐在我的床上。我吓坏了,我问她,林诗音,林诗音,你为什么哭了?林诗音不回答我,只是哭,止不住地哭。我不知道该怎么办,不知道是要继续找我丢失的暑假作业,还是安慰她。我感觉自己悲伤极了,几乎就要哭出来。

我醒了。阳光从窗户外射进来,很刺眼。挂钟显示是中午一点多。我回想起梦中的场景,很是难过。我爬起来,揉揉太阳穴,然后收拾起所有的暑假作业。我决定去找林诗音。就在我即将开门的时候,我听到门外传来奇怪的声音。我又看了一眼挂钟，确认时间是中午一点多。我记得睡前家里是没有人的，会是谁发出这样奇怪的声音呢？

我轻轻打开门。这时候，我发现声音来自我哥的房间，是一个女人的声音。我好奇极了，蹑手蹑脚地猫到我哥房门前，发现他的门没有关严。透过那条窄窄的门缝，我看见一片光溜溜的脊背、一个圆圆的屁股……一个姑娘正光着身子，我哥躺在床上，微闭着双眼，好像睡着了。那一刻，我傻了，不知道该怎么办，杵在门边上。我哥睁开眼看见了我，他神色慌了一下，姑娘也好奇地回了一下头。我认出来，是那个给我糖吃的姑娘。我转身跑下楼，听见我哥大声吼道，滚。我顶着烈日，小跑着，穿过硫黄大道，转入会堂路，经过鱼塘，又沿着监狱的围墙跑了一段，跑到第二职工小区后面。这条路线是以前芋头带我走过的。我用手遮住阳光，仰着脖子寻找记忆中的林诗音家的窗口。然后我转过小区矮矮的围墙，走进第二职工小区，找到林诗音家所在的楼，一步一步爬着楼梯。刚到三楼，我突然听见一阵哭泣声。那声音很小，几乎算不上哭，只能算是啜泣。然后我听到了一段对话。

哭什么？是你不该打吗？

对不起，妈，我不该偷懒。

我心一惊，是林诗音的声音。

高一教材，我花了多少功夫才给你借到？你为什么这么不珍惜？

我错了，妈，你原谅我。

283

不认真学习就算了，你还整天想七想八的，给你买的内衣不穿，你拿我内衣穿干什么？不合身不说，你这打扮得鬼模鬼样的，是想干什么？

我再也不敢了，妈，我错了。

不许再哭了，抓紧再练会儿琴，我要去上班，别趁我不在偷懒，被我发现了，有你好受的！

我觉得这时候我就没必要出现了，正要走，门突然开了。一个披散着头发的中年妇女打开门，看到我，愣了一下。我也不好直接走，一时有些为难。中年妇女说，你是谁？在这里干什么？我只好硬着头皮，明知故问，请问林诗音家是哪家？中年妇女怀疑地看着我，你是谁？我说，我是铁头，我找林诗音补课。中年妇女突然眉开眼笑，哦，哦，铁头啊，你妈早和我说过的，你等一下啊。她转身回到家，一会儿她打开门，对我说，进去吧，阿姨去上班了。我说，阿姨慢走。她说，记得跟你妈说，我们家林诗音可给你补了不少课呢。我说好。

我站在门外，看到林诗音背对着我，站在客厅里。我敲了敲门，她没有回应。我便迈步走了进去。客厅不大，摆着沙发、电视机、电风扇，茶几上很乱，沙发上放着一件内衣，红色的，像两个红苹果，地上散落着一些小物件，有些狼藉。我说，暑假作业我都快做完了，我想请你看看。林诗音背对着我，你坐会儿。她去了洗手间，出来的时候，有些不好意思地看着我。我说，你被打了？她不说话。我说，你脊背上的血印子就是她打的？林诗音说，那是我妈。我说，我知道，就是她打的？林诗音说，我们看题吧。

她看题很认真,低着头,除了偶尔翻一下书页,或者用笔在作业上做记号外,几乎一动不动。电风扇呼呼地吹着,吹得她的头发微微晃动。我倒有点儿不自在了,脖子酸得不行。她看完了,又倒回来,开始给我讲解做记号的地方。她始终不抬头。我心不在焉,听不进去。她讲到一半,我说,你是不是很疼?她顿住了,几秒后,抽泣起来。我伸手去抚摸她的肩膀。天地良心,我以为这是安慰人的一种方式。林诗音只是默默哭泣,不说话,也不动,像个会哭泣的木头人。我不知道该干什么,也不知道该说什么,只能傻傻地坐着,一只手搭在她的肩上。我曾经以为她是被其他人揍的,那我会为她报仇。我叫铁头可不是没来由的,那可是一架一架打出来的。这绰号连我家人都已经喊习惯了,足见我能打(或者说能挨打)已经得到了认可。

林诗音哭着哭着竟然睡着了,就躺在沙发上睡着了。我只好识趣地走了。

那之后,我便会主动去林诗音家,有时候她妈在家,有时候只有她一个人。她妈见到我,都是特别和善的样子,笑呵呵的,一点儿也不像会揍人的人。可林诗音告诉我,不是这样的,她妈是为了维持自己在外人面前的形象。林诗音还说,以后你多来吧,你在,我妈管我可松多了。

我慢慢地了解到林诗音的生活。原来她一点儿也不像我们看起来那样轻松。她每天六点半就得起床,晚上十二点才能睡觉,所有时间都被学习充斥着。学教科书知识,学各种才艺,中考完了，还要趁暑假提前学习高一的知识。她的卧室墙壁上贴着一张作息表，从早上起床到晚上睡觉，什么时间干什么，都必须严格按照作息表执行。她妈从不允许她的成绩出现一点点闪失，哪怕倒退一丁点儿，都免不了挨一顿狠狠的揍。我安慰她，你妈这是为你好，不然你也不会成绩那么好。林诗音说，屁，她是为了自己的面子，我成绩好了，她走到哪里都一脸风光。她又问我，你妈这样对你，你受得了吗？我想想都怕，受不了。

有一天我们上完课，站在林诗音家的阳台上，看见对面的半山上两个巨大的烟囱直插云霄，上面有人像蚂蚁一样爬上爬下。林诗音问我，那些人不怕危险吗？我说，劳改犯，再危险也得干。林诗音说，其实我跟他们也没什么两样，都是别人安排好了，你必须去做，你稍微反抗，就一顿鞭子伺候。我一时无话，仰头看着天空。天空一如既往地灰蒙蒙的，看不到一丝云彩。硫黄厂一向如此，硫黄厂和水泥厂排放的浓烟日日笼罩天空，即便晴天也几乎看不着云彩。林诗音说，其实我还有个名字，叫云朵。我惊异地看着她，云朵？我们可都从未听过她的这个名字。

正在这时，楼下传来一阵笑声，吸引了我们的注意。我低头一看，芋头正猫着腰从围墙下跑过去。我大声喊，芋头，芋头。芋头知道被我发现了，停下来，哈哈，铁头，你们俩，你们俩……哈哈。

六

我和林诗音是"两口子"的消息，很快就在小伙伴之间传开了。都是一条街上一起长大的玩伴，大家你一句我一句，铁头，那晾衣架摸起来如何？铁头，你们有没有那个？铁头，你怎么喜欢晾衣架？难道你喜欢排骨吗？我听着恼，去找芋头。芋头看见我就跑，我就追。我追了好一会儿，才把芋头堵在墙根下。我们打了一架。那一架打得狠，我们的脸都打得青一块紫一块的。后来我们都累了，瘫在墙下，都想继续打，却都没有力气了。芋头说，铁头，你真狠，你看我，被你打成什么样了。我说，谁让你乱说话？芋头说，你为了你婆娘，兄弟都不要了。我说，你再说，再说。芋头艰难地爬起来，往远处走，他走得够远了，确保我不会追他，突然又大声喊着，铁头为了晾衣架把我打了，铁头为了晾衣架把我打了。

我肿着脸去找林诗音。林诗音吓了一跳，你这是干吗？是不是又跟人打架了？我说跟芋头打的。林诗音说，芋头？我说，说了你也不知道。林诗音说，你们男生怎么动不动就打架？我说谁让他说你是——我突然顿住，紧闭着嘴。林诗音追问我，说我是什么？我说，没什么。林诗音再追问，我便什么也不说了。为了转移话题，我便叫她，云朵。她愣了一下，啊？我又叫，云朵。她又"啊"了一声，干吗？我说，这名字真好听，可你为什么改名了？林诗音说，因为我爸死了。

啊？什么时候？我很吃惊，我可从没听说过林诗音她爸死了的事情。我十来岁的时候吧,林诗音说,害了病,也不知道是什么病,医了两三年,没医好。林诗音告诉我,她出生的时候,爸爸给她取名云朵。之所以取名叫云朵,大抵是因为云朵很美,取这个名字以寄托某种美好的期望吧。那时候他们还没在硫黄厂生活,但爸爸在厂里工作,是个小领导,每天早出晚归。童年的记忆里总是回响着爸爸在小院里唤她的声音:云朵,云朵,云朵。林诗音说,那是她最快乐的时候。后来,爸爸去世了。妈妈便给她改了名。妈妈觉得云朵太土了,一直想改,只是拗不过爸爸。那时候云朵还小,妈妈便顶替了爸爸的名额进了硫黄厂工作,带着她搬到了硫黄厂生活。妈妈不让她使用云朵这个名字,记忆中她第一次被打,就是因为向别人介绍时说自己叫云朵。为这事,她没少挨揍。渐渐地,"云朵"两个字变成了她心中的一个秘密,对谁都不愿再提起。

我很喜欢这个名字,是爸爸留给我的,虽然我不敢用它,但我知道,这是我的名字。我看见林诗音的眼里噙满泪水,我说,我也喜欢,我就叫你云朵。林诗音叮嘱我,那你可不能到处去说。我重重地点头,好。

大多时候,我们在一张书桌上并排学习,我做暑假作业,她学习高一课本。我们偶尔说会儿话,多半是我遇到做不来的题目,求教于她。学习累了,我们就站在阳台上,看灰蒙蒙的天空,矗立的烟囱,以及缥缈的远方。

我说,云朵。

林诗音说,唉。

我说，云朵。

林诗音说，干吗？

那时候，她站在阳台上。燥热的风从远处吹来，夹杂着淡淡的硫黄气味。她的衣袂在风中晃动。她要是再高点儿，再高点儿，跟晾衣绳一样高，看起来就真的像一个晾衣架挂在那里。

我说，你为什么这么瘦？

林诗音说，我也不知道。

我说，晾衣架。

林诗音说，啊？

我说，你知不知道，大家都叫你晾衣架？

林诗音回过头来看我，什么？

你太瘦了，我说，所以很多人叫你晾衣架。

林诗音并未表现出什么意外的表情，我名还真多，你倒是学习啊，你管人家叫我什么。

我说我做完了啊。

我们把作业检查了一遍，确认做完了，林诗音又对一些重点知识点做了标记，让我多注意复习。你看，她说，学习也不难，只要你多花点儿时间，就会有进步的。

我由衷感谢林诗音。因为在她的带领下，我竟然对学习产生了不小的兴趣，解完一个难题后会感觉很开心。我说，要是你一直做我老师就好了。

林诗音说，很快就要开学了，以后就很难见到啦。

我莫名感到伤感。

林诗音说,铁头,你说哪里的云朵最漂亮?

我努力思考了一会儿,不知道。

林诗音说,我小时候看到的云朵最漂亮,那时候我们还没搬来硫黄厂,房子周围都是庄稼,远一点儿的地方就是山和河流,天空很干净,晴天的时候,天空中一朵一朵的云朵慢慢地移动着,像浮在空中的一团团棉花,不断地变幻着形状。那时候,我爸不上班的时候常常抱着我,坐在门前的石凳上,看天上的云朵。他会问我,云朵呀,你看,天上的云朵漂亮吗?我说,漂亮,很漂亮。我爸说,我怀里的云朵比天上的还漂亮。想一想,啊,真好。

林诗音说着,咯咯笑着,一会儿,又沉默了。她说,铁头,你说我们在别处住得好好的,为什么要搬来这个灰蒙蒙的鬼地方啊?

我突然做了个决定,我说我们去看云吧。

林诗音说,你不是不知道哪里的云朵漂亮吗?

我说,云是被硫黄烟遮住了,我们只要走出硫黄厂,走到没有硫黄烟的地方,一定能看到云朵,漂亮的云朵。

林诗音犹豫着,可是,我不能离开家的,我妈不允许我出去的。

我有些失落。好吧,我说。

过了会儿,林诗音突然说,铁头,我们还是看云去吧。她像鼓起了所有勇气,现在就走,赶在我妈下班前回来,她不会知道的。

我们快速下了楼，在路边买了冰棍和水，然后随便选了个方向就往前走。阳光很烈，火热地炙烤着大地。我们穿过大街，走到小路上，穿过坟墓和棚户交错的半山，路过一个高高耸立的烟囱，有人正攀在烟囱半腰上修理着什么。然后我们看见硫黄厂尽收眼底，水泥厂和硫黄厂排放的浓烟像比赛一样使劲地向天空攀升。站在山顶上，我们看见远处高高的大山，绿色的大山，有草，有树，有大片的玉米地，风吹过来，空气时而清新，时而充斥着刺鼻的硫黄味。我们从另外一个方向下了山，走了很久，一路上，遇见东一簇西一簇的野草，遇见半人高的灌木，遇见稀稀拉拉的玉米地，遇见半山的人家，遇见大树、浓绿的庄稼地，遇见一大片树林。我们顺着树林爬上另一座山，那时候，我们已经看不到硫黄厂，它的房屋、烟囱、浓烟似乎都消失了。我们一抬头，一大团一大团的云朵投入我们的眼中。

我们陶醉了。从小到大，我都生活在硫黄厂，去得最远的地方就是两公里外的镇上。我从没见过这么干净的天空，有记忆以来的天空都是布满浓烟的，像一张肮脏的餐桌布，沉沉地压在头顶。

我问林诗音，这是你小时候见过的云朵吗？林诗音使劲点头，是，就是，太漂亮了。我说，天上的云朵很漂亮，但没有地上的云朵漂亮。这话，我是跟林诗音她爸学的。林诗音看着我，突然笑出来，你精神病啊。

我突然又感伤起来。我说，你知道吗？硫黄厂的硫黄快挖完了，硫黄厂很快就要关停，到时候很多人都要搬走。

林诗音说,我知道,所以我妈也联系了亲戚,准备在城里找活儿干。不止我们家,很多人家都在找后路,一旦厂子停了,没人愿意再在这里生活了。

我说,那你以后也不会回来了吗?

林诗音说,不会回来了吧,这里本来就不是我的家,我的家在远方,家里只剩我爸的坟墓了。

林诗音又问我,难道你不想离开硫黄厂吗?

我说,想。

林诗音说,那你去找我,好好学习,考到我的学校去,我们就又可以一起学习啦,到时候我还带你。

我说,好。

我感觉自己快要哭出来了。因为我知道,我不可能考到她的学校去,就我这样的,能上个不需要交学费的普通高中就已经烧高香了。但我依然重重地说,好。我伸出手指,来,拉钩。林诗音不屑地说,喊,幼稚。

我们在山里待了很久,忘记了时间。太阳快落山了,金黄的夕阳洒落在我们身上时,我们意识到必须得回去了。然后,刮起了大风,天阴沉下来,被云遮住了,不一会儿,暴雨来了。

天黑了好久,我们两个落汤鸡才回到硫黄厂。我把林诗音送到她家楼下,看到她出现在三楼,冲我挥手,然后开门进屋。随后,我听到一个中年女人咆哮的声音,刺耳的摔打声,以及林诗音沉闷的哭泣声。

七

天气变了。整个夏天的闷热，终于有了一些收敛。半夜醒来，感觉浑身冰凉，我迷迷糊糊地找被子盖。被子被我踢到床下去了，我梦游一般胡乱抓了一会儿，才把被子盖在身上。夜间凉了，夏天也就要结束了。还没重新睡去，我听见哥哥的房间里传来声音，我知道，我哥半夜又把那姑娘带回家来了。我把自己捂在被子里，那声音就消失了。

天快亮的时候，我听到我妈在骂我哥，你这么大的人了，还不懂事？你这样让我脸往哪里搁？我哥说，妈，我是大人了，我没犯法，你管不着我。我妈说，你没犯法，但是你不要脸，不要脸啊，你不要脸，我还要脸呢。我哥说，我的事怎么就关你脸的事了？我妈说，我是你妈，你是我儿子，你说关不关我事？我哥说，妈，你怎么这么顽固啊？现在都什么年代了？再说了，我们都是成年人，你情我愿的，碍着谁了？在我妈和我哥的对话中，那姑娘的话显得极为轻微和薄弱，阿姨，您别怪他，是我愿意的，我愿意嫁给他。我妈说，他不懂事，你也跟着不懂事。你愿意，你倒是愿意了，你爸你妈愿意吗？姑娘啊，你爸你妈找来，我哪里担得了？我哥说，不要你担，我们自己担得住……

后来我又迷迷糊糊睡了会儿，醒来时天光大亮。我起床出门，看见我哥卧室的门开着，他蹲在地上收拾东西。我问他，你在干什么？我哥说，收拾东西，我要走了。我说，去深圳？我哥说，还能去哪里？我下了楼，看见那姑娘正背对着厨房门，在煮面条。听到我的脚步声,她回过头来说,你醒啦,我给你煮一碗?我说,不了。我没有看见我妈,她应该是去上班了。

我出了门,去找林诗音。我来到林诗音家,敲门,她妈打开门,看到我说,你来干什么?我说阿姨,我找林诗音,我有个题不懂。她妈说,都跟你说了,不要再来找她,以后都别找她补课了,难道我跟你妈没说清楚吗?她说完就把门关了,我只好讪讪地往回走。

我已经一个多星期没看到林诗音了。那天我们一起出去看云,回来遭遇大雨,她被她妈打了一顿。我当时特别愧疚。她的哭声让我很苦恼。第二天中午我妈就跟我说,不要再找林诗音补课了,因为已经过了补习时间了。林诗音生了一场大病,据说是被大雨淋的,回家后就一直高烧不退,她妈每天带她去卫生院输液。我偷偷去过好几次,隔着马路看到林诗音垂头丧气地坐在椅子上输液,我想过去和她说话,但她妈就坐在她对面,让我心生畏惧。

我回到家,我哥已经收拾好了,问我去哪里了。我说,找林诗音补课。我哥说,以后你好好读书吧。我说,你还操心我?我哥说,我等下就走。我说,林诗音就要去市里读书了。我哥说,没有林诗音,你更得努力读书。我哥待了会儿,提着行李,到房间告诉我,我们就要走了。我站起来说,你给我五十块钱吧。我哥说,你拿钱干吗?那姑娘说,你就给他吧。我哥给了我五十块钱,我又说,你把发胶给我。我哥说,你个小屁孩,你要发胶干什么?我说,给我就行,管这么多?我哥不给,那姑娘乐了,说，就给他吧，反正快用完了，我送你一瓶。我哥这才从已经收拾好的行李里找出那瓶发胶给我。我自告奋勇，我送你们去坐车。那姑娘说，懂事呀！我哥说，叫大嫂。我就脆生生叫了声，大嫂。那姑娘更乐了。

到了镇上，把我哥和我大嫂送上汽车，我拿着五十块钱，在镇上的街道上溜达起来。我记得一个拐弯处有一家店，里面摆满各种玩具，同学们过生日相互送礼物，都去那里挑。我找到那家店，挨个挑选起来。最后，我看中一个音乐盒，长方体形状的，外面是透明的塑料，里面有一片绿色的草地、一栋黄色的房子，一母一子两只水牛、几棵高高的树，天空中飘着几团青白色的云朵。那些云朵真漂亮。我按下开关，音乐响起来，是最火的那首《粉红色的回忆》：夏天夏天悄悄过去留下小秘密，压心底压心底不能告诉你……我掏出钱，价也没砍，说，够不够？老板笑着说，够了，还找你十五。

整个下午，我都趴在床上，那个音乐盒就放在一旁，我反复按动它的按钮，听着那悦耳的音乐。直到我妈快下班的时候，我才用报纸将它小心翼翼地包起来，藏到床脚。我妈给我带回来一个消息，说林诗音的妈妈已经辞了工，到处声张她们要搬到市里去住了。我说，厂子都要停了，搬出去的人会更多。我妈叮嘱我，不许乱说话。我说，妈，如果厂子停了，我们怎么办？我妈沉默不语。她的眼神里分明写满了对未来的担忧。我问，她们什么时候走？我妈说，就这两天吧。

我一直没找到机会见林诗音。她妈天天在家，像看犯人一样看着她。我去过两次。每次去之前,我都要在镜子前,好好地弄一弄我的头发,它们短而细,弄起来挺麻烦。我先洗头,然后站到太阳下将头发晒干,再对着镜子梳一会儿,右手拿起发胶,大拇指使劲在顶盖上一按,发胶瓶发出"吱吱"的声音,吐出一团白沫在我左手的掌心里,凉凉的。我将白沫涂在头发上,用梳子一梳,白沫都消失了,头发看起来又黑又亮,至此,我才满意地出门去。可是每一次,我都被林诗音她妈堵在门外。

第三次,她妈允许她同我见一面。她们即将走了,也许她妈觉得也该告个别。她家里堆满了大大小小的包,外层用被单裹着,不知道里面装着什么。一个家已经不像家,倒像是废弃物中转站。我们穿过那些大大小小的包,去她的房间。我问她,好点儿了吗?她说,早好了,一点儿事也没有。我说,我来找过你几次。她说,我妈不让出门。我说,你后悔吗?她说,什么?我说,后悔跟我出去,淋那么大一场雨。她摇着头,不,那天天空很美,云也很美。我从袋子里掏出那个音乐盒,递给她。送给你,我说。我摁下开关,房间里响起《粉红色的回忆》的歌声。我说,你看,这里面的云朵也很美,无论你走到哪里,它都会一直美美地存在里面。她显然有些感动,接过去反复端详。市里应该没有硫黄厂了吧?她问我,不会一直是这样灰蒙蒙的天。我说,也许吧,我也没去过。

然后我们都不知道说什么了。作为一次告别,我们原本应该说些什么的,但我们没有。后来我看到墙壁上的作息表,它密密麻麻地安排好林诗音一天的生活。我心里感到堵得慌。我说,到了市里，也会有一张这样的作息表吧？林诗音"嗯"了一声。我心里更堵得慌了，说不上来为什么。我撕掉那张作息表。林诗音有些诧异地看着我。我把作息表撕得粉碎，从三楼撒下去，那些纸屑像雪花一般在空中飞舞。这让我感到心里不堵了，很畅快。林诗音一直诧异地看着我，好一会儿才恢复正常。她说，你撕掉一张，还会有更多张等着我，你撕不完的。这话让我感到无比挫败。

她妈很快就带着人进了家门，听对话是她的一些亲戚，要把那些打包好的东西带走。她们要去市里，带这么多东西麻烦，准备全部送给亲戚。她们做好了不再回来的准备。然后她走进来，看到我，表示有些意外，咦，还没走啊？我站起来，阿姨，这就走了。我走的时候，林诗音送我出门，塞给我一沓本子，她说，没什么礼物给你，就把这个送你吧。她转身的时候，我看到本子上写着"错题集"三个字，里面按照学期编排，标注得非常清楚。我心里不知道什么感觉。错题集这东西我只在老师口中听说过，据说成绩好的爱学习的孩子都有很多本错题集。但我是第一次见到错题集，原来它看起来只不过比我平常的作业本多了三个字。但它沉甸甸的，以一种前所未有的重量，压着我。

我抬起头来，看到林诗音已经快要走进楼梯口，我喊道，云朵。

林诗音回过头，啊？

我说，云朵。

林诗音笑着说，你干吗？

我说，以后你得多吃点儿。

林诗音说，什么？

我说，不然你会一直瘦下去，会一直有人叫你晾衣架。

林诗音忍不住又笑了，精神病，你就扯吧，你要是考到市里来，我还帮你补课。

林诗音钻进楼梯口时，我有一种特别想哭的冲动。仅仅是冲动，我很快就忍住了那种感觉。我仰着头，看到林诗音走到三楼，冲我挥手，然后打开门，一转身就进了屋。这时候，我惊异地发现，不知道什么时候，天空变得澄明，一种透明的蓝映在我的眼眸里。一阵风吹过，从居民楼遮住的天空那边，飘来了一朵美丽的云。

八

林诗音走的那天，天气一如既往地灰暗无神。我站在楼顶上，看到她和她妈一人提着一个大箱子，背着一大一小两个包，站在硫黄大道上。不一会儿，过来一辆拖拉机，停在她们面前。她们说着什么，然后司机帮她们将行李放在车厢里。她们上了拖拉机，蹲在沾满灰尘的车厢里。拖拉机"嘣嘣嘣"地从远处驶来，路过我家楼下。我使劲冲她们挥手，但她们都没看到楼顶的我。直到到了硫黄大道尽头，林诗音才从车厢里站起来，摇摇晃晃地向我挥手。她妈一把将她扯下去，让她蹲在车里。车颠簸着，消失在大道转弯处。

我盘算着时间,她们应该到了镇上。在那里,她们将乘坐汽车。镇上的汽车只到县城,所以她们还得转一趟车,才能抵达新的生活。

而我的生活一成不变。我下楼,找出一张白纸,趴在书桌上写起来。

我妈一如往日,按时下班归来。她推开门的时候眼珠子睁得很大,好像要第一时间把我的所作所为看在眼里。自从林诗音不再给我补课,她每天都像个警察一样试图抓住一点儿我的把柄。有时候,我正在睡觉,或者正在看书,只听到"嘭"的一声,门被她打开——倒不如说是被她一脚踢开,眼珠子贼溜溜地转来转去。这一次,她如法炮制。我正紧紧靠着墙壁,用透明胶贴一张纸。为了让它粘得更牢,我用手掌使劲拍着透明胶,发出"啪——啪——啪——"的声音。她看到我贴着墙忙活着,好像发现了新大陆,快步冲进来,一把把我推开,力气之大,可谓无穷。

然后,我妈用难以置信的眼神看着我,作息表?六点半起床?

我没有回答她,坐到床上。就在我坐下去的那一刻,我透过窗户看见远处半山上的一个大烟囱轰然倒塌了,浓烈的白烟伴随着灰尘滚动如云,冲向原本就灰蒙蒙的天空。